献给罗伯特

第一部分

如同一股鼓励万物坚持呼吸的力量，如同一个对于崭新生活的庄严承诺，那阳光刺棱棱地直烧溅到他身上去，然后便漫洒森林和湖泊。还是那阳光，划破他的梦境，令他的血液躁动。那时还只是五月，当破晓的阳光正渗透天地孔隙时，他却醒来躺着。他可以听见凝结于地面的晨霜随着寒冬远逝而消融的声音，还有溪水和河流卸下冬日伪装后湍涌奔腾的声音。很快这阳光就将耗尽每寸夜色，侵略性地，炫目地，唤醒在腐叶之下沉睡的生命。它将温暖枝头蓓蕾，直待它们绽开花瓣，求偶声和新孵出的生命因饥饿而哀鸣的声音也将响彻林间。子夜阳光将驱动满怀欲念的人们离开自己的巢穴。他们欢笑、做爱、变得兴奋而狂热，一些人甚至可能会失踪。他们会盲目而不知所措。可他不愿相信那些失踪的人已经死去。

　　他只在寻找她的时候抽烟。每当莱勒又点燃一支烟的时候，都会看到她苦笑着坐在副驾驶位上，目光从眼镜边缘射出来，直盯着他。

　　"我以为你戒烟了？"

　　"我的确戒了。就破这一次戒。"

　　他看到她摇头，皱眉，露出那对令她觉得尴尬的尖尖虎牙。当他驾车穿越夜晚时，那阳光仍在，于是她的形象变得越发清晰可感：在阳光照射下几近透明的金发；这几年里她想方设法用化妆品遮掩的鼻尖那团黑扑扑的雀斑；还有那双目视一切的眼，哪怕她给人留下并未注视任何物体的印象。她更像安妮特，而不是他，这倒无妨。她的美丽确实不是遗传自他。她很美，这并非他敝帚自珍的看法，人们总喜欢回头看黎娜，甚至当她还是孩童时就已如此。她是那种能让最不耐烦的脸庞都绽放笑容的孩子。但是这些日子以来，没人再回头看她。三年了，没人见过她——幸好，没人打算将此昭告天下。

抵达尤恩之前，他的烟就燃尽了。黎娜也从他旁边的座位上消失。车内的空荡和寂静几乎让他忘记自己在开车，他双眼注视道路，但其实什么也没看。他已在这条名为"银路"的大道上游荡久矣，因此他像熟悉自己手背上的皮肤纹路一样熟悉它。他知道每一道拐弯和野生动物围栏上每个缺口的位置，那是为了让麋鹿和驯鹿自由穿行而设置的。他知道何处的路面会有雨水积聚，雾气又会从湖面哪处飘来干扰他的视线。银矿场被关闭后，这条道路的唯一功能便消失了，它在经受了多年的忽视和退化后变得危机四伏。但它依然是连接格洛默斯特莱斯克和其他内陆社区的唯一通道，不论他有多厌恶这开裂的柏油碎石路面和车后延伸向远方的杂草丛生的排水沟，他都永远不会抛弃它。这里是她失踪的地方。就是这条路吞噬了他的女儿。

无人知晓他在夜里开车寻找黎娜。自然也就无人知晓他在车里一支接一支地抽烟，把手臂搭在副驾驶位上，同他的女儿聊天，仿佛她真的坐在那里，仿佛她从未失踪。自从安妮特离开他后，他无人可倾诉。她指责从一开始就是他的错。那天清晨开车送黎娜去公交站的人是他，他是罪魁祸首。

夜里三点左右，他抵达了谢莱夫特奥①，在 Circle K② 停车加油，顺便给他的保温瓶添满咖啡。尽管时间很早，柜台后的小伙子却眼神清亮，神采飞扬，金红色头发齐整地箍向一侧。他还年轻，可能才十九岁，或者二十岁。黎娜要在这里也该是这个年纪，只不过他发现自己很难想象她长到这么大。尽管心怀内疚，他还是买了一包"特醇万宝路"。他的目光落在摆列于收银台旁的驱蚊水上，手则伸进兜里摸他的银行卡。一切事物都令他想起黎娜。那个最后的清晨，她身上就散发着刺鼻的驱蚊水气味。实际上那是他唯一的印象了，因为那天她在公交站下车后，他曾摇下车窗以驱散气味。他想不起那天清晨他们聊了些什么，她是开心还是悲伤，以及那天早餐吃了什么。后来发生的所有事占用了他记忆仓库太多的空间，只有驱蚊水气味经久不散。那天晚上他对警察说过太多次——黎娜身上散发着驱蚊水气味。安妮特像看一个陌生人——一个令人不齿的人——那样盯着他。他当然也记得那个场景。

他撕开刚买的那包烟，点燃一支衔进嘴里，再次回到"银路"上，这次他一路向北。回程总是走得更快，心情则更黯然。黎娜的心形银项链垂挂在车内的后视镜上，反射着阳光。她又一次坐在了他身旁，金色头发柔顺地垂落于脸颊两侧，像拉开的窗帘。

"爸爸，你知道这几个小时里你已经抽了二十一根烟了吗？"

莱勒将烟灰抖搂在车窗外，烟雾于是离她而去了。

---

① 瑞典北部港口城市。——译者注（本书注释除特别标明外均为译者注。）
② 成立于1951年的连锁便利商店集团，该集团开在部分地区的店附设加油站。

"有那么多？"

黎娜揉了揉眼睛，似乎在集聚更大的能量。

"你知道每抽一根烟就会少活九分钟吗？今晚你的寿命已经缩短了一百八十九分钟。"

"别说了，"莱勒说，"可是不这样我怎么活下去？"

她望着他，这声责问给她清澈的双眼笼罩上一层荫翳。

"你必须找到我，只有你能找到我。"

米雅双手捂着肚子，尽量不去听那些声音。从她手指下方传来的肚子咕咕叫声，其他声音，还有从地板缝隙钻进来的令人恶心的声音。西莉娅沉重而急促的喘息声，然后是他的，那个她新找的男人。床发出尖厉的嘎吱声，接着是狗叫声。她听见那个男人叫骂狗，呵斥它滚开，然后就躺下了。

现在已是午夜，但照进这间窄窄的三角形卧室里的阳光却仍旧强烈。它在灰白的墙壁上投下一片温暖的金色光束，清晰地映照出她紧闭的眼睑上毛细血管的形态。米雅睡不着。她跪在低矮的窗户边，用手拂去蜘蛛网。她目之所及的窗外，唯有藏蓝色的夜空和青苍色的森林。她要是探出头就可以看见下面还有一片湖泊，湖水幽暗而静谧，极具诱惑力，差不多可以这样说。她觉得自己像童话故事里一位被俘获的公主，被囚禁在黢黑的森林深处一座塔楼中，被诅咒日日听闻邪恶的继母在楼下卧室里上演性事。只不过西莉娅并非她的继母，而是她的亲生母亲。

她们俩以前都没去过诺尔兰①。火车北上的那些漫长时间里，她们被疑虑搞得疲惫不堪。她们争论，哭泣，长久沉默地坐着，而车窗外的森林却越发浓密，相邻站点之间的距离也变得越来越长。西莉娅曾发誓说这是她们最后一次搬家。她认识的那个男人叫托比沃恩，他在一个叫格洛默斯特莱斯克的村子里拥有一栋住房和几亩土地。他们是在网上认识的，永远都在手机上聊天。米雅听过他那以单音节词为主的诺尔兰口音，还看过几张照片，是一个留胡子的男人，脖颈肥厚，笑起来时眼睛眯成一条缝。一张照片里他抱着一台手风琴，另一张照片里他俯身从冰窟里抱起一条身披红鳞的鱼。西莉娅说"托比沃恩是一个真正的男人"，一个懂得如何在极端环境里生存且能照顾她们的男人。

她们最后下车的火车站只不过是松树林中的一间临时棚屋，而且她们去拉门时，门是锁着的。没有其他人下车。她们只好无助地站在火车喷出的气流中，眼看它渐渐驶远，消失在树林深处。大地在她们脚下持续震动了好长一段时间。西莉娅点上一支烟，开始往摇摇欲坠的月台上拖行李，但米雅仍旧站在原地，听着风中松叶的簌簌声，还有不计其数的蚊子的嗡鸣声。她察觉一股尖叫声开始在她的胃里集聚。她不想跟随西莉娅，但又不敢一直留在原地。铁轨另一头是赫然在目的森林，它用墨绿色点缀着黑色的天际，仿如垂挂在明亮天边的一副窗帘，数不清的影子在林间飘移。她没看见任何动物，但她感觉自己正在被凝视，这感觉如此强烈，好像她正站

---

① 位于瑞典北部。

在一个小镇广场的中央。毫无疑问，他们看到了她，数以百计的眼睛，把她吸入目光中。

西莉娅已经朝疏于照管的停车场走去，那里停着一辆锈迹斑斑的福特汽车。一个戴黑色遮阳帽的男人倚在汽车引擎盖上，看见她们走来他就立起了身。他一笑，嘴里含着的Snus[①]便一览无余。现实里的托比沃恩看上去更强壮，也更可靠。只不过他行动时的姿势有点笨拙和随意，似乎他对自己的体格毫无意识。

西莉娅放下行李箱，紧紧抱住他，好像他是漂浮在这片林海中央的一个救生圈。米雅站在旁边，低头看着沥青路面上一条积满蒲公英叶子的裂缝。她可以听见他们的亲吻声和舌头交缠的声音。

"这是我的女儿，米雅。"

西莉娅揩拭嘴唇，冲着米雅的方向招手。托比沃恩暗暗在帽檐下打量她，然后猝不及防地对她说欢迎来这儿。可她仍旧盯视地面，以此强调现在发生的一切完全违背了她的意愿。

他的车里弥漫着湿漉漉的狗臭味，后座上铺着一块粗朴的灰色动物毛皮。有张座椅的黄色内芯已经开始从椅背露出。米雅坐在座椅边缘，用嘴呼吸。西莉娅告诉过她托比沃恩家境殷实，可是目前看来那显然是个夸张的说法。通往他家的道路两旁，除了灰蒙蒙的松树林和点缀其间的被砍得光秃秃的土地外就别无他物。小巧而独立的湖泊闪着粼光，像滴在林地上的泪珠。等他们抵达格洛默斯特莱斯克时，米雅产生了一种怒火燃烧、如鲠在喉之感。托比沃恩一

[①] 瑞典的一种无烟烟草，使用时将烟草袋放在上唇与齿龈之间即可。

直把手放在西莉娅的大腿上，只有在向她们介绍他觉得有趣的事物时才拿开一会儿。ICA①超市、学校、比萨店、邮局，还有银行——看起来他对这一切非常得意。高大宽敞的房屋零星分布。车开得越远，这些房屋之间的距离就越长。它们中间隔着树林、田野和牧地。

不时从远处传来一阵狗吠。西莉娅坐在副驾驶位上，红光满面，神采奕奕。

"快看，多美啊，米雅，就像童话故事里的景色！"

托比沃恩提醒她不要太兴奋，因为他的家在沼泽地的另一侧。米雅想知道那是什么意思。前方的道路变得狭窄，森林悚然入目，车内凝滞着一种厚重的沉默。看着高耸入云的松树在车窗外一闪而逝，米雅觉得呼吸变得艰难起来。

托比沃恩的房子孤零零地伫立在一处人迹罕至的林间空地上。这栋两层楼高的建筑物或许也曾庄严宏丽，然而如今它表面的红色油漆已然剥落，看起来就像深深陷入了地下。一条瘦得皮包骨的黑狗被拴在链子上，看到他们下车就开始狂吠。米雅四下打量周围的环境，不禁双腿打战。

"这就是她了。"托比沃恩说着，敞开双臂。

"多么平静安宁啊！"西莉娅说，声音中有一种兴奋。

托比沃恩把她们的行李搬进屋，放在污秽的褐色地板上。这里同样散发着恶臭，一种混合着陈腐空气、煤烟和经年油脂的气味。搭在家具上的破旧织物仿佛来自一个被遗忘的世纪，此刻正盯着他

---

① 瑞典一家大型连锁商店，也是北欧最大的零售公司。

们看。条纹图案的棕色墙纸上挂着动物的角和刀鞘弯曲的猎刀，比米雅以前见过的刀加起来都多。这地方满是灰尘和挥之不去的气味。米雅试着和西莉娅对视，但她失败了。她早就在脸上粘了那个笑脸，那个笑脸意味着她已准备好忍受一切，意味着她永远不会承认她做了一个错误的决定。

从楼下传来的呻吟声停止了，鸟鸣声传进屋来。她以前从没听过那般鸟鸣。听上去歇斯底里，躁动不安。屋顶在她头上倾斜成一个三角形，天花板上数以百计的孔洞正在监视她。当托比沃恩站在楼梯上把她的卧室指给她看时，他将其称为三角屋。她的这间屋子在二楼。她已经很久没拥有过一间自己的房间了。大部分时间里，她只能用双手堵住耳朵躲避那些声音。那是西莉娅和她的男人们在一起时发出的声音——激烈的性爱和争吵。总是争吵。后来，不管她和西莉娅搬到多么远的地方，这些声音总是能追上她们。

莱勒根本没意识到自己的疲倦，直到他在路口转弯，听到身下的轮胎发出隆隆响声。他摇下车窗，狠狠扇自己的脸，让面颊产生刺痛感。他旁边的座位空荡荡的，黎娜不在那里。每次像这样驾车寻找都是在夜晚——她决计不会赞成他这样做。为保持清醒，他又点了一支烟衔进嘴里。当他回到格洛默斯特莱斯克时，脸颊仍火辣辣地疼。他减速驶至公交站，停车，不赞成地看着纯然无害的满是记号笔涂鸦和鸟粪的候车棚。时间还早，第一辆公交车还得过好一阵子才会进站。莱勒下车，朝布满划痕的木质长凳走去，满地都是糖纸和咀嚼过的口香糖。夜阳的光照着地面的水坑，但莱勒丝毫没有意识到正在下雨。

他在候车棚下来回踱步，接着一如往常地停在那天他掉转车头时黎娜站立的位置。然后他像女儿曾经那样肩靠脏兮兮的玻璃窗，神情近乎冷淡，似乎她想强调那不是什么大不了的事。她的第一份真正意义上的暑期工作——去阿尔耶普卢格①种云杉树，好在秋季开学前赚到足够多的钱——确实没什么特别之处。

他们到得太早了，这是他的错。他担心她会赶不上车，担心她第一天上班就迟到。黎娜没有抱怨，因为六月的清晨温暖舒适，生机盎然，随处都可听见鸟儿的歌声。她就那样孤独地站在候车棚下，晨光反射在他老旧的飞行员太阳镜上，那是她缠说他很久他才给她的，但它差不多可以遮住她的一半脸颊了。她曾向他挥手作别，可能吧。甚至可能还给了他一个飞吻，她常常那样做。

那位年轻警官戴着相似的太阳镜。他走进警局大厅的时候把它推至头顶，目光于是落在莱勒和安妮特的身上。

"你们的女儿今早没有赶上公交车。"

"绝对不可能，"莱勒说，"我把她送到了车站。"

警官耸耸肩，他的飞行员太阳镜滑落下来。

"你们的女儿确实不在公交车上。我们审问了公交车司机和乘客，没人见过她。"

就在那时，他们彼此会意地看着他，警官们和安妮特。他能感觉到。他们目光中的责备刺痛了他，令他渐渐失去全部力量。毕竟，他是最后见到她的人。他是那个开车送她的人，是该承担一切责任

---

① 瑞典北部城市。

的人。他们翻来覆去地追问他那些可恨的问题，想搞清楚他离开她的确切时间，还有黎娜那天早上的情绪如何。她在家里开心吗？他们有没有争吵？

最后他实在受不了了。他抓起厨房里的一张椅子，用力朝一名警官——一个飞快跑出去呼叫援兵的懦夫——砸去。他依然可以感觉到他们把他按在地上给他戴上镣铐时，那抵着脸颊的冰冷的木地板，他也能听到他们把他带走时安妮特的哭声。但她没有为他辩护。当时没有，现在也不会。他们唯一的女儿失踪了，而她没有其他人可以责怪。

莱勒发动引擎，掉转车头驶离那孤零零的公交站。距离她站在那里朝他抛飞吻已经过去了三年。三年了，他还是那个最后见到她的人。

若非肚子饿得直响，米雅可能会永远待在三角屋里。她从来就抵抗不了饥饿，不管她们在何处生活。她推开门的时候，把一只手放在肚子上以安抚里面那头饥饿怪兽。楼梯太窄了，实际上她不得不踮起脚尖走下去，可还是有几级台阶被她的重量压得发出了尖厉的咯吱声和断裂声。试图不发出声音是徒劳的。空无一人的厨房里漆黑一片。托比沃恩的卧室门关着，那条狗就四肢舒展地趴在门旁，警惕地盯着她走过去。当她打开前门时，它噌地爬了起来，还没等她反应过来，就从她的双腿间溜了出去。它在丁香花丛旁抬起前腿，接着便蹦到高高的草丛里转圈撒欢去了，鼻子一刻不停地嗅着地面。

"你干吗把狗放出去？"

米雅并没有看见坐在一张靠墙的折叠椅里的西莉娅。她抽着烟，穿了一条米雅没认出来的绒布裙子。她的头发像狮子的鬃毛一样披散下来,眼神涣散无力,显然她失眠了。

"我不是故意的,它自己溜了出来。"

"它是条母狗,"西莉娅说,"它的名字叫乔莉。"

"乔莉?"

"嗯。"

一听到自己的名字那条狗就做出反应,很快便跑回走廊来了。它趴在深色木地板上注视她们,伸出来的舌头像打了一个结。西莉娅递给她那包烟,米雅这才注意到她颈项周围有红色印记。

"你脖子上是什么?"

她歪嘴一笑。

"别装蠢。"

米雅拿出一支烟,即便她可能更想吃点东西。她眯眼望向那片森林,希望西莉娅可以不要事无巨细地告诉她。她觉得森林里有什么东西在移动,可她不会有机会涉足其间。她吸了一口烟,再次经受那种窒息感,如同被锁进牢笼,如同被包围。

"我们真要生活在这儿?"

西莉娅把一条腿搭在扶手上摇晃,露出了自己的黑色内裤。她不耐烦地抖脚。

"我们得给它一个机会。"

"为什么?"

"因为我们没有其他选择。"

西莉娅现在没在看她了。她声音中的尖锐和激动消失,眼神变得暗淡，可她的声音却坚定果断。

"托比沃恩有钱。他有房子和土地，还有一份稳定的工作。我们在这里可以生活得很好，不用担心下个月的房租。"

"住在这不毛之地中间的一栋破烂木屋里不是我认为的活得很好。"

西莉娅脖子上的红痕变得灼热难耐，她把一只手放在锁骨处，似乎想控制它们。

"我再也应付不了了，"她说，"我受够了当穷人。我需要一个男人来照顾我们，而托比沃恩心甘情愿。"

"你确定？"

"什么？"

"他心甘情愿？"

西莉娅咧嘴而笑。

"我会让他心甘情愿的，你不用担心。"

米雅把抽了一半的烟放在脚下踩灭。

"有什么吃的东西吗？"

西莉娅深深地呼吸，微笑，好像她是有意为之。

"这栋破木屋里储存的食物比你一生见过的还要多。"

莱勒被裤兜里振动的手机弄醒了。他正坐在丁香花丛旁的一张日光浴浴床上，当他把手机放到耳边时，他能感觉到身体的疼痛。

"莱勒？你睡着了吗？"

"废话，没有，"莱勒说了假话，"我在外面的花园里打理植物。"

"草莓现在长出来了吗？"

莱勒瞥了一眼杂草丛生的田圃。

"还没有，不过快了。"

电话另一头，安妮特的呼吸声变得清晰沉重，仿佛她在费力地平复心情。"我已经把信息发到脸书主页了，"她说，"星期日的纪念会。"

"纪念……"

"第三周年。你不可能忘了吧？"

他一站起来浴床就嘎吱作响。一阵眩晕感袭来，他只得伸手抓住走廊栏杆。

"我他妈的当然没忘！"

"我和托马斯买了蜡烛，妈妈的缝纫队印了一些T恤衫。我想我们可以从教堂出发，走到公交站。你也许可以准备一下，万一你想说几句话呢？"

"我不需要准备，我想说的话都在我的脑子里。"

安妮特的声音听上去很疲倦："到时候我们表现得和睦团结一点会更好，就算为了黎娜。"

莱勒摸了摸太阳穴。

"我们也要牵手吗？你、我，还有托马斯？"

一声沉重的叹息在他的耳边回响。

"周日见。莱勒？"

"怎么了？"

"你没有再晚上开车出去了，对吧？"

他揉了揉眼，抬头看天空，太阳正羞涩地躲在云层后面。

15

"周日见。"他说道,接着便挂了电话。

十一点半了。他已在外面的日光浴浴床上睡了四个小时,比往常久。他挠了挠后脑勺,只见被蚊子叮咬的伤口流出的血渗到了指甲缝里。他走进屋内,煮上咖啡,把脸埋进洗碗槽里清洗。他用质地精良的亚麻茶巾擦干脸,这当下几乎能听到安妮特的抗议声打破了沉寂的空气。茶巾是用来擦拭陶瓷和玻璃器具的,不是用来擦没刮胡子的脸的。寻找黎娜应该是警察的要务,而不是她着魔的父亲。安妮特曾狠狠地抽他耳光,高声吼着一切都是他的错;他是那个应该确保她上了公交车的人;他是那个把女儿从她身边带走的人。她捶打他,抓挠他,直到他试图抓住她的胳膊,用尽力气抱住她那泄气皮球般筋疲力尽、瘫倒在地的身体。黎娜失踪那日也是他们最后一次触碰彼此的日子。

安妮特往外寻找答案,寻求朋友、心理学家和新闻记者的帮助。她求助于托马斯,一个时刻准备着用敞开的双臂和激烈的勃起等待她的职业治疗师,一个乐意倾听并调解问题的男人。安妮特用安眠药和镇静剂来自我治疗,药物导致她眼神涣散,唠叨不休。她还创建了一个专门用来发布黎娜失踪案信息的脸书主页,组织集会,接受令他毛骨悚然的采访,讲述他们家庭生活中最隐私的细节——那些他不希望任何人知道的关于黎娜的细节。

至于他,他没和任何人交谈过。他没有时间,他得去寻找黎娜,寻找是唯一重要的事。"银路"之旅从那个夏天就开始了。他曾掀开每个垃圾桶的盖子,赤手掏挖废料车、沼泽地和废弃的矿井。回到家里,他就在电脑上阅读论坛里陌生人就黎娜失踪案发表的长篇议论。一长串看得人不寒而栗的推测：她离家出走了，被谋杀了，被绑架了，被肢解了，迷路了，溺水了，被车撞了，被逼为娼，还有其他一系列他几乎不敢想象的梦魇般的设想，但他还是强迫自己读下去。他差不多天天打电话骂警察，要他们展开行动。他不吃饭也不睡觉。他总在没日没夜的"银路"之旅结束后回家，穿着弄脏的衣服，脸上满是抓痕，可他无法解释那些伤痕是怎么来的。安妮特不再询问他的情况。可能这让他舒了一口气吧，她离开他投入托马斯的怀抱，这样他就可以全身心地寻找。寻找是他拥有的一切。

莱勒端着咖啡来到电脑前，黎娜正在屏保上对着他微笑。房间里的空气污浊而滞重。百叶窗已经合上，光线从百叶板间漏进来，可以看见微尘在光束中旋转。半死不活的盆栽植物垂挂在窗沿。处处是散发悲伤气息的旧物，提醒他有多消沉堕落，提醒他看看自己如今变成了什么样子。他登录脸书账号，看到了黎娜纪念会的发布信息。有一百零三位用户点了赞，六十四位登记参加。"黎娜，我们想念你，我们永远不会放弃希望！"她的一位朋友写道，文字后面接着一串感叹号和哭泣表情。有五十三名用户点赞了这条评论。安妮特·古斯塔夫森是其中一位。莱勒想知道她未来会不会修改她的夫姓。他继续点击，浏览了一些诗歌、照片和令人气愤的评论。"有人知道黎娜遭遇了什么，是时候站出来说出真相！"生气，脸颊通红的表情。获得了九十三个赞，二十条回应。他退出了账号。脸书只会让他心情低落。

"你为什么就不能加入社交媒体？"安妮特常唠叨他。

"加入什么？一个虚拟的怜悯党吗？"

"它和黎娜的事有关系。"

"我不明白你有没有搞清楚状况,但我的心思全在寻找黎娜上,不是为她悲痛。"

莱勒抿了一小口咖啡,然后又登录了"闪回"账号。在那一串关于黎娜失踪案的评论后面没什么新内容。最后一条评论的时间停留在去年十二月,来自一个账号名为"寻真者"的用户:

"警察有必要排查那天早上开过'银路'的大型卡车的司机。人人都知道那是连环杀手最青睐的一种工作,只消看看加拿大和美国的情况就再清楚不过了。那里每天都有人在高速公路上消失。"

"闪回论坛"上的一千零二十四条评论发布者,似乎都一致同情地相信黎娜在公交车到站前就已经被一个开车的人绑架了。换句话说,这也是警方的结论。莱勒打遍快递公司和货运公司的电话,询问黎娜消失的前后时间里,有哪些司机曾开车经过那片区域。他甚至约了其中一些人出来喝咖啡,检查他们的车辆,把他们的名字透露给查案小组。但没人看上去像是犯罪嫌疑人,也没人目击过任何事。警方不赞同他这样不依不饶。这是在诺尔兰,不是美国。"银路"也不是一条州际高速公路,没有连环杀手会埋伏在那里。

他站起来开始卷他的衬衫袖子,它散发着烟味。他面对一幅瑞典北部的地图而立,凝视一簇大头针像盛开的花朵一般环绕着内陆地区。他从桌子抽屉里拿出另一颗大头针,钉在地图尚未被钉住的区域,用以标记他昨晚去过的地方。不踏遍这片土地的每一毫厘,不把车开到每一条路和轨道的尽头,不把被劫掠过的森林空地翻个底朝天,他是不会放弃的。

他指甲沾了血迹的手指在地图上移动,寻找下一条要调查的不知名路径。他把坐标保存到手机里后就去拿他的钥匙。他浪费的时间够多了。

西莉娅的眼里闪着狂热的光,好似突然之间万事变得皆有可能,好似一栋林中空地上破败的房子就是对她的祈祷的回应。她的嗓音升高了好几个八度,变得清澈而悦耳。话语从她体内滚落,仿佛她没有足够时间慢慢说出需要表达的一切。托比沃恩看上去倒无比享受。他惬意而沉默地坐在那里,听西莉娅狂乱地说她有多开心,能和他一起生活在他的家里,说她有多喜欢这里的一切,从带有图案的乙烯基地板到窗帘上的大朵花卉样式。更不用提四周的自然风光,恰好就是这些年里她一直幻想的场景。她兴师动众地搬出她的画架和画笔,发誓要创作最好的作品,不辜负夏夜这绝妙的光芒。正是由于呼吸着这里的清新空气,她的灵魂可以得到安宁,她可以真正变得富有创造力。这种崭新的狂热令她变得过分情感外露。她激烈爆发的情感必须用亲吻、抚摸和长久拥抱来加以注解,而这无一不刺激恐惧顺着米雅的脊椎骨往下燃烧。这样的狂热总是某种新的噩梦的开始。

第二个晚上药就被扔进了垃圾桶。半空的泡罩包装袋从土豆皮和咖啡粉下方朝米雅投来目光,威力巨大的药丸透着无害的淡淡色彩。原本那是可以驱逐精神病和黑暗,让一个人保持充沛活力的奇异的小颗粒化学物啊!

"你怎么把你的药扔了?"

"因为我再也用不上它了。"

"谁说你不需要吃药?你问过你的医生了?"

"我根本不用问医生，我自己就知道我再也不用吃药。在这里我如鱼得水。此刻，终于，我能做真正的自己了。在这里黑暗抓不到我。"

"你听见你自己说的话了吗？"

西莉娅发出一阵狂笑。

"你太操心了。你应该学着放松，米雅。"

那些漫长的微光闪烁的夜晚，米雅躺在那里，盯着她的背包，里面仍满满当当地装着她的全部所有物。她可以偷点钱去买回南部的火车票，回去和朋友们待在一起，同时开始去找工作，必要之时求助社会服务机构。他们都了解西莉娅的情况，知道她可以变得多有破坏性。但她明白她不会那样做，她必须照看满嘴陈词滥调的西莉娅。

我以前从来没有呼吸过这么清新的空气！

这种平静难道不美妙吗？

然而米雅并没有感受到任何平静。恰恰相反，森林里聒噪的声音淹没了其他一切事物。夜晚的情况最糟，蚊蚋嗡鸣，鸟声啁啾，风疾走而怒号，弄得云杉树也必须向它屈膝行礼。更别提从楼下传来的声音：尖叫声，喘息声，装腔声。基本上都是西莉娅发出的，自然如此。托比沃恩是一个较为保守内敛的男人。总是要等到他们消停了，等到房子里只有托比沃恩的鼾声回响时，米雅才敢下楼去厨房喝西莉娅没喝完的酒。酒是唯一能帮助她对抗光芒的东西。

莱勒在夏季根本睡不着。他也不会再睡了。他责怪阳光，责怪永不西沉的太阳，责怪它们透过卷帘百叶窗的黑色布帘漏进来。他责怪彻夜吱喳的鸟群，还有待他一沾枕头就开始嗡鸣不已的蚊子军团。他责怪一切事物，除了那些让他保持真正清醒的东西。

他的邻居们坐在自家露台上，欢声笑语，餐具叮当作响。他猫着腰朝车子走去，以免他们看见他。他让车沿着车道滑行很远后才发动引擎，只为确保他们不会听见。然而他非常确定邻居们知道他总在夜晚消失，确定他们在夜晚最寂静的时刻看见了他的沃尔沃汽车在沙砾路面上滑动。他离开的时候整个村子静谧无比，房屋在子夜阳光的照射下安静地闪光。他驶过他上班的学校，尽管过去几年他差不多一直在休假，故而难以再自称为一名教师。当离公交车站越来越近时，他太阳穴处的脉搏开始猛烈跳动。他体内住着一个满怀希望的小怪物，它期待见到黎娜站在那里，就像当初他离开时那样站立，环抱手臂，等候公交车。三年过去了，那该死的公交站仍然鬼魂般地缠着他。

警方得出的结论之一是有人开车从"银路"经过，在公交站停车并诱拐了黎娜。那人要么是主动提出送她一程，要么就是强迫她上了车。没有任何目击者可以证实这个结论，但那是唯一合理的解释，不然她是怎么以迅雷不及掩耳之势失踪得不留一丝痕迹？莱勒是在清晨五点五十分让黎娜下车的，十五分钟后公交车才进站，而公交车司机和乘客都说那时黎娜并不在那里。这是一段时长十五分钟的空窗，不过如此罢了。

他们对整个格洛默斯特莱斯克进行过一次周密搜救，每个人都参与了这场搜救。他们打捞过每一片湖泊和每一条河流，还连成长长的队伍互相搀扶着朝每个方向走了数英里①。整个州郡的猎狗、直升机和志愿者都来帮忙。但不见黎娜。他们找不到她。

他拒绝相信她已经死去。对他而言,她的模样还像那天清晨站在公交站时一样鲜活。有时他会被功利的记者或缺心眼的陌生人追问。

你觉得你的女儿还活着吗?

当然。

去阿尔维斯尧尔②的三十分钟车程里,莱勒可以抽三支烟。他走进去的时候加油站即将打烊。凯鹏正背对着他拖地,他的光头在荧光灯的照射下亮油油的。莱勒轻手轻脚地走到咖啡机前,用一次性纸杯接了满满一杯咖啡。

"我刚才还在想你上哪儿去了。"

凯鹏把肥硕的身躯靠在拖把上。

"我特意为你煮了鲜咖啡。"

"欢呼,"莱勒回应,"你怎么样?"

"你懂的,不能抱怨。你呢?"

"苟延残喘。"

凯鹏收了买烟的钱。他没有算莱勒喝咖啡的钱,还递给他一个袋子,里面装着一块放了一天的肉桂面包。莱勒掰下一块干面包泡在咖啡里,凯鹏则继续拖地。

"你今晚是开车出来寻找的吧,我猜。"

"没错,我开车出门的。"

---

① 1英里≈1.6千米。——编者注
② 瑞典北部北博滕省的一个自治市。

凯鹏点头，面露哀色。

"纪念日快到了。"

莱勒低头看着湿淋淋的地板。

"三年了。有时我感觉那件事像发生在昨天，有时又觉得好像整个人生都过完了。"

"警方有计划采取什么行动吗？"

"我他妈的真希望我知道。"

"他们肯定没有放弃吧？"

"没什么进展，只是我一直对他们施加压力。"

"那样很好。如果你需要任何帮助，我都在这里。"

凯鹏把拖把泡进水桶清洗，然后拧干。莱勒抄起香烟丢进衣兜，把面包稳稳地放在咖啡杯上，并在离开的时候用空闲的那只手拍了拍凯鹏的肩膀。

凯鹏从一开始就在这里。失踪案发生后，他查看黎娜失踪前后几个小时里加油站的监控录像，看看能否发现任何关于黎娜的踪迹。如果她确实搭了便车或被人劫走，那么那个人有可能会在这里停车加油。他们一无所获，但莱勒感觉凯鹏从来没有停止过查看，即便过了这么长时间。他是一位不可多得的朋友，值得珍视的朋友。

莱勒又一次坐在了方向盘后，把最后一片面包浸入咖啡，边吃边研究油箱。他计算过劫匪把黎娜从格洛默斯特莱斯克带走时若汽车油箱是满的，那他能跑多远。这取决于他开的是什么车，他们也许开进了大山深处，也许一路开到了挪威边境。要是他们沿着"银路"开，情况也差不多。但他们也有可能拐上了更为狭窄偏僻、荒无人烟的废弃小道。这样一来他们当然要等到晚上才会发现她失踪了，而那时已经过去了不止十二个小时。于是劫匪或劫匪们的行动就赢得了开门红。他在牛仔裤上揩拭双手，点燃一根烟，把钥匙插进点火装置。他把阿尔维斯尧尔抛在身后，孤身踏上只有森林和荒路为伴的旅途。他摇下车窗，这样就可以闻到松树的香味。如果树木可以言语，那么这里早就存在着成千上万的目击者。

"银路"是一条主干道，能够把他送到一个广阔的道路网络——由更为狭细的如静脉和毛细血管般的道路组成，泵流整个乡村地区。这里有长满杂草的木头轨道、机动雪橇轨道，还有在废弃村落和凋敝社区之间蜿蜒而过的陈年旧路。河流、湖泊、发臭的小溪在地面和地下流动不息，蒸汽腾腾的沼泽地像渗血的伤口一般延伸，还有如黑眼珠般深不可测的林中小湖。在这种地方寻找一个失踪的人是一份需要终其一生的工作。

社区之间的距离遥远，隔很久才会看到有人经过。极少情况下若有一辆车经过他，他的心脏就会怦怦跳，仿佛是在期待能从后视镜里看见黎娜。他在偏僻的临时停车带停车，像过去很多次做过的那样掀开这里的垃圾桶盖，心提到嗓子眼，似乎这是他第一次行动。他将永远无法习惯这个动作。即将抵达阿尔耶普卢格前，他拐上了一条略微局狭的毛细血管，一条穿梭在冷杉林间的仅两轮宽的小道。莱勒抽着烟，双手依然握着方向盘。层层叠叠的薄雾如幽灵般在树林间飘荡，他借着微弱的光芒扫视四周，以便更清晰地确认自己身在何处。路太窄了，车难以掉转方向，如果他想返回，现在就必须掉头。但这些日子以来，莱勒已变成了那种不会掉头的人。

沃尔沃汽车在灌木丛间颠簸前行，烟灰星星点点地闪落到他的衬衫前襟。他继续朝前开，直到瞥见树枝间的第一座建筑物，一栋破损的窗沿以下皆是枯树枝的房子，曾是门窗的地方现在洞口豁开。再往前走又出现了一栋被森林毁坏的木屋的骨架，接着是另一栋，俱是数世纪无人居住的破屋。莱勒在这片荒凉废墟中央停车静坐许久，等待肺部储满新鲜空气，然后他从置物箱里取出贝雷塔手枪。

米雅已经学会避开西莉娅的男人们。她避免单独与他们共处一室，因为她明白在极少数情况下他们想要的才仅仅是西莉娅。他们喜欢压在她身上，拍打她的后臀，狡诈地小口咬她的乳房，甚至在她的乳房发育成熟之前，这种事就已经开始了。

可是托比沃恩永远不会碰她。她们来到此地的第三夜她就知道了，那夜她下楼去厨房，发现他独自一人端着茶碟喷喷地喝咖啡。她尽可能轻悄悄地从他身旁溜过，装作没看见他似的走到外面的走廊上去。他探头问她想不想吃点宵夜的时候，她刚刚点燃一根烟。他的脸部皮肤沟壑纵横，她这才意识到他远比自己以为的苍老，而且比西莉娅大不少岁数。他老得可以当她的外祖父了。

他消失在里屋，她可以听见他抽着烟吹口哨的声音。她一直瞪视森林，想让它知难而退。她理解不了怎么会有人自愿像这样生活于此。枝干纵横的云杉树下方鬼影游动，扰人的沙沙声就从那里传来。走廊上浮起一股潮湿的霉菌味，狗跑了出来，爪子摩擦着灰色地板。它趴在她的脚边，挨她如此近，她可以感觉到它粗糙的毛皮就挨着自己的脚趾。它不时抬头望望远处的森林，似乎听到了森林深处的动静。每次米雅的心都会随之紧缩。终于，她再也忍受不了。比起一切目不可及的事物，厨房里的那位陌生人显然友好得多。

托比沃恩已在餐桌上摆好了咖啡杯、面包、奶酪和火腿。

"我这里只有这些东西了。"

米雅犹豫地站在门口，扫了一眼西莉娅睡觉的屋子，然后又看了看餐桌上的食物。

"面包不错。"

她坐在托比沃恩对面的椅子上，眼睛却盯着满是刮痕的桌面。那里放着一台大镜头相机，它宽大的肩带几乎垂到了地面。

"你是一位摄影师吗？"她问。

"噢，我只是随便玩玩。"

托比沃恩倒出咖啡，腾腾热气如一片纱帘在他们之间拂动。

"你喝咖啡，对吧？"

米雅点头。她记忆中自己很早就开始喝咖啡了。咖啡，或是酒，但这是她不会向外界袒露的一面。面包精细而柔软，入口即化，她吃了一片又一片，因为那当儿她饿得无法自控。托比沃恩似乎并未注意到这点，因为他面朝窗户坐着，一边和她聊天，一边指点风景。他指给她看森林道路和角落的柴房，那里堆放着自行车和钓鱼用具，还有其他一些她可能会感兴趣的玩意儿。

"一切随意。现在这是你的家了，我希望你明白。"

米雅正在嚼面包，听到这话她突然觉得面包难以下咽。

"我从来没有钓过鱼。"

"没关系，我马上可以教你。"

她喜欢他笑起来时脸部皱纹舒展开来的样子，还有他不怎么自然的语音语调。他只短暂地看了她几眼，好像他并不想增加她的负担，她觉得很舒服，于是又给自己倒了一杯咖啡，尽管这意味着她必须探身越过桌子去拿咖啡壶。米雅清楚她着实不该在深夜里喝咖啡，可是屋外的太阳光整夜不散，她是再怎么样也睡不着的。

"很好，很好，你觉得怎么舒服就怎么来。"

这时西莉娅站在了房间门口，身上只穿着打底裤，耀眼阳光照得她下垂的乳房死一般苍白。米雅转过脸。

"过来坐，趁你女儿还没把这些东西一扫而光。"托比沃恩说。

"喂，你要是纵容米雅，她会吃垮你的。"

西莉娅尖声尖气地说话，惹得米雅的胃部肌肉一阵痉挛。她拖曳着脚走过来站在厨房排气扇旁，咔嚓一声打开她的打火机点烟，然后用力地深吸一口手里的烟，好像她正努力要把烟草往下吸到脚趾处。米雅在老爷钟的玻璃镜面里看到了她。她眼中的光芒，她皮肤下起伏的肋骨。她想知道停止服药后，她是否产生了断瘾症状[①]，但她不想当着托比沃恩的面问。他把咖啡壶递给了西莉娅。

"我刚刚只是告诉你的女儿她可以四处逛逛。要是想去湖边或村子里，她可以骑自行车去。"

"听到了吗，米雅？你还不出去四处瞅瞅？"

"晚点吧，可能。"

"你没什么别的事可做，不是吗？骑车去村子里看看能不能找

---

① 长期服用药物后突然停止服用或减少剂量时身体或心理产生的适应性反应。

到同龄玩伴。"

西莉娅把香烟盒揉成一团，摸出她的钱包，从中拿出一张二十克朗①的纸币递给米雅。

"给自己买个冰激凌或其他玩意儿吧。"

"这么晚没有店家开门，"托比沃恩说，"不过小孩们反正都喜欢在集市逛逛，他们会很开心有新朋友加入。"

米雅不情愿地站起来接过纸币。西莉娅跟在她身后，送她到走廊。

"托比沃恩和我需要单独待会儿，就是这样，"她说，"你可以离开几个小时，对吧？去吧，玩得高兴！"

她把身子靠过来，轻轻吻了吻米雅的脸颊，再递给她两根烟，接着就把门关了。只剩米雅瞪着双眼站在那里。她身后的树林沙沙作响，好像是在哂笑她。她能感觉到旧日的怨恨又开始搅动她的五脏六腑。这不是西莉娅第一次把她推进寒风里，但她曾发誓绝不会有下一次。她缓缓转身，就在这个瞬间，她意识到此处只有她和森林，这恰恰是她所害怕的。

废弃土地正是他寻访之地，那里还是房屋年久失修、道路野草丛生的地方。一位芬兰的通灵师②曾说他的女儿就在这样的地方："茂密森林和木头废墟之间是人被抛弃之地。"莱勒没工夫理会通灵大师，但他也没有别的线索。这些日子以来他已经不排斥去抓住救命稻草。

---

① 瑞典的货币单位。
② 可以帮助活人与阴间死者沟通的奇人，类似巫师。

当他跨过门阶，弯腰穿过悬垂在生锈铰链上的门，游走在被时间侵蚀的湿地板上时，他无比感激这白夜。他的眼睛扫过发霉的沙发和木质壁炉，以及被苦心经营的蛛网和灰尘包裹的灯罩。有些屋子空荡荡的，能够传出回声，有些屋子则呈现着一种主人匆忙离开时的状态，储物架上还摆着易碎的瓷器，镶框挂毯上编织着智慧之言：

请在我一文不值的时候给予我广博深切的爱，因为那是雪中送炭。

房子有多大不重要，重要的是阖家幸福。

每日都对被赠予的事物表达感恩。

既然他们在墙上挂了这些未必真切的至理名言，他们的离开就不足为怪了。他想到所有脸颊粉扑扑的女人们，在冬夜里围绕煤油灯而坐，针线在手里缝字纳词，他心里思忖，这些简朴真理是否抚慰了活在严酷生存境况里的她们，或者是否是他戳破了她们的这种自我麻醉。

子夜阳光从空寂的窗框透进来，在掩盖着老鼠和野兔粪便的尘土中构建形状。他走进卧室，搜寻床底和衣柜，在摇晃的地板上用他敢于采取的最快速度移动。来到最后一栋房子的时候，他听不见自己的心跳声了。即将结束了，很快他便可以安全地再次坐在车里。最后一栋房子看上去状况稍好，窗玻璃和房瓦都完好无损。而且前门紧闭。他不得不用尽全力拉动，门出乎意料地开了，他却被弹倒在地。他在寂静中大声咒骂着站起来，发觉自己的牛仔裤湿了，脊椎骨火辣辣地疼。他回头看了一眼，似乎在确认没有人站在虚空中嘲笑他。

他的脚甫一踏上门阶，恶臭就扑面而来，是那种死亡和腐败所散发的令人窒息的臭味。他的身子往后一缩，用力过猛导致差点再次摔倒。他用一只手抓住腰间的枪，迅速拆除它的安全护套。他的视线越过肩部，看到他的车停在五十米外，半被枝叶覆盖。他想跑回去，爬进车里坐在方向盘后，忘记一切。忘掉凯米[①]来的该死的通灵师和蜷伏在被人遗忘的废弃房子里的黑暗。但他没有跑。相反，他以手掩脸，把武器举在身前穿门进屋。他可以看见空气中微光闪烁。他在幽暗中笨拙穿行时，房里的恶臭味变得越发浓郁，令人难以忍受，恶心感涌上他的喉间。墙上的人脸微笑着俯视他，那是一张张装在相框里然后被钉在浸水墙纸上的黑白照。张口大笑的金发小孩，一位身着黑色裙子的黑眼睛妇女。莱勒转身，目光穿透包裹着尘埃的光线。房子里还有一个焦黑的壁炉，几把高而长的三脚椅和一张铺着花卉图案塑料桌布的餐桌。桌子下方有一块地方凸了起来。

那是一只田鼠。它已经死了，尾巴缠在肿胀的尸体上。莱勒放下他的武器，开始往回走，一路经过那些笑脸走出前门。他跑回车边，手撑着膝盖站立，大口呼吸森林空气。腐臭味已经蚀刻进他的鼻孔。直到他坐在方向盘后开车回到马路上，他还是可以闻到它，似乎那是从他体内散发的气味。

米雅的脚上只穿了一双凉鞋，冷杉的果实和树根戳刺着薄薄的鞋

---

① 位于芬兰拉普兰省的一座海滨城市。

底。想哭的欲望驱使她跑进树林，这样西莉娅就不会看见。她起初跑了一段路，随后却停下，拼命调整呼吸。不会平静下来的。树枝在她头顶和周身兴风作浪，摇摆不停，沙沙作响，摩擦着她的手臂，仿佛它们想抓住她。狗是跟着她一起来的，但它一会儿就不见了踪影，消失在她看不见的灌木丛里。她希望出现一名领路人，这样她就可以紧紧跟随他。她听见自己怦怦作响的心跳，但她不清楚自己在害怕什么，也许是树林间晃荡的影子，也许是野生动物，也可能只是孤独。她从来没有像这样走进一片森林。她可以尖叫而不必担心任何人听见。显然这里的树木很古老，它们被遗落在这里，不受打扰地生长。松树粗壮的灰色树干被一块块熊皮一样的地衣覆盖。当她抬头看树冠，不禁感到眩晕而渺小。这是一个适合失踪的地方。

　　她来到高处一片被叫作沼泽的湖，发现它近距离看起来比从托比沃恩的车里看过去更宽阔。她沿着水边走了几里路，那儿的路面泥泞而狭窄，干枯的白桦树垂头丧气地用枝干摩擦它。狗从灌木丛里跑到湖边喝水。米雅坐在一块岩石上，脱掉凉鞋，双脚伸入水里，但很快又重新提起。当她把脚搭在岩石上时，覆盖其上的褐色苔藓令她想起了凝固的血液。狗又跑走了，她赶紧去追它。紧靠湖边是一条杂草丛生的小径，只是被些许落叶和涓涓细流阻断了。她开始觉得饥饿，想知道时间过去了多久，以及她是否可以回家而不必再担心妨碍着谁。她点燃一支带出来的烟，吸食烟雾以延缓饥饿感。

　　米雅站在那里，抽着烟，然后她听见了声音。狗跑在前头，此刻正狂吠着以示警告。她再次动身，以更快的速度行走，透过树枝间的缝隙，她看见有人坐在湖边。他们生了火，<u>丝丝缕缕的烟雾正</u>

缭绕着升向天空。她从谈笑声判断他们是男人。他们亲切地和狗打招呼，继而转头盯着她。香烟滑落到地面，但米雅弯腰，捡起香烟快速放到嘴里吸了一口，如同什么都没发生过。她觉得双颊绯红如火烧。男人们很年轻，脸上长满粉刺，当他们吞咽的时候能看到凸出的喉结一起一伏。其中一个男人起身朝她走来。

他的手臂修长，不安地摆动，脸上挂着一副她读不懂的表情。她只能看见他的眼睛，和他凝视她的目光。他站得离她如此近，以致她不得不往后一缩。他伸出他的手，看上去要来握住她的手，可他只是一把夺走了她手中的烟。他把烟丢到水里，视线一刻也不曾离开她。

"你究竟想干什么？"

"像你这样美丽的女孩不该抽烟。"

"谁说的？"

"我说的。"

从火堆那边传来阵阵笑声。

"那你是谁？"

他暗淡的双眼闪过一丝狡黠，米雅知道他在逗她。

"我叫卡尔－约翰。"

他在牛仔裤上揩干手，然后伸到她面前。他手上的皮肤很粗糙，覆满老茧。

"米雅。"她说。

他点点头，向身后示意。

"那是帕和戈然。他们不像看上去那样不正经。"

坐在火边的两位年轻男子对她点头致意，突然变得不好意思起来。他们三人全都是深金色头发，身穿配套的 T 恤衫和牛仔裤。

"你们是兄弟？"她问。

"人人都认为我最大，"卡尔－约翰说，"但实际上，恰恰相反。"他从别在腰带上的刀鞘里抽出一把刀，用刀刃指着火堆。"过去坐坐，"他说，"我们正准备开始野炊。"

米雅犹豫不决地站在火堆旁。狗却早已耷拉着脑袋趴在年轻小伙身旁，眼里只有他们手上拿着的鱼。她瞟了一眼返回托比沃恩家的森林小道。阳光柔和温暖地照着青苔地，突然之间这森林给人的感觉不那么阴森可怖了。

他无视黎娜的反对，在抵达北博滕①的时候，又转上另一条森林道路。

"今晚够了吧。"

"再开一条路。"

沙砾在车子下方咔嗒作响，道路两侧皆是往远处延伸的微光粼粼的沼泽地。他看见青苔地正冒着水雾，似乎大地自己正在地表下呼吸。再往前开几公里，他就抵达了一个漂满黑色水藻的林间湖泊，两栋破旧的房子在湖岸两侧相对而立。

他嘴里衔着烟，双手握住枪，枪口朝下，在云杉树林间穿梭，湿漉漉的枝干在他的牛仔裤上留下黑色斑点。他不知道自己为什么要携带武器，因为他无法想象真的要去射杀任何一个人。可他也不想手无寸铁。

---

① 位于瑞典北部的一个省，地广人稀，自然风光优美。

第一栋房子散发着熟悉的腐木味和荒废气息。四面的墙壁全挂着长长的蜘蛛网，当他在积满厚厚灰尘的房间里穿行时，它们就趁机拂过他的头发。他跪在凹形卧室的地上查看窄窄的卧铺下方，但他只看见了一个装满鱼钩等渔具和亮晶晶鱼饵的绿色塑料盒。在客厅里，他打开木制火炉的门，捅了捅灰色木柴燃烧后留下的余烬。一块斑驳的棕色碎布拼接毯子铺在地上，如同一条泥带盖住了地面，一直延伸到空木篮子前。在毯子的破损处他看见了泥巴脚印。莱勒蹲下身戳了戳那块泥巴，冰冷而湿软。有人不久前曾来过这里，把新鲜泥巴带了进来。

莱勒背靠火炉举起武器。他迅速瞥向条纹玻璃窗，看见冷杉树在窗外摇摆。他保持这个姿势站立，直到心跳慢下来，思绪变得清晰。有其他人正在这片森林里活动。有其他人在寻找废弃的房子，以寻求温暖，或者调查，或是找寻躲避恶劣天气的庇护所，就是那样。

他朝出口走去，绕着湖泊走到对面，祥光四射的白色睡莲似乎在黑色湖面旋转舞蹈。莱勒好奇这里的水有多深，这片湖泊是否像它看上去那般深不见底。它是否能被吸噬。他轻轻把烟蒂投进水里，立马后悔置身于此。四周的平地松软如沼泽，似乎专为把某人吸进去而存在。蚊子的嗡鸣声好像变得更响了，他又点燃一支烟，好把它们熏走。第二栋房子的境况稍好，外侧墙壁上仍然残留着黄色的油漆印，前门毫不反抗地洞开。他没走多远，便感觉一把来复枪的枪口抵住了自己的脖子。

他双手高举，身子站得笔直，整个房间都在他周围搏动。他可以听见自己的心跳声和身后男子的呼吸声。

"你是谁？"男人问道，其实那充其量不过是一阵轻悄的耳语。

"我叫莱纳特·古斯塔夫森。求你，不要开枪。"

枪口重重压着他的颈项，莱勒满腔愤怒。手枪从他手中掉落到地面。

他听见男人伸出脚把它踢走。枪口压得更用力了，如此紧迫，他差不多要跌倒。莱勒闭眼时看见了黎娜，她那双美丽的蓝眼睛正对着他一眨一眨。她的声音充满责怪："我和你怎么说来着？"

他们清理好鱼的内脏后，就用木棍把它串起来放在火上烤。黑色鳞片在微光中闪烁。内脏则被扔在一块岩石后喂那条兴奋的狗。他们在湖里洗干净沾血的双手。米雅以前从没吃过烤鱼，她惊奇地发现鱼肉捏在手里像面包一样易碎，吃在嘴里又像黄油一样易化。那三个家伙言语不多，只是一直看她。他们的注视使她觉得难为情。她能觉察到每一个动作，觉察到自己用手把头发拨到脑后，因为不知道如何对付它们。

每一次她撞上卡尔－约翰的目光时他就会笑。他有一排整齐漂亮的牙齿，下巴上还有一个酒窝。他的注视搞得她很难吃东西，其实是很难做任何事情。

显然他是头儿。他代表他们发言，他们则用点头、大笑或必要的大摇大摆等表情手势予以声援。他比其他两个人高，但没他们健壮。他的面部特征像一个男孩那般细腻温和。他坚持要她再吃一块鱼肉，说她的口音听上去像斯德哥尔摩[①]人。

---

① 瑞典首都。

"我四海为家，"米雅说，用一种老于世故的语气，"我尤其不会染上地方口音。"

"你怎么最后来了这里，那么多地方，你怎么来了格洛默斯特莱斯克？"

"我妈想搬到这儿来。"

"为什么？"

"她在网上认识了一个家伙，他在这里有一栋房子。我妈一直梦想过这种生活，你们知道的，一种在森林里度过的平淡生活。"

米雅感觉血涌上脸颊，她讨厌谈论西莉娅。但她用眼角余光瞥见卡尔-约翰正调动起双眼和牙齿对着她微笑。

"听起来你有个智慧的母亲。"

"你这样想？"

"当然。每个人都应该寻求更平淡的生活，如今的世界就是如此。"

他坐得离她很近，近得他们的肩膀和膝盖相互摩擦。她觉得在他身边，自己显得极其弱小。但他的嗓音又是那样温柔，差不多可说是悦耳动听了。它将她包裹进一种迷醉之中。而且他望着她，他真心实意地望着她。

"你们总是在半夜里跑出来吗？"

"这时鱼很容易上钩。"

卡尔-约翰对着沼泽地点头，水面反射出微光天空的倒影。

"你呢，这么晚在外面干什么？"

"我睡不着。"

"等你死了你就睡得着了。我们去游泳吧！"

卡尔－约翰脱下他的T恤衫，露出黝黑的坚实身体。

如同接到了命令似的，其他两个人也脱掉衣服跟随他行动。只留米雅一人在火边。可是卡尔－约翰站在水里，用他那悦耳的嗓音诱哄她下水，直到她不再拒绝。她穿着T恤衫步入冰冷的水中。她的双肩浸没在水面下，哪怕这水冷到她觉得自己的心脏即将停止跳动。结束后他们坐在露出水面的几块岩石上晾衣服，狗紧挨着卡尔－约翰，仿佛它也知道他是头儿。她想起西莉娅在拉霍尔姆和一名农场主同居时曾说过的话："一个知道如何与动物相处的男人，你可以信赖他。"

"你们住在这个村子里吗？"她问，他们正躺在一起，等待衣服晾干。

"不，不是格洛默斯特莱斯克村，我们是从斯瓦特利登来的。"

"那地方在哪儿？"

"离这里约莫十公里远。"

戈然，年纪最大的哥哥，一脸粉刺，连手指也未能幸免。米雅努力不去看他。

"整个国家都在崩溃，"他说，"斯瓦特利登是我们的庇护所。"

"庇护我们躲开什么？"

"一切事物。"

寂静中，这些话语听起来意味深长。年龄第二大的兄弟，帕，用一顶帽子遮住眼睛，一言不发。

米雅斜着眼看卡尔－约翰，发现他正在微笑。

"你可以自己去看看，也可以带上你的妈妈。如果你们追求平淡的生活，你们肯定会爱上斯瓦特利登。"

米雅摩挲着西莉娅给她的最后一支烟。她很想点燃它,但她没有。

"你们真奇怪,"她说,"奇怪死了。"

他们放声大笑。

卡尔－约翰坚持要送她回去,她很感激自己不用再独自一人穿越森林。路面很窄,他们只好排成一队行进,他就在她身后,他一动她就可以感觉到他的目光灼烧着自己的颈项。狗打头阵,尾巴左右摇动地鞭打灌木丛。米雅走在中间,寻找话题交谈。通常男人们都不喜欢她,至少不是百分之百。她过于安静和不自信。他们喜欢可以打趣他们,被他们的笑话逗得放声大笑的女孩。她既不擅长开玩笑,也不擅长高声发笑。她的尝试听上去总是驴唇不对马嘴,她可以从他们的眼神里看到这点,她的努力并不奏效。

可是卡尔－约翰并不开玩笑。他只是走在她身后,谈论他们农场里喂养的动物,牛群,山羊,狗。"在斯瓦特利登我们应有尽有。"他说了好几遍这话,用一种颤动着自豪的声音。她回头时看见了他严肃的目光,这令他看上去比他本来的样貌更成熟。她察觉到一阵兴奋顺着脊椎骨传递,她感激让她可以眯眼看他的光。他对自己的生命境遇甘之如饴,这再明显不过,完全不像她。

她想起西莉娅,想起她半裸着身子在房间里四处走动,她醉酒时把嘴当机关枪使,从而吐露一切心事。米雅的脸颊因羞耻而变得越来越烫,她在森林边缘停下脚步,在这里他们只能看见小小的三角屋的屋顶和窗户。不论她多么想,她也不能邀请他进去,不能让他们撞见西莉娅。

"我妈妈病了,我想你们不应该再陪我进屋。"

他站得离她很近,她可以闻到湖水的气味,还有已经在他的T恤衫上凝结成黑色补丁的鱼血的气味。原来他也有眼睫毛,她现在可以看见了。只不过它们太浅淡,所以不容易看出。他低头看她时,她的胃部一阵颤动,她能看到他锁骨处薄嫩的肌肤伴随每一次心跳而有节奏地起伏。

"后会有期。"他说。

她必须抓紧狗链,阻止它追着他而去。当他消失在密林深处时,它悲怨地哀叫,弄得她也想哭。

"转过来,这样我可以看清你的脸。"

莱勒屏住呼吸。他缓慢地,极其缓慢地转过身体,直到来复枪的枪口抵住他的腹部。拿着武器的男人在光影中呈现真身。他的头发纠缠如绳索般垂到肩膀,和垂到胸膛中间的胡子缠绕在一起。他的脸肮脏不堪,目光锐利。他的衣服挂在身上,缝合处已经磨损,T恤衫上裂开了一道长长的口子,露出了里面惨白的皮肤。他周身散发着混合了森林、汗液和柴火的刺鼻气味。他目不转睛地看着莱勒,同时放下来复枪。

"你来这里做什么?"

"抱歉,"莱勒说,"我不知道有人住在这里。我在寻找我的女儿。"

"你的女儿?"男人复述,仿佛这个词对他而言陌生难辨。

"没错。"

莱勒放下左手,伸进夹克衫的内兜里摸出黎娜的照片。他把照片举到男人跟前。

"她叫黎娜,快满二十岁了。她已经失踪三年了。"

衣衫凌乱的男人凑近照片仔细研究。莱勒伸出的手臂在他俩之间紧张地抖动。他的眼睛一直盯着男人的来复枪,因为它依然挂在他的手臂上。

"我没见过她,"男人终于说,"她是在这里失踪的吗?"

"她是在格洛默斯特莱斯克的一个公交站消失的。"

"这地方离格洛默斯特莱斯克可有段距离。"

"我知道,可我的寻找计划把我带到了这里。"

男人眼中的诚实在暗淡的光芒中闪烁。

"她不在这里,我只能告诉你那么多。"

莱勒迅速把黎娜的照片放回衣兜。

原本应该很紧张,但他突然感觉眼泪即将如泉水般喷涌而出,他清了清嗓子,以抑制住眼泪。

"抱歉打扰你了,我不知道这个地方有人住。"

他往透着水冷冷的光的门走去,可他还没穿过门廊就听见低沉粗鲁的说话声:"你愿意留下来喝杯咖啡吗?"

莱勒坐在一张晃悠悠的木凳上,大胡子男人放下来复枪,开始用泥巴深嵌入掌纹的手调配咖啡。窗户被深色油布遮盖,但餐桌上一盏孤零零的油灯把微弱的光线投映到了镶嵌松木的墙壁上。莱勒从他行动时的步态和破旧T恤衫下的结实肌肉判定,这个男人比他看上去的样貌更年轻。

"你可得原谅我用那玩意儿指着你,"男人说,"但你看上去很怕我。"

莱勒从地板上捡起自己的手枪，把它放在触手可及的位置。

"我以为这屋子是空的，"他说，"我能问你叫什么名字吗？"

"帕特里克，"男人在几丝犹豫后回答道，"但我自称帕特。"

"你住在这里？"

"偶尔住住，我路过这里的时候。"

"没多少人会路过这里吧。"

帕特咧嘴一笑，他的牙齿在黑暗中闪光。

他把咖啡倒入两个锡质马克杯，然后递给莱勒一杯。液体像焦油一样浓稠坚厚，但在发霉的空气里，它的气味闻起来很美妙。

"你是怎么找到这里来的？"

"纯属巧合。我沿着'银路'来来回回开了三年，搜寻了每一条可恶的小径和森林道路。"

"找你的女儿？"

莱勒点头。

"没有警察帮你吗？"

莱勒摸出一包烟，抽出一根衔在嘴里，并递给帕特一根。

"警察是一群废物。"

帕特点头，好像他非常理解这点。他们点燃香烟，任咖啡的雾气和烟草味充斥着沉默气氛。莱勒看向年轻男人，注意到他把烟雾深深地吸入胸腔，让它存留在那里，像剁碎的食物。他鼻孔周围的皮肤粗糙发红，不时抽动，但除了这点外，他看上去已然冷静。

"所以你在这里做什么呢？"

帕特仰头，透过缭绕的烟雾盯视他。

"我估计我也是在寻找某个人。"

"你在寻找谁？"

帕特起身走进隔壁的屋子。莱勒的眼神一直停留在靠墙放着的来复枪上。帕特拿着一张残旧的照片回来并把它递给莱勒。照片上是一个留着平头且表情严肃的年轻男子，他身着沙漠迷彩服，胸前挂着一把自动武器。他坐在一栋死气沉沉的灰色建筑前，建筑物的窗框已经裂开，墙体布满弹眼。

"这是我，被战争蹂躏之前的我。"

莱勒仔细地观察，比较眼前的大胡子男人和照片中那个衣着整洁、面目清秀的年轻男子。在他看来两者并无相似之处，除了眼睛，也许吧。

"战争？什么战争？"

"阿富汗战争。"帕特说这话的时候微微苦笑。

"所以你加入了联合国维和部队？"

帕特点头。

"妈的。"莱勒靠在凳子上喝咖啡，努力不吞下沉渣。一缕金色阳光从深色油布周围的空隙漏进来，他可以听见窗外的鸟鸣，提醒他世上仍然存在诸多美好事物。帕特拿出他的猎刀，用它清除自己指甲里的泥土。他的视线越过刀柄窥视莱勒。

"你难道不问问我那时是否杀过人吗？"

"瑞典的维和部队一般不会参加战争，对吗？"

帕特发出一声空洞的笑，笑声很快变成一阵咳嗽。

"那是你一厢情愿的想法，真相比那更加肮脏。"

他竖起七根手指。他的手掌红肿而脱皮。

"七个，我杀过的人的数目。我见过的死人更多。"帕特用刀拍打自己的一侧额头，"他们的尖叫声永远不会离开你，我总是能听见。"

莱勒松了松衬衫的衣领，这狭窄逼仄的房间里闷热不已。

"骇人听闻。"

"最糟糕的情形是，他们没有直接死掉。比如他们的腿被砍掉，但他们仍然活着。于是你得走过去仔细检查，近距离地结束他们的生命，眼对眼，那时一切似乎才变得真实。当你看见他们眼里的光灭了，他们才真的死了。"

他用刀刃指着莱勒。

"一些关于死亡的东西，是渗透进你皮肤之下，并从身体内部毁灭你的。在你离开人世之前，没人会警告你。当你亲眼看见死亡，当你凝视它的真面目时，没有人对你解释会发生什么。它把爪子伸出来钳住你，并从此成为你的一部分。"

"如果你知道会发生什么，你愿意待在家里吗？"

帕特低头垂眼。他脸部的肌肤自有一段命运，急速抽搐，痛苦扭曲。

"我就是个爱管闲事的混蛋，"他最后说，"我们所有人迟早都不得不面对死亡。没有人能逃过它。"

莱勒把他的杯子推到一边。缺氧的房间使他感到疲倦。他只不过是无法开口谈论战争和死亡，并不是因为当下他被自己的情绪攫住并淹没其间。起身时他觉得小腿疼痛。

"谢谢你的咖啡。我得走了。"

"森林里还有其他像我这样的人——自我迷失而无法再融入尘世的人。可能你的女儿是我们中的一员,可能她只是暂时失联一阵子。"

"黎娜爱这个世界。"

"你觉得是有人伤害了她?"

"她不会出于主观意愿就这样离开我们,我清楚这点。"

帕特陪莱勒走到前门,似乎他还没准备好放他走。

"我会留意你的女儿。"

"谢谢,我感激不尽。"

"以我的经验看,必须当心的始终是那些微笑的人。"

"你这话是什么意思?"

"那些不问因由而笑的人,那些用他们的龇笑愚弄他人的人,他们才是恶魔。"

"我会记着你的话。"

莱勒推开门,帕特抬起一只手,挡住照在脸上的阳光。

"我很愿意帮你寻找,"他说,"但我忍受不了这阳光。"

"我理解。它会削弱你的能量。"

他们握手,沉默地相对而立,用某种心心相印的神情看着彼此,直到门再次晃动着关上。林中湖泊像一方盛满棕褐色石油的池子,静静地躺在两栋房子之间,莱勒以最快的速度在松软潮湿的地面上前行。

周末的时候他们喝酒,他俩一起。托比沃恩的声音越发响亮,脸庞越发糟红，开始谈论那被关闭从而令他失业的矿井。西莉娅炸了猪排，还做了一盘焗马铃薯，盛装在托比沃恩的母亲最珍贵的陶瓷碟里。

托比沃恩品尝的时候食物掉在了他的胡髭里，西莉娅坐在餐桌另一头，不断抽烟。她的眼睛下方有黑眼圈，抱怨炎热的天气老是让她食欲尽失。总是有层出不穷的新借口，她孱弱的双肩让米雅想到雏鸟，她内衣的肩带一直往下滑。

"你该吃点东西。你看起来像个骷髅。"

"不是每个人都跟你一样贪得无厌，米雅。"

西莉娅在和真相作战。失去食欲是近期出现的症状，起初她怪罪药物，说它让她觉得食物好像要噎死她。但她已经不再服药了。这些日子她只会在米雅指责她不该把红酒当水喝时才会变得恼怒。

米雅自顾自地上楼回卧室。她躺在窄小的床铺上，盯着横梁相接的削尖屋顶。一张轻盈脆弱的蜘蛛网稳稳地搭在中间的屋梁上，她看见干瘪的蚊子和苍蝇在这里命赴黄泉。尽管它们不过是些惹人厌的小家伙，她还是禁不住泪水盈眶。

很快西莉娅的呻吟声就从楼下传了上来，刚开始很微弱，接着变得尖厉。托比沃恩咆哮着，家具摩擦着木地板。听起来像是他要谋杀她。米雅用手紧紧捂住耳朵，看着窗外摇摆的树梢。孤独中，其他声音冲进了她的脑海，嘲讽的声音。

你妈妈真的收钱办事？

你知道那一切是什么意思，对吧？

她的手机放在床头桌上，屏幕暗黑，静止不响。从她登上开往诺尔兰的列车以后，就没人给她打过电话。她不久前才离开的那座城市里，没有人想念她，没有人好奇她的行踪，尽管她是那个在周末贡献出香烟和药丸的人。她以为就算她们不想念她，至少也会想念兴奋剂吧。

第一声巨响爆发时她刚睡着。她飞一般地逃离床铺，看了一眼房门，椅背依然抵着门把手，没人趁她熟睡时偷偷潜入。尽管托比沃恩从来没有过任何不轨行为，她还是始终采取防范措施。第二声巨响传来时她才反应过来，这声音不是从房门处传来的，而是来自窗外。她蹲伏在窗沿边，探头看外面光亮的夜晚，看见一个影子在走廊上游动。狗的拴链咔咔作响，似乎它自己晃动了起来，然后她看到黑色的影子弯下腰，轻轻地拍打抚摸着它。当他朝她这边转过脸时，她看清那是卡尔－约翰。

她推开窗户，探出身子。

"你在干什么？"

"我想去湖里游泳，你来吗？"

"现在？"她小声问，"半夜里？"

"这光没日没夜地照，没人睡得着。"

米雅朝房门的方向伸长脖子，倾听托比沃恩和西莉娅的声音，但她只听见了这栋旧屋幽幽的叹息。手机屏幕显示的时间是深夜一点半。她对着楼下的卡尔－约翰微笑。

"等我十分钟，别让任何人发现你！"

她刷了牙，还抹了一些除臭剂，头发松散地披在肩上，又在唇上涂了唇彩。没时间再捯饬别的了。出于习惯她抄起一包烟塞进兜里，但立马又改变了主意,卡尔-约翰不喜欢抽烟的女孩。她迅速把烟扔进废纸箱,让它藏在糖纸下。

然后她蹑手蹑脚地走下楼梯,避免踩到从下往上数第三级台阶,要是不小心踏上去,它会发出猫叫般凄厉的声响。托比沃恩坐在沙发上睡着了,头耷拉成一个怪异的角度。他赤身裸体,没精打采的阴茎垂在膨胀的肚子下方阴毛的黑影里,触目惊心地凸显出来。米雅别过头,继续往大门走去。这时,从离客厅很远的盥洗室传来呕吐声,一种让她喉咙发紧的声音。米雅想把脚穿进她的匡威鞋里,但鞋子离得太远,她够不到。西莉娅喝了太多酒,吞了药丸,又把它们吐出来,那并非什么新奇事,可是她内心仍然会产生那种该死的紧张感。因为,要是真的发生了什么事怎么办?她动弹不得,站在原地,攥着门把手犹豫不决,直到呕吐声停止。于是她打开门跑了出去。

房子外面,浓雾从森林里飘出来,浮在草地上方,像腾起的缕缕轻烟。

卡尔-约翰站在森林边缘的一排树下。他把她拉到身边,她闻到他身上散发着一股浓烈的牲圈和牲畜的气味。

"你的兄弟们去哪儿了?"

"他们在家。"

卡尔-约翰牵起她的手,领她走进松树林,无比自然地用自己的手指缠绕住她的手指。他们消失在密林深处的时候,狗就在他们身后埋怨地哀叫。他们的脚踩在地面上吧唧作响,露水在他们的牛仔裤上漫漶出一条条黑色纹路,目之所及的道路在被浓雾吞没之前,是一条狭窄的石带。米雅看了看堆在他脖颈后面的卷发,感觉胃里产生一阵刺激，似乎体内有什么东西从沉睡中苏醒了——一些新奇和令人兴奋的东西。

雾气弥漫在湖面上，像鬼魂般在林中缭绕，在初晓阳光的照耀下泛着蓝幽幽的色彩。卡尔-约翰带她来到一处篝火堆，松开她的手转而开始生火。他掰断细嫩枝干，把柴火搭成塔状，然后从裤兜里摸出一个打火机，点燃用来吸引火神的引火柴。他轻轻地扇风，直到火苗稳定，很快便熊熊燃烧起来。

他的脸庞在火光焰影中变得如此美丽，轮廓清晰而动人。米雅盯着火看，当他走过来站在她身旁时，她觉得每一寸肌肉都紧张起来。这种紧张感激起她想抽烟的欲望。她不知道手该怎么放，于是把手伸出去烤火，琢磨找点什么话说。她可以听见水波拍打鹅卵石的声音。

"告诉我一些关于你的事。"卡尔-约翰冷不防地说。

"你希望我对你说些什么？"

"一个秘密。一些你从没和任何人说过的事。"

米雅侧头看他，火焰在他眼里舞动。她犹豫了，觉得那水波拍打声听起来像在嘲笑她。她的视线又转到篝火上去，在开口说话之前盯着它看了好一阵子。

"我第一次喝醉的时候只有五岁。"

"你在开玩笑吧，对吗？"

"没有。西莉娅以前说酒是熟透了的果汁。我缠着她，闹她，要她给我喝点。但她说只有成年人才有资格喝，小孩子要是沾了哪怕一滴，都会立马死掉。"米雅哼了一声，"这只是让我对之更好奇。一个晚上，她在沙发上睡着的时候,我决定尝尝。我一定是很喜欢那个味道,因为第二天早上我是在医院醒来的。医生给我洗了胃。我差点死了。"

卡尔-约翰露出一副吓坏了的表情:"你当时真的只有五岁?"

"医疗病历上是这样写的。我长大后听西莉娅也是这样说的,但是她只记得她愿意记住的事。"

火焰灼烧她的面颊,米雅转过脸去,后悔自己说了刚刚那番话。她明白这绝不是他期待听到的那种秘密。熟悉的羞耻感在她的喉咙里长成一个小疙瘩,她一吞咽就觉得疼痛。卡尔-约翰伸出手臂把她拉近自己,脸颊紧贴她的额头。

"我真高兴你活了过来,这样我才有机会遇见你。"

他的下巴很粗糙,磨着她的皮肤。一种出乎意料的欢喜情绪从米雅内心涌出。他继续说话的时候,她能感觉到他胸腔内部的振动韵律:"你想听一个我的秘密吗?"

她点头。

"发誓不许笑?"

"我发誓。"

"我一生中从来没有喝醉过。从来没喝过一口酒,一滴也没沾过。"

"什么?这是老实话?"

"百分之百。"

米雅转过头,仰视他。

"你现在觉得我是个十足的傻子,对不对?"他说。

"我觉得你很勇敢,坚持自己的道路。"

太阳渐渐爬升到了森林上方,照得他们目眩,但她还是可以看见他在微笑。

莱勒砰地拔起拉弗格[①]的活木塞，把酒瓶举到鼻子旁深吸威士忌的雾气。木柴烟气和咸海水味灼烧他的鼻窦。嗓子眼干燥发痒，催发了一种想用酒精稀释血液的渴求，这渴求如此强烈丰沛，他不禁开始颤抖。要是他可以摒除全部思绪，不管不顾地睡上几个小时就好了，陷进沙发里，无知无觉，那就是他的全部渴望。然而耀眼的子夜阳光从百叶窗的板条缝透进来奚落他，黎娜也出现在门口。穿睡衣的小黎娜，头发蓬乱，手臂下夹着她的独眼泰迪熊玩偶，双眼亮闪闪的，像林中小湖。依旧是那个永远不会看见他喝酒的小孩，她出生时他就发了誓，发誓让她拥有井井有条的童年。

他把活木塞塞回去时，手指活像山杨树叶，然后他走到客厅里去，被腋窝下的冷汗冻得直哆嗦。屋外，夏日正进行它初次真实而深长的呼吸。万物皆荣，鸟啼莺啭，烧烤味和新修草坪的清香味袭来，如一记耳光扇在脸上。他从来不相信他会憎恨夏季，但是如今，夏季来临的一切意义，仅在于提醒他幸福的不复存在。

他钻进车里，不开车窗就抽起烟，一心想着不要撞见他的邻居们。这些年过去了，他对此早已驾轻就熟，可以熟练地让自己变得强悍，以免疫身边所有人日日上演的幸福家庭剧。他开到斯特伦松德[②]时，就左转朝乡村的方向开去。血液开始在他脑袋里翻滚，他真希望刚才喝了一杯威士忌，为了振奋精神。

[①] 一种单一麦芽威士忌酒。
[②] 位于瑞典中部的一个城市。

最危险的人是那些和她最亲近的人。莱勒研究过数据，如果某个人伤害了黎娜，那最有可能是她熟识的一个人，甚至可能是她爱的人，一个男朋友。

他转入一条更狭窄的沙砾路，高瘦的白桦树携着新叶在他身后摇动。道路尽头，一片杂草丛生的山坡上壮观地矗立着一栋典型西博滕风的房子。红色外墙在阳光下滚亮，窗户皆是锃亮的镜面玻璃。莱勒把车停在白桦树大道旁，捻灭手里的香烟，然后又点燃另一支。他摇下车窗，就坐在车里，没有熄火，以防他们知道他来了便跑来朝他扔东西。以前发生过这种事。他从工具箱里拿出望远镜，查看建筑物的正面。它沐浴在阳光里，这庇佑它不被任何想窥探它的人打扰。一排折叠起来的花园家具靠墙安放，陶盆里新近栽种的花耷拉着头。这地方没什么特别之处，即便如此，他也感觉胸腔中在蕴结一股愤怒。对有些人来说，若无其事地继续生活是如此容易。

突然传来铰链的咔嗒声，接着一个身影出现在台阶上。一个头戴帽子的高瘦男人，他的T恤衫透得可以清晰看见胸膛。他穿过草坪朝莱勒走来，脚步不稳，活像一头小牛崽。他右手拿着一瓶廉价啤酒，光泽动人。莱勒觉得他的愤怒已经冲到嗓子眼里了。他的手离开方向盘，手指无意识地紧紧握成一个拳头。

年轻男子在十米开外站定，手臂大开，俨然一副挑衅姿态。他差点就把自己绊倒了，但仍然保持直立，挑起惺忪的眼睑觑着莱勒。他的嘴角垂瘪，看上去似乎要说点什么，但他只是举起空的那只手，两根手指比出手枪形状瞄准莱勒。他眯起一只眼，猛地拉动手指。然后他把手指移到嘴边吹了吹，疲倦的目光片刻没离开过莱勒。

莱勒瞟了瞟工具箱，那里放着他的手枪。他想象自己伸手拿起它，用一把真枪回应一场假的射击：子弹精准地打穿额头，然后一切悉数终结。可是他听见黎娜在一旁抗议，于是他掉转了车头。他用力打方向盘，让车子沿弧线打滑，在地面上留下轮胎的弧形痕迹，把砾石震飞在桦树林间，直到那个男人消隐在灰尘里。

黎娜坐在副驾驶位，脸埋进手里。

"米凯尔永远不会伤害我，爸爸。"

"你可以亲自看看他的表现。"

"他生气是因为你不停责怪他。所有人中你最该知道那是什么感觉。"

黎娜在失踪前一年认识了米凯尔·瓦格。他是村子里最富有的那家人的儿子。他的父母深受爱戴和尊敬，一对精力充沛的夫妇，加入了不少本地组织和狩猎队，还慷慨地投资各种维持乡村活力的项目。不幸的是，他们的儿子是个被宠坏了的霸王，从孩童时代起就是社区的危险分子。起初只是些孩子气的恶作剧，但随着年纪渐长，他掺和的问题越发严重，比如偷窃和非法驾驶。尽管如此，他和黎娜交往的那一年里，安妮特还是一直为他着迷。米凯尔·瓦格生来就能言善道，而且将来肯定会继承一些价值不菲的家产。换句话说，这是一个丈母娘的美梦。安妮特把他的不端行为不当回事，视之为年少愚蠢，一种时候一到他就会改掉的东西。

黎娜失踪后警察曾讯问过他，瓦格声称黎娜乘公交车那天清早他"在家里，睡觉"。他的父母自然支持他的陈述，尽管他们不可能一大清早就站在儿子的床边看着他。这份证词让警察满意，尤其当他们没有任何证据可以支撑审讯继续时。并没有发现一丝犯罪迹象，没有罪犯。

然而那对莱勒而言不够有说服力。他会一直密切留意米凯尔，直到黎娜回到他身边的那一天。他每周都几次开车到可恨的白桦树大道，只为告诉那个家伙，他依然在监视他，纵然其他所有人都已转移目光至不同方向。他毫不困扰于瓦格的家人早就烦透了他跟踪他们。他们可以威胁他，打骂他，用假手枪瞄准他，随便他们喜欢用什么方式。他早已不在意邻里社区精神，他只想得到真相。

第二天晚上他们开车来接她。当第一颗石头打在她的卧室窗户上时，米雅正躺在床上，已经梳妆打扮好，随时可以出门。客厅里的电视屏幕荧光闪闪，西莉娅和托比沃恩的卧室却房门紧闭，他的鼾声像砂纸磨墙般刺耳。

外面是潮湿的夜晚，卡尔－约翰蹲在外面，被托比沃恩的旧车半挡着。看见他时，她的胃部再次产生那种兴奋感。他牵起她的手，指着沙砾路的方向。

"我哥哥在拐弯的地方等我们。"

就算她的确因不能和他独处而心生失望，她也不能表现出来。没有走需要绕过林中湖泊的那条路，他们是沿着沙砾路飞驰来村子里的。沟渠旁停了一辆开着雾灯的红色沃尔沃240。戈然坐在驾驶位。他的风帽被拉了起来，似乎为遮掩长满麻子的脸，当米雅坐到后座时，他回头对她咧嘴一笑。

"最好系紧安全带，这将是一段狂野的旅途。"

他掉转车头的时候轮胎碾着砾石发出尖锐的声音,米雅的胃里翻腾起来。她紧抓前方的座椅。卡尔-约翰在后视镜里看向她的眼睛。

"你今天干了什么?"

"没干什么。"她答道,"努力不被无聊折磨死。"

"无聊?"他笑了,"我们可以做点事解决这个问题。"

他们穿行过整个乡村。到处都悄无声息,睡意兴浓。当他们转到一条更开阔的沥青路时,她感到戛然加速了。他开车的时候只用两根手指掌控方向盘。她身体陷在质量低劣的座椅套里,看着松树一闪而逝。

她没有问他们要去哪里,她只是非常高兴能去某个地方,离开西莉娅。

"你们今天在忙什么?"她问。

"干活儿。"他们异口同声地回答。

"干什么活儿?"

"五花八门的活儿,"卡尔-约翰说,"任何与饲养牲畜和照料农地有关的活儿。"

"所以你们是农民?"

他们放声大笑。

米雅倾身到前排的两张座椅之间,看着荒凉的道路。他们没有遇见任何车辆,隔很久才能看见零星住房。小型社区散落在林间各处,但是一个人都没有,仿佛他们是这个沉沦世界里唯一的幸存者。要不是卡尔-约翰在,她可能早就怕得要死。他的手敲鼓似的在牛仔裤上拍击,她不必看他的嘴唇也知道他在微笑。

他们碰到的第一辆车是警察的巡逻车，它静静地停靠在临时停车带上，米雅注意到戈然减慢车速。

"去他的，倒霉死了，该死！"

"别紧张，"卡尔－约翰说，"他可能只是停车打个盹儿。"

他们驶过那辆车时戈然还在咒骂。米雅透过挡风玻璃仔细看，还是看不见车里有任何人。等他们把它甩在身后，而它也没有任何追踪他们的行动时，戈然欢呼雀跃地用拳头敲击方向盘。

"警察在这么偏僻的地方干什么？"米雅问，这时戈然已经冷静下来。

"问得好，"他说，"可恶的家伙们。"

卡尔－约翰转头对她眨眼："可能我应该告诉你我们仨都没有驾驶证，所以我们遇到警察时总会感觉有点紧张。"

"你们为什么不考驾照？"

戈然把他的风帽拉下来，露出他的麻子脸。他转动后视镜，好让自己可以看见她。

"我过去一半的人生一直在开这辆车，"他说，"为什么我要付一大笔钱给政府，只为得到他们颁发的许可证？"

米雅往后靠在椅背上。"我家甚至从没有过一辆车。"她说。

太阳升空了，她发现他们正向一个更大的城镇驶去。教堂的塔楼和屋顶从一个山谷里凸现，一条宽广的河奔流在建筑物之间。他们驶过一排平房，戈然差点就撞到了一只猛蹿上马路的猫。

米雅没有问他们身在何处。这似乎并不重要。她有些希望他们永远不要返回。戈然驶入一家通宵营业的加油站，停在其中一个油泵旁。卡尔-约翰问她想不想吃个冰激凌，然后他们下车，他用手臂搂着她的腰。亮堂堂的商店里除了一名店员外就再没别人，她年轻貌美，棕色头发编成一个粗辫子，搭在一侧肩膀上。

戈然又戴上了风帽，梳理盖住额头的头发。他们挑选好冰激凌后，是他主动去结账。米雅听见他对收银台后的姑娘说了些话，然后她便朝他笑，但那并非一个真诚的笑。

他们回到车子旁，卡尔-约翰和米雅一起坐在了后座。他俯身探到前座拍了拍他哥哥的肩膀。

"怎么样，拿到她的电话号码了吗？"

"没有。"

"你还在等什么？"

"她不想给我她的电话号码。"

"如果你永远不鼓起勇气开口询问，你怎么知道她的想法？"

戈然把冰激凌叼在嘴里，转动插在启动装置上的钥匙。

"我的眼睛难道看不出来吗？"他说，"我能忘记那种女孩。"

回程卡尔-约翰一直用胳膊拥着米雅。她闭眼躲避阳光，汽车微微的颠簸让她放松下来。坐在方向盘后的戈然极度安静地藏在他的风帽下。

莱勒把车停在马瑞威顿悬崖附近，确认四周无人后才下了车。他脚步轻盈地走到壮观的悬崖边缘，站得离边缘如此之近，还把脚趾伸了出去。雨后的地面非常松软，细沙像水一样流进下方的万丈深渊。这个地方曾是一个生死崖，或者叫它别亲崖，一个充满传奇色彩的地方,家人从这里抛下那些无法再助力家庭的老而无用的亲人①。

他点燃一支烟,向外探身。那让他喘不过气来,他很喜欢这种感觉。它证明血液依然在他的静脉里流淌,尽管他感觉自己更像是死了,而不是活着。跳崖的想法让身心感觉到释放,似乎他拥有了一个选择,尽管那是唯一的积极想法。在他查清楚黎娜遭遇了什么之前,他决不可能终结自己的生命,不然他老早就这样做了。

他听见一辆汽车在他身后减速停下。门开了,传出警用电台的低语声。沙地里响起重重的脚步声,还有钥匙碰撞的咔嗒声。莱勒头也不转地举起一只手打招呼,他已经知道是谁了。

"妈的,莱勒,你一定要站得离边缘这么近?"

莱勒这才转头看着那位警官:"现在你摆脱我的机会来了。推我一下,我就会粉身碎骨,至多变成你的一段糟糕回忆。"

"我想到了,我难以抗拒这个点子。"

哈森是这些日子以来莱勒最亲密的一个朋友,哪怕他是当地警署的一分子。他们之间存在着一种黎娜失踪案滋养出的难能可贵的友情。

哈森在离边缘几米外的地方停住,手撑臀部观察眼前的景色。莱勒把烟丢到悬崖下,抬起头来。陡峭的滑坡之外是绵延无尽的黑暗森林。四周的风景由零星分布的河流、不毛之地和被砍伐的森林点缀而成。几架风力发电机被安在一座山的山顶,如同一个关于人类文明发展的提醒,提醒大家没有东西无法被人类企及和触碰。

---

① 这是史前时代北欧民族的一个传统,当家族中的老人无法再给自己的家庭带来贡献时,便会要求亲人把自己扔下悬崖,以结束自己的生命,有时老人也会选择自己主动跳下悬崖。

"唉，她又来了，"哈森说，"夏季。"

"太他妈对了。"

"你又开始开车了？"

"我五月就开始了。"

"你知道我是怎么想的。"

莱勒笑笑，转身背对悬崖，伸出一只手臂拍了一下哈森的肩膀。他的黑色制服被太阳晒得滚烫。

"说出来也不怕冒犯你，我根本不关心你怎么想。"

哈森咧嘴笑笑，用手指梳理卷曲的头发。他颈项上的肌肉像波浪一样在没系扣子的衬衣领上方起伏。他是那种体格健美的人，身体结实而富有魅力。和他一比，莱勒简直弱不禁风，精力枯竭。

"我估计你没有带来新消息？"

"暂时没有，但我们得期待第三周年纪念日时会有好消息，也许有人会鼓起勇气提供线索。"

莱勒低头看着他们的鞋子。哈森的鞋子锃亮，而他的鞋子沾满污泥，破损不堪："安妮特组织了一场穿越全村的火炬游行。"

"我听说了。很不错，我最不希望的就是人们把这件事遗忘了。"

"这些年我已经不太对人群抱有期望。"

太阳消失在一片乌云后，空气立马僵冷起来。

"说起村子里的人，"哈森说，"你记得托比沃恩·福斯吗？"

"那天早晨和黎娜搭同一班车的家伙？我怎么能够忘掉那个老邪魔？"

"我前几天看见他去ICA买东西，带着一个女人。"

莱勒咳嗽起来。他用拳头捶胸,面有疑色地看着哈森:"你是说这么多年后托比沃恩遇上了一个女人?真是难以置信。"

"我只是在告诉你我看见的事实。"

"别告诉我是他买来的从泰国进口的某个穷女人?"

"她是从南部来的,还很年轻,比他年轻不少。看上去消瘦憔悴,但不会超过四十岁。"

"谁能想到这档子事?那只老狐狸怎么办到的?"

"不知道。她也不是一个人来的。"

"什么意思?"

哈森的下颌绷紧了:"她带着一个女儿,一个少女。"

"你在开玩笑吧。"

"我也希望这是个玩笑。"

西莉娅沙哑的嗓音听上去像是发自某个风烛残年或病入膏肓的人。米雅眯眼看她颤抖着一只手倒酒。这景象令米雅满腔恐惧,呼吸困难。这不是第一杯,因为她的眼皮耷拉得厉害,说话也含糊不清。就算托比沃恩知道这点,他也不会说出来,尤其是米雅在的时候,他只是关切地看看她。

"你这阵子老是往外跑,米雅,你在村子里交到朋友了吗?"

西莉娅伸手抚摸米雅的头发:"米雅独来独往。她不是需要朋友的人。"

"我遇到了某个人,千真万确,一个男生。"

西莉娅缓缓转过头来,呆滞无神的双目顿时闪现一丝微光:"不可能！是谁？"

"他叫卡尔-约翰，我们是在湖边遇上的。"

"卡尔-约翰，是他的真名？"

米雅不理会她。她看着托比沃恩用一根手指拉着下唇，从嘴里挖出一袋 Snus 扔到他的餐盘上。

"我想不起有叫这个名字的人，"他说，"他从哪里来的？"

"斯瓦特利登。"

"斯瓦特利登！"脏兮兮的褐色唾液在餐盘上方四处飞溅，"你在逗我吧。不会是比格尔·布兰特家的男孩吧？"

米雅感觉她的心脏开始狂跳："没错。"

"我不知道能说什么，在村里人眼里我是这个村子的白痴，可是比格尔和他的妻子呢？他们简直和这里格格不入。"

"为什么？"

托比沃恩吸气的时候肺部发出长啸声："他们在这儿经营什么嬉皮士公社，不热衷现代技术，活得像十八世纪的人。如果我没记错，比格尔不想让他的儿子们去正常学校念书，这还引起过一场情势严峻的争论。他想让他们在自家农场学习，可是村委会拼死反对。"

"他们信教吗？"西莉娅问。

"谁他妈知道呢？不过我倒不觉得奇怪。"

西莉娅喝光了她杯子里的酒，用杯子指着米雅："你何不请他来家里让我们看一看？"

"算了吧。"

"别这样，去请他来。"

米雅的视线移至森林，那里阳光倾泻入树丛，一束束光照亮了如乌云般聚集的灰尘和飞蚊。她能看见戈然停车让他俩下去后，他们并肩站立过的那片被拂晓光辉笼罩的林中空地。一回忆他的唇触碰自己的唇的画面，她就顿时眩晕起来。

莱勒沿着"银路"朝南开，在谢莱夫特奥停车加油，柜台后只站着一个值夜班的工作人员，正在点击手机屏幕。一个开重型货车的司机站在咖啡机前接了满满两大杯咖啡，他的帽子拉得很低，遮住了眼睛，嘴里塞满了 Snus。莱勒从心事重重的店员手里买了一杯咖啡和两包软红万宝路香烟。视线越过刺眼的荧光，可以看到头顶那方浸在幽蓝色里的夜空，它让莱勒想起大海。他重新坐到了汽车方向盘后，抽起一支烟，努力想着大海之外的任何事物。他发动车子时才意识到已到深夜，于是便在岔口左转，离开了"银路"。他不大灵活地把烟灰抖到车窗外，嗅着空气里越来越浓烈的咸湿味。他一直开到了能看见海平线的地方，大海一览无余地在他眼前延伸。太阳即将破云而出的那片天空微光闪烁。他停好车，动身走上海边的石子路，直走到沙滩上，这里曾有一间小木屋，如今却杂草丛生，连一根木板条也没留下。不过他还是可以辨认出层层荒死植被之下隐藏的地窖轮廓。他跌跌撞撞地走，一边走一边抖搂烟灰，感觉呼吸艰难，而他的心则陷入回忆深渊。

那是他童年时代的家，父亲在这里酗酒而死，而上夜班的母亲把他一个人留在家里。他开始喝光父亲的残酒时大概只有七八岁。他很快就能品尝出淡酒和烈酒、家酿伏特加和正儿八经的伏特加的区别。他第一次喝醉时年纪并不大，醒来的时候只见床边的地上有一摊呕吐物。他没有任何关于呕吐的记忆。他的母亲自然闻到了他身上的酒味，可她从来没提过一个字，没对她的儿子说，也没对她丈夫提过。第一条规则：无视喝酒行为。

黎娜从没见过他喝酒，他感激这点，这是他已被埋葬于海边的一部分人格。她从没见过他长大的小木屋，也从没见过她的祖父母。黎娜出生时，她的祖父就已经去世，莱勒骗她说她的祖母也死了。随着黎娜年纪渐长，疑问也开始蹦出，关于他的童年和他的父母，但他总是避免给出直接答案。他曾向自己发誓，他的孩子永远不会被孤零零地丢下。她永远不会排在酒精或其他任何事之后。他对自己发了一个庄严的死誓，可他还是失信了。他可悲而可怜地失败了。

莱勒继续朝曾是他家园的沙滩带走去，还蹲下身搜寻扁平的石头打水漂。他熟练地用力扔石头，似乎在和大海斗气。咸咸的空气使他从过去这些日子里得到片刻喘息。这气味追着他飘到车里，当他钻进车时整个车厢都弥漫着海洋的气息。他坐了好一会儿，抽烟，烟雾缭绕下记忆慢慢浮现。陈旧而熟悉的干渴感在他的喉咙里升起，可当他开车回北部时，他的双手还是稳稳地握着方向盘。开到谢莱夫特奥和格洛默斯特莱斯克之间的路段时，天开始下雨，在去阿尔维斯尧尔的路上他不得不两次停车，因为挡风玻璃的雨刷应付不了瓢泼大雨。他抽着烟，听大雨击打金属的声音。黎娜失踪那天穿的是蓝色牛仔裤和一件白色长袖上衣，无法抵抗这种倾盆大雨。他从第一个夏季起就深深为此困扰，诸如她没有穿对衣服，她可能会受冻、会被淋湿、会被虫咬。令他困扰的是这些自然因素，他不愿去想人为因素。

他坐着休息的时候一辆车驶来停在他后面。车的雾灯照亮雨滴，连成线的雨幕令他看不清司机的模样。他怀疑司机也看不见他。大雨倾盆而下，风狠狠地吹着野生动物围栏。莱勒刚有时间去想他有多感激这个让他可以坐在里面躲雨的金属盒子时，便听到一阵敲窗声。他猛地从座位上弹起来，香烟落到汽车垫上，烧出了一个洞。外面是一个戴着风帽的男人，脸部轮廓模糊不清。莱勒摇下车窗才看见是一个脸庞凹陷的比他年长的男人。他在垫子上摸索那支烟。烧焦的塑料味正逐渐充斥狭窄的空间。

"抱歉，我不是有意惊吓你，"男人说，"你的手机可以借我用用吗？我的电话没电了。"

一绺绺灰白色的头发粘在他的皮肤上，雨水顺着他的眉毛和鼻子下端的凹痕往下流。莱勒迅速地看了一眼放在杯架上的手机。

"你可以坐到车里来打电话，"他回答，向副驾驶座的门点头示意，"我不希望我的手机被雨淋湿。"

男人匆匆跑过去钻进前座。雨水从他身上滴落，他浑身冒着寒气。

"谢谢，"他说，"你真友善。"

男人敲键输入号码时莱勒就下了车。他的小腿由于久坐而变得僵硬，于是他随意走走以舒展肌肉。他绕着男人的汽车走了一圈，透过被雨打湿后闪亮的车窗看了看里面，尽可能表现得漫不经心。男人没有关挡风玻璃的雨刷，它们翻来覆去地拍打湿漉漉的玻璃。车内的灯也开着，他看见杯架上有个咖啡杯。后座铺着一块黑色油布，上面堆满乱七八糟的垃圾：糖纸、钓鱼线、空啤酒罐、一把手锯和一卷电工胶布。副驾驶位上搭着一块白色棉布，透过薄薄的雾气他看见了上面黎娜的脸。"你见过我吗？请拨打112。"那是这些年里安妮特定制的无数T恤衫中的一件。这个男人去过那里吗？他是从格洛默斯特莱斯克来的吗？

他回到自己的车里时头部持续作痛。男人递还给他手机。

"谢谢你借我手机，我不是有意要让你到外面去吹风淋雨。"

"反正我刚好需要拉伸小腿肌肉。"

男人的一颗门牙上有个缺口，他笑起来时舌头就从那个缺口露出来。

"可恶的天气，"他说，"我必须打电话告诉老伴我在哪里。不然她准得火冒三丈。"

"你还有很长的路要赶吗？"

"不，没有，我就住在何德贝格外围。"

"开车小心点儿。"莱勒边说边抬起手臂，在夹克衫上把脸擦干。

"你也是。"

男人下了车，冲刺般跑回自己的车。莱勒锁好后座的车门。他从工具箱中取出手枪，然后在手机里记录男人的车牌号，以及一段描述："一名男子，年龄在五十到六十岁之间，中等身材，门牙有缺口。住在何德贝格？"

手表的红色指针指着凌晨四点半。在如此不可思议的时间段里，他的妻子真的还在家里坐着等他吗？这在莱勒听来难以想象。他看向后视镜，男人正仰靠在他车里的座椅上。看不清他的眼睛是否睁着，不过他静止的姿态表明他打算坐着等候暴风雨结束，这场在两辆车之间挂上了一条水晶帘的暴风雨。莱勒拿起他的手机,尽管时间如此早,哈森还是接了电话。

"怎么回事?"

"我这儿有个注册车牌号,你帮我查查。"

托比沃恩坚持给她做早餐。米雅一下楼来他就变得神采奕奕,满心期待她坐到老旧的餐桌旁去。充当背景音乐的电台节目开着,他在厨房忙个不停。起先他试图说服西莉娅陪他们一起吃早餐,但一次次尝试无果后,他终于放弃了。西莉娅从来都不是一只早起的鸟儿,米雅想不起来她们曾一起吃过哪怕一顿早餐。

托比沃恩用一个黄铜咖啡壶煮咖啡,摆了一堆超过他们两人食量的食物:酸奶、粥、水煮蛋、面包、两种奶酪、火腿和某种米雅拒绝吃但他坚持要她尝尝的黑不溜秋的肉。

"你一定得尝!这是烟熏鹿肉,你在南边没机会吃到这种美味。"

她撕下一小片肉放在嘴里,尽量不去想它是用什么做出来的:"味道像盐土。"

他哈哈大笑。他的牙齿间有缝隙,当他吃东西的时候,食物总是缠在他的髭须上。但他并不担心她。她在他的眼神中流过,那眼神意义不明,仿佛是他想看她,但不想凝视她。似乎他在忧虑。

"你妈妈喜欢睡觉。"

"她能睡一整天。"

"真遗憾她错过了早餐,我总说这是一天里最丰盛的一顿饭。"

他穿着一件肮脏的灰色网眼背心,身体一动就散发出一股没有洗澡的体味。米雅好奇他们做爱时西莉娅会不会屏住呼吸。然后她闭上眼想着森林。

托比沃恩在他的裤子上擦干手，用手背揩拭鼻子。

"你妈妈现在肯定正咧着嘴笑，我向你保证。"

"为什么？"

"因为你坐在这里。她老是对我唠叨一定要有孩子，在她的观念里，那比找一个妻子重要得多，当你老了，干不动活时才会有人帮你干农活。"

米雅不知道该怎么回答，于是她探身越过桌子去拿了些鹿肉。她把一片肉放在面包上，然后咬了一大口。她但愿这会让他开心。当然，他笑了。

托比沃恩把剩余的咖啡倒进一个瓶子，伸手去拿他的护耳罩。米雅不知道他做的是什么工作，他只是整天在森林里晃悠，穿着一件有护肘的绿色外套和一件罩在他鼓起的肚子上的橙色工作马甲，有时他会带上他的相机，告诉她他期待拍到的鸟和花的名字，一些对她而言完全陌生的名字。

"要是你在家里闲得无聊，记得柴房里有自行车。"

托比沃恩离开后，她把西莉娅的卧室门拉开一条缝，闻到一股混合着烟灰和红酒的酸臭味。西莉娅双臂大开地躺着，头垂到一侧，就像十字架上的耶稣，不省人事。她的乳头如同惨白皮肤上的一圈伤痕，米雅可以看见她的胸腔随着她的呼吸有节奏地起伏。她想确认的始终不过是她还在呼吸。

"你醒了吗？"

米雅走到床边,手滑到西莉娅的背部,让她翻过身面对她。她没有发出一丝声音,甚至没有迹象表明她还有意识。米雅把她的小腿往上拉,直到让她蜷曲成一个婴儿在母腹中的姿势,然后又把她推倒在皱巴巴的床单上,让她头靠床沿。那是最安全的睡姿,便于她在熟睡中呕吐。米雅轻轻地离开房间,在脑海中计划着一场逃跑。

房间里突然响起电话铃声,莱勒的心蹦到嗓子眼儿,他把咖啡洒到了桌子上。他永远无法适应那种声音,尖锐刺耳的铃声可能意味着一切结束,然后今天就会成为他生活崩塌的日子。

"我查到那天晚上你碰到的那个家伙了,那个从何德贝格来的男人。"哈森说。

"然后呢?"

"看起来你嗅到了一个恶棍。他叫罗杰·伦朗德,1975年被判强奸罪,八十年代又因多次家暴而获罪。现在靠领取残保金过活。他貌似在父母去世后继承了他们在何德贝格的祖宅,从2011年起就一个人住在那里。"

"一个人?你确定?"

"嗯,他是那个住址的唯一登记人。"

"他借我的手机给他老伴打电话,他大致是这样说的。我查了那个号码,是阿尔维斯尧尔的一家疗养院。"

"可能她在那儿工作。或者他喜欢老女人?"

哈森说话的时候嘴里塞满了食物。莱勒瞄了一眼手表:十二点零五分,正常人的午餐时间。

"你会联系他吗?"

"凭什么?就因为他有一件印了黎娜照片的T恤衫?现在诺尔兰一半的居民都有一件那种T恤衫。"

莱勒的手指因为紧抓听筒而疼痛起来。

"好了,"莱勒直截了当地说,"我知道了。"

"莱勒,"哈森责备地说,"别做任何蠢事,至少现在不要。"

莱勒坐在百叶窗紧闭的房间里,研究罗杰·伦朗德农场的卫星地图。那是一个与世隔绝的地方,后方是严严实实的密林,前方是野草飞长的田地。空荡荡的牧场上看不见牛群或马群的迹象。那里有一片林中小湖,三间狭窄的挤奶棚和一间鸡舍。可能右手边的角落里还有一个地窖,但很难说。最近的农场距离南部有五公里。除了研究高空拍摄的卫星地图,没有其他途径可以查看罗杰·伦朗德的土地。那里非常实用,如果你打算埋藏什么东西的话。

莱勒不愿老是想到这点,可与此同时这却是他唯一的安慰。他拒绝相信黎娜已经死去。他从一开始就对安妮特说,是有人弄走了他们的女儿。茫茫天地中的某个人知道她在哪里,如果他此生只剩最后一件事要做,那就是去找到这个人。那个夏天他敲开每一个他认识的单身男人和乡村怪人的门,请求看看他们的地窖和阁楼。他既遭遇过谩骂侮辱,也有人请他喝过咖啡,但最后留给他的只有孤独。原来孤独如此常见,它腐蚀寸寸土地直至边缘,像疾病一样在那些当其他所有人都离开了,唯独自己停留原地的人们之间传播。现在他成了他们中的一员,孤独人群中的一员。

"你知道一个叫何德贝格的村子吗?"

凯鹏皱眉抿嘴,目光落在香烟架上,似乎答案就写在那里。

"不知道,在哪儿?"

"北邻阿尔耶普卢格。"

"你要去那里寻找吗?"

莱勒点头,撕下香烟盒上的玻璃纸:"如果我没回来,你知道怎么做。"

"你不是打算非法闯入某个人的土地吧?"

"我要去查探一个强奸犯和家暴者的农场。"

凯鹏摇了摇头,他脖子上松弛的皮肤抖动起来,但他没说一句话,只是吹起了低沉的口哨。几个年轻人走进商店,莱勒把香烟放到嘴里,对凯鹏眨了眨眼就朝门口走去。

他把车停到从卫星地图上发现的一个被杂草掩盖的拐角。从这里他可以沿着一条穿越罗杰·伦朗德土地后方的小溪行走。他步入已长到他胳肢窝的厚密的矮树丛,费力地开辟道路,成群的苍蝇黑云般从野花丛中盘旋飞到天空。罗杰·伦朗德的农场像一栋中世纪的堡垒,被野草疯长的田地和遍地荆棘的森林包围。尝试穿越那样一片土地是一场噩梦。

莱勒把裤腿扎进靴子,把风帽戴在头上以免被蚊虫叮咬。到达森林界限处,他折下一根树枝在空气中拍扇。蚊子的嗡鸣声在他周围平静下来,随之平静的是他的厌恶感。地面泥泞而腐臭,夜晚的太阳在林间描绘出光带,昆虫也在那里聚集成低沉的云。尽管戴了风帽,也不断用树枝拍打,他还是能感觉到它们在叮咬他。它们一路叮咬到被汗水浸湿了头发的头部。手枪别在腰带上,他感到恐惧气息从皮肤毛孔渗透出来。可能正是这种气味招来了该死的蚊子。

他不知道他在惧怕什么,是因闯入别人的土地而产生了不安感吗?抑或害怕那些他可能发现或不会发现的东西?这都无所谓。他会用尽一切不论合法与否的手段去寻找他的女儿。也许他害怕的是他会丧失理智。单枪匹马地行动这档子营生本身很诱人,没人看到他看见的事物或是得出相同结论。莱勒在孤军奋战,他深知这点。也许他应该开始拒绝服用地西泮或佐匹克隆①,然后整晚在社交网站上为他失踪的女儿悲痛。那似乎对安妮特很奏效。她没有违反任何法律,她没有大半夜荷枪去别人的土地上搜查,她没有开车去死寂的乡村,然后一头扎进废墟里寻找她的女儿。总是他,总是他独自一人。

森林豁然出现于眼前的时候,他的T恤衫已经湿透,紧贴着皮肤,他的耳边不再有蚊虫为争夺他的血液而嗡鸣不已。站在林中空地上,他瞥见一处杂草丛生的围场,看上去已弃置多年。他蹲在苔藓和花丛中观察那栋主楼,一栋经受了风吹雨淋的双层建筑。夜空投影在灰暗的窗玻璃上。这里毫无生命的迹象,不论是动物还是人类。莱勒猫着腰穿过围场。沃尔沃汽车停在其中一堵墙边,他现在可以看见它了。一块防水油布盖住一辆机动雪橇,也许是雪地摩托车。他小心翼翼走过一辆装满黑土的手推车,来到一片不久前收割了马铃薯而此刻正等待新芽破土的田地。他脚下的土地潮湿阴冷。他的目光停留在柴房上,这栋离他最近的建筑,然后听狗叫完了最

---

① 两者均是用来抗焦虑的药。

后一声才站起来。他开始狂跑,但没跑多远就又摔倒。门上铰链尖厉的拖曳声划破沉默,紧接着是一阵干咳。莱勒尽量一动不动地躺着,可他的心脏和双肺贴着地面大幅度起伏。露水一层层浸透他的衣服,寒冷让他回忆起他孩童时代曾掉进去的那个冰窖。他的双手被参差不齐的冰窖边缘磨得鲜血淋漓,而他的父亲一瞬间变得异常冷静,喊他抓紧绳子:"抓紧绳子,儿子!"

透过层层草叶,他看见走廊楼梯上出现一个人影。伦朗德穿着一条葱绿内裤,他的肚子悬晃在裤带之上。他把手指放到嘴里吹口哨,然后一条灰狗噌地从树林里跑出来。莱勒紧贴地面,闭上了眼。他听见伦朗德对狗说了几句话,然后关上了身后的门,铰链又发出尖厉的声音。莱勒在原地躺了很久,直到寒气侵入骨髓,冷得他关节和下巴瑟瑟发抖。他开始朝柴房爬去,眼睛一眨不眨地注视那栋房子和映照着闪烁夜空的窗户。等到达他觉得安全的地带时,他才爬起来开始奔跑。柴房的门半掩着,他侧身溜进去。他在黑暗中眯眼张望,闻到了干木柴的气味。砍来的树木摞在一堵墙边,高达数米,恐怕三个冬天都用不完。伦朗德也许是个恶棍,可事实表明他并非好吃懒做。

莱勒悄悄走进牲畜棚,里面没有牲畜,弥漫着一股馊草料的气味。他用手电筒照亮牲畜棚,用一把耙子捅捅成堆的草料,确保下面没有掩藏任何东西。墙上覆满蛛网和鸟屎,证明这里有很长一段时间没有喂养过家畜了。他走到外面,靠近空荡荡的狗舍,里面放着几只盛满雨水和泥土的食碗。旁边是一间墙体倾斜的猎屋,门口挂了两只等待被剥皮的野兔。莱勒透过破损的窗户看到屋里堆满工具、渔竿和猎刀。沿着一面矮墙安放了一张宰杀台。这里没什么异常和令人担忧之处。他的视线移到那栋房子,他极度渴望进去看看。对一个独居男人来说,它过于宽敞了,有太多不常有人住的房间。

他在院子里走了一半时,传来第一声枪响,一声巨大的来复枪发出的枪声,震得他头上的松叶瑟瑟抖动。莱勒蹲下身子开始逃跑。他转头看见站在走廊楼梯上的伦朗德,他还是穿着内裤,但现在手臂下夹着一把来复枪。他朝莱勒大吼,但他根本听不见。接着是第二声枪响,这次子弹从他身上擦过,他感觉到风飞速掠过。他立马趴到地面,四肢着地往前爬。很快狗叫声在他身后响起。他可以听见它离他有多近。当狗的爪子踩在他的背上时,他跌倒在地,用双手护住了头,感觉大地在他身下摇晃。他听见狗又叫了一声,那种表示它捕获了猎物的叫声。莱勒躺在地上完全不敢动,他听见野草被沉重的步子分开。一阵粗哑的声音命令狗安静。莱勒想站起来,但男人狠狠踢了一下他的肩胛骨,迫使他再度倒下。

米雅喝了冷咖啡,怒视着森林。等待夜晚来临的白天是如此漫长,因为卡尔-约翰只有那个时候才来。被她扔掉的那包烟不停浮现在她脑海,她觉得只抽一根无伤大雅。但是她不希望他突然出现在林边的时候,她身上闻起来有烟味。

烦躁情绪促使她离开屋子。太阳在云层里时隐时现,阳光没什么温度。她把狗带在身边,但很快它就抛弃她去追踪可疑气味了。它在低矮的酸果灌木丛中嗅来嗅去,和影子玩得起劲。米雅呼唤它,但她不喜欢听见自己的嗓音。风仿佛把整片森林向她这边吹来,弄得她一身鸡皮疙瘩。她对风的厌恶像一个沉重的篮子压在她的肩上。

她朝那间木棚柴房走去。

门很重，但它的铰链轻而易举就被扯开了。从里面看柴房，它的屋顶很高。各种各样的车辆在黑色油布下沉睡着，其中一面长长的墙壁上挂满五花八门的工具。托比沃恩似乎尤其迷恋斧头，他至少在墙上挂了一打，锐利的锋口被皮套包裹着。米雅用手指触摸沉重的手柄，好奇挥动它是什么感觉，但她不敢试。也许托比沃恩会愿意演示给她看。

在一个角落里停放着两辆自行车，老旧，还有坚固的后座托架。米雅从它们旁边走开，进入隔壁屋子，这里的墙上挂着各种被撑开的动物毛皮，还有一个从天花板吊下来的铁钩。一张木质屠宰台傲立于房屋中央，当她靠近时，看见它表面有黑乎乎的血迹。她才反应过来，托比沃恩就是在这里宰杀了那些塞满地窖冰柜的动物。这让她感到恐惧。

外面，狗开始狂吠，当米雅转身准备离开时，她瞥见了另一扇门。它因铰链脱落而悬挂着，一抹光亮从门缝透出来。她走过去拉了拉门把手。门立马开了，传来一阵长长的嘎吱声。这是一间狭小的屋子，实际上它的大小不超过一个壁龛，从一面积灰的窗户照进来一束日光。沿墙壁安放着窄窄的架子，上面摆了长长一列木刻品，从兔子到大胸女人，应有尽有。木屑成堆的地板上有几个塞满杂志的饮料箱。

她立刻明白了那是什么杂志，每一页都是花哨的裸体女人，一些既吸引她又令她厌恶的图像。她想到托比沃恩，想象他夜晚坐在这里，雕刻那些木头玩意儿，或是翻阅这些色情杂志。这个想法可笑，但更可悲。她草草翻了几本，直到她看到一些拍摄者没那么专业的照片。它们像书签般夹在书页间，全是些湖滩上的女人的照片。年轻女人们穿着色彩艳丽的比基尼，从岩石上跳到水中，用毛巾擦干身体，显然并不知道自己正在被拍摄。米雅眯眼仔细看，努力辨认她们的脸。一种不安感袭来。当听到外面的狗叫时，她颤抖着双手匆匆把照片放回了原处。

然后她冲出去，跑过屠宰案板和斧头，顺便拽过其中一辆老旧的自行车。她把自行车推到屋外，跃坐到车座上，开始顺着路面裂开的沥青路，摇摇晃晃地骑向村子。

罗杰·伦朗德这会儿还在一个铸铁火炉上煮咖啡。莱勒坐在椅子边缘，抚弄绝对从六十年代起就铺在那里的棕色条纹图案蜡染桌布。灰狗趴在门口，睡眼蒙眬地盯着他，活像一个傻乎乎的监狱看守。伦朗德把Snus吐进洗碗槽，把咖啡倒进绿色塑料杯。咖啡浓稠，颜色深黑，在阳光下冒着团团蒸气。

"我为刚才开枪示警道歉，"他说，"但我不是针对你。过去几年来我一直深受偷柴油的贼所害，我想我得给他们一个教训。"

当莱勒端起杯子时，他的手仍在颤抖。

"这也是没有办法的事，"他说，"我原本不该半夜跑到你的地盘惊扰你。"

"所以我们没必要打扰警察？"

"当然，没这个必要。"

好一会儿，他们都沉默地大口喝着各自的咖啡，莱勒环顾四周，这栋房子明显属于这个男人的父母，房子里的家具也是代代相传。时间在木质时钟表盘上一秒秒流逝,松木墙板贴了条纹墙纸,上面挂着几把猎刀和一捆干花积雪草。

伦朗德手里捏着烟草,不住地打量莱勒。

"我想起你了,"他说,"前几天晚上我碰到过你。我就是借了你的手机给我妻子打的电话!"

"没错。"莱勒回应。

"我真欠揍。"

伦朗德皱眉,低头看着摆在桌布上的黎娜的照片。

"所以她是你的女儿?"

"你有一件印着她照片的T恤衫,在你的车里。"

"没错。我们参与了搜救,老伴和我。我们是人墙行动的一员。这些年我们一直参加火炬游行。"

"她去哪儿了?"

"她在巴克茨焦尔打理一个农场,我们不住在一起。"

"为什么?"

"因为我不想卖掉我的祖宅,她也不想卖掉她的。"

"噢,原来如此,"莱勒说,"她在一家疗养院工作?"

伦朗德面露惊奇之色。

"你怎么知道?"

"我们碰见的那天晚上你给那里打了电话。"

"她坚持要求上晚班,"他说,"因为老人们总在那时离世,她不忍心让他们任何人孤零零地死去。"

莱勒思考着他说的话,两人又陷入长久的沉默,伦朗德喝了一大口咖啡，啐了少许残渣到放在地板上的白铁桶里。狗仰面躺着，露出肚子上的白色毛发。

"但我还是不太明白你找女儿来我的农场干什么，有那么多地方。"伦朗德说。

莱勒深深地吸了一口气。"我不知道。我只知道她失踪三年了，而我的任务就是寻找她。我听说过你的过去，"他说，"不瞒你说，他妈的每个人在我眼里都是嫌疑犯。在知道我女儿遭遇了什么之前，我甚至连国王都怀疑。所以，不要觉得我针对你。"

伦朗德面有愠色地沉思了一会儿，说道："我想我能理解。如果我自己有孩子的话，我也会做同样的事。我不觉得我年轻时干的那些坏事值得骄傲，我可以告诉你这点。但我发誓我和你女儿失踪这事一点关系都没有。"

莱勒走出外面的走廊，穿越杂草覆没的小路回到车上时，天已大亮。伦朗德的目光灼烧着他的后脖颈，在进入森林之前，莱勒举起一只手挥了挥。那个孤独的男人也对他挥手。他站在走廊的台阶上，来复枪靠着那栋房子墙漆剥落的墙体，狗蹲坐在他身旁。莱勒弯腰在树林里绕来绕去，一看不见伦朗德，他就开始奔跑。

"你看上去就是个十足的疯子！"安妮特紧紧抱住莱勒，"身上也很臭。"

"谢谢关心。"

她放开他，双目含泪地注视着。这张他快不记得的脸上多了几条新皱纹。她更显老了，面带倦意。但他不像她，他缄口不言。他没时间洗澡或换衣服。何德贝格之夜令他身受重创。

安妮特从兜里抽出一张纸巾,轻轻擦去眼泪。

"三年了,"她说,"我们的小姑娘不见三年了。"

莱勒唯有点头。他知道他无法阻止自己的声音变得哽咽,于是他把手伸向正端立一旁的托马斯。一大群人围着他们,但在他眼里,只有人群的灰色轮廓。他感觉他们的目光集中在自己身上,但他看不清任何一张脸。他无法鼓起勇气看他们。

他们点燃火炬,开始传递。人群活力四射,可火焰阻挡了一切。莱勒稍稍放松双肩。安妮特站在学校残旧的楼梯上,高声说着一些莱勒听不清的话,但他熟悉这个声音。

随后是其他人的发言。当地警官阿卡·司铎简要叙述了这桩案子有待查明的疑点和后续搜寻工作将如何开展。黎娜的一个朋友念了一首诗,另一个朋友唱了歌。莱勒一直盯视地面,希望自己此刻能置身别处,希望自己可以坐到方向盘后,开车沿着"银路"寻找他的女儿。

"莱勒?"安妮特的声音打断了他的思绪,"你想说几句吗?"

所有人都看着他,他感觉脸在发烫。手里的火炬噼里啪啦地响,可他还是听见了压抑的啜泣声。他清了清嗓子,舔了舔嘴唇。

"我只想对今天来这里的每个人说声谢谢。失去黎娜的这三年是我生命中最黑暗的日子,它从来没让我轻松过一刻。我们是时候把她接回家了。我需要我的女儿。"

他的声音哽咽,头垂到胸口,没法再多说些什么。他只能说到这里。有人拍打他的后背,像在拍打一匹马。莱勒斜眼看到了那双鞋子，他知道这是司铎那个无能的老鬼。

他们开始手持燃烧的火炬，排成长队，朝黎娜最后一次出现的公交站走去。《诺尔兰邮报》的一名记者在这里拍照。莱勒低头走着，把衣领竖起来。潮湿的空气里飘荡着百合花的香味。安妮特走在他前头，靠在托马斯的臂弯里。其他人毫无真实感，似乎他们并没有真正活着。

坡道尽头的公交站映入眼帘，他觉得心跳加速。眩晕如波浪般冲过他的身子，他必须集中注意力，一边向上爬一边大口呼吸。期待黎娜坐在那里等待的愿望，始终藏在莱勒心底，哪怕它从未成为事实。

村民们令他感觉不自在。他全身上下都在排斥他们，但他无法解释缘由。一股怒气在皮肤之下燃烧，他根本不可能去看他们的脸。黎娜的朋友和他们的父母，老师和熟人，邻居以及邻居的邻居——所有这些人都可能目睹了一些事，对有些事心知肚明。他们都可能是涉案人员。整个格洛默斯特莱斯克都有罪。在黎娜没有回到他身边之前，他不会再看他们中的任何人一眼。

等他们抵达候车棚时，他变得愤怒不已，几乎要握不住火炬了。他发现自己在人群中喘着气，用火炬烫那些接近他，喜欢打探隐私的人的脸。他几乎可以听见他们的尖叫声。他低头看着裂开的沥青路面，开始数起裂缝来。安妮特的声音从某处传过来，他惊奇这声音竟如此清亮而冷静。

等他终于敢抬眼的时候，他看见他们开始分发T恤衫，和伦朗德车里那件一模一样，正面是黎娜的照片，她的名字下方用黑色粗体字印了一句话：你见过我吗？一堆脸色苍白面无表情的人伸手接过T恤衫，很快黎娜就从四面八方朝他微笑。数百张黎娜的脸包围着他，倒映在候车棚的破玻璃上。他的心脏在嗓子眼里怦怦直跳，令他窒息。莱勒又低下头，看着几百双鞋子在他周边走来走去。舒适的平底鞋、靴子、荧光色运动鞋，莱勒好奇要是黎娜在这里，她会穿什么鞋。

人群一直在唱歌和哭泣。到处都有声音。安妮特的脸已被眼泪打湿，她却还对着所有出于邻里团结而聚集至此的人强颜欢笑。莱勒见证了这种邻里团结感，但却觉得不怎么好受。他产生了一种他们在浪费时间的感觉。当他点击浏览脸书页面上的帖子，阅读所有毫无指向的空头评论时，他产生的也是类似感觉。终于，他把火炬举过头顶挥舞，以吸引每个人的注意力。

"看到你们这么多人都祈祷黎娜回来真好，"他说，接着清了清嗓子，"可是我认为最重要的不是我们待在家里悲痛，而是走出去积极寻找她。询问，找答案，抬起每块石头仔细检查，当警察懈怠的时候给他们施压。"

他斜眼瞟了瞟阿卡·司铎，然后又看向鸦雀无声的人群。夜晚的太阳在树林上方散发明亮光辉，他紧紧地眯着双眼，几乎要闭上。

"这里肯定有人知道一些事，是时候站出来澄清真相了。我和安妮特已经等了太久，我们希望黎娜回家。对那些一无所知的人，我只想说一句：'停止哀悼，开始寻找。'"

他把火炬浸到一个水坑里，它发出愤怒的嘶嘶声，然后熄灭。接着他转身背对他们，离开了。

米雅站起来，用最快的速度骑车离开森林。雨已经停了，但沥青路面裂缝里的黑色水坑还在闪闪发光，水花溅湿了她的牛仔裤。云杉幼苗和干树枝从沟渠里浮上来，裹在自行车形成的涡流里，跟在她身后。她双唇紧闭以躲避蚊虫，多亏快速流动的空气，它们才没有叮咬到她。

仿佛过了一个永恒的世纪，她才发现一些避难所的迹象，可最后发现那只是农舍和厢屋，以及前面是宽大草坪、后面是森林的红漆房。狗在狗舍里朝她狂吠，野草繁茂的围场上，粗壮的马轻轻拂动尾巴驱赶苍蝇。肥料和蔬菜的气味像一层薄膜，覆盖万物。她现在敢减速了，这里充满生机，但不安感依旧追随着她。这几年来她们住过很多地方，她和西莉娅，可没有一个地方像这里这么陌生遥远。

她骑上了一条更宽阔的路，经过一座教堂及其附属墓地。墓碑隐匿在渗出树液的白桦树高大的影子里。一位年老的谢顶男人正在耙草，当她骑车经过时，他举起一只手打招呼。除此之外她没有见到任何人。零落分散的房屋似乎在阳光下沉沉睡去了，这里连一辆车都没驶过，格洛默斯特莱斯克开始越来越像一个鬼镇。

然后她听见了声音，一阵越来越响的说话声和鞋底摩擦路面的声音。米雅看见他们过来时，就推着自行车进了树林。看起来像是某种示威游行，一队人手持燃烧的火炬行军似地走来。他们走过时，滚滚黑烟和一股浓烈的火焰气味升腾上淡青色天空，她能感受到热度。她僵硬而静止地站在树下，不希望被看见。他们的队伍中有老有少，有男有女，呈现一种庄严肃穆的氛围。肯定不是聚会氛围，恰恰与之相反。有些人放声大哭，靠在其他人身上寻求支持。米雅的呼吸凝住了。

"看他们行进的方式,你准会以为她是个摇滚明星。"

这声音让她跳起来,她松开了自行车,它轻轻地倒在苔藓丛上。米雅转头看见一个人,身体淹没在酸果灌木丛中,背靠一块巨大岩石,是个和她年纪相仿的女孩,一头粉色头发,戴着夸张的木质耳钉。她正在抽一根细长卷烟,画了厚厚眼影的双眼死盯着米雅。

"那是谁?"

"黎娜·古斯塔夫森。他们做的一切都是为了她。"

米雅回头瞟了一眼游行队伍,接着去扶她的自行车。

"她死了吗,或者发生了别的事?"

"大概如此吧。没人知道确切真相。"

女孩朝苔藓丛里啐了一口,继续睡眼迷离地盯视米雅。

"在这种破地方,如果想成为一名圣徒,你只需要突然消失在稀薄的空气里。然后每个人都会争先恐后地表达他有多么爱你。"

米雅掸去自行车座上的松针。她看着那群人。他们像一条燃烧的蛇,往山上移动。她好奇他们最终要去哪里。

"你叫什么名字?"女孩问道,吐出充斥在肺部的烟雾。

"米雅。你呢?"

"我叫可柔[①]。"

"可柔?"

"没错。"

[①] 此处为音译,原文为英文单词"Crow",意指乌鸦,可引申为丑女人之意。

一瓣笑容在她唇边绽放，但旋即凋谢。可柔把卷烟递给米雅。

"来点儿？"

"我戒烟了。"

可柔把头偏向一侧，她的眼睛闪烁着天空的蓝色。

"你是从南部来的，对吧？"

"嗯。"

"你来格洛默斯特莱斯克做什么？"

"妈妈和我刚搬来这里。"

"为什么？"

米雅犹豫了，她感觉血液涌上双颊。

"她的男人住在这里。"

"那这个男人叫什么名字？"

"托比沃恩，托比沃恩·福斯。"

可柔爆发出一阵粗嘎的大笑，露出嘴里一个隐藏的牙箍。

"你不是说真的吧，你妈妈和破沃恩① 在一起？"

"破沃恩？"

"没错，这么叫他是因为他是诺尔兰收藏色情照片最多的人。村里的每个小伙子都嬉皮笑脸地站在他房子的窗户外想看一眼。"

米雅紧紧地抓住自行车手把，以致掌心生疼不已。她感到耻辱像一个肿块在她的喉咙里胀大。可柔脸上浮现胜利的微笑。

"你确定你不想来一支？看起来你得抽一支才行。"

---

① 托比沃恩的原文为"Torbjörn"，这里可柔说的是"Pornbjörn"，其中 Porn 是色情淫荡之意，此处为音译。

米雅浑身战栗，头发散落盖住面颊。她听见可柔按开打火机的咔嗒声。当它无法被打燃时，她放弃了，把它扔进了树林。她发出一种渎神般的尖叫，寂静中这声音听上去无比滑稽。米雅吞下了耻辱的肿块。

"你为什么不参加游行？"她问。

"因为我不是个挨千刀的伪君子。我不会假装怀念我一点都不喜欢的人。她失踪前我就不喜欢她，为什么现在要假装？"

"你为什么不喜欢她？"

可柔低头盯着自己的指甲。它们被修剪得短秃秃的，涂着黑色甲油，指关节间还有文身。米雅站得离她太远了，几乎听不清她说话。

"黎娜满不在乎地夺取不属于她的东西，换成你，你会喜欢？"

米雅点头，似乎她明白这话，然后她开始把自行车从白桦树丛推回马路上。山脊上方的火炬游行队已经不见踪影，只有声音和火焰气味仍随风飘荡。

"我得走了，很高兴认识你。"

可柔对她行了个礼，两颊收紧，红唇轻噘。

"代我向破沃恩问好！"她喊道，这时米雅已经骑车离开。

最糟糕的是不能记住一切。黎娜失踪后，时间立马碎片化了：大厅里那个不愿脱外套的警官，安妮特抓挠他的手指，她的卧室里半开的窗户，还有不论他去哪里都盯着他看的所有茫然的面孔。

他差不多是立刻行动，甚至可能就在事发当夜。沿着"银路"开到油箱没油，一路开到了阿尔耶普卢格——二十个少年正准备在拂晓时分植树。他们围成一个圆圈,握着云杉树幼苗和植树管。他径直走过去,站到圆圈中间,扫视他们每个人,只为了确认她不在其中。

"我在寻找我的女儿。她本来应该在这里,和你们一起植树。"

他们身上散发出驱蚊水和潮湿森林的气味,他记不起他们任何人说的话,只记得自己被安排坐到一辆黑色吉普车里,手里还被塞进一杯热咖啡。监督植树的那家伙坚持让他休息一下,他操着一口芬兰瑞典夹杂在一起的口音,任莱勒坐在车里抽烟。

"你不能吓着孩子们,不然他们以后都不来这里做志愿活动了。"

他承诺她一出现他就立马联系他,如果她出现的话。

头一个夏天,生活简直一片混乱。客厅里堆着他们泥泞的鞋,还有未拆封的邮件。安妮特在楼上挨着她的泡罩包装药丸睡得昏天黑地,叫也叫不醒。

她那样他倒很感激,至少他不会再听到她的控诉和哭泣。但看到她这样置身事外,他惊讶不已。安定药丸缓解了想哭的情绪,他只是不断喝酒。他反复拨打直通警察署的号码,听自己在本地电台上声音颤抖地请求公众提供线索。消息从四面八方涌来,人们说他们看见黎娜坐在轿车里,坐在路旁,登上了一艘往丹麦去的渡船,在普吉岛的一个沙滩上玩⋯⋯他们在世界各地看见了她,但她还是下落不明。

莱勒在森林里抄近路回家,火炬紧贴着他的身体。他在苔藓丛里步履不稳地走着。路面渗水,像是要将他用力吸进去似的。他感觉到手机在口袋里振动,但他没有管它。他受不了听安妮特说她有多失望,他自己内心的失望就够糟了。干渴啃噬他的喉咙,他想到拉弗格威士忌，并和自己约定要喝两口，体面的两大口，然后他就可以把悲惨的游行抛在身后，重新开始。他跨过灌木丛时，仍旧可以感觉到村民们的眼睛盯着他的后脖颈，也可以感受到他们无声的谴责在驱动他。

他连鞋子都没脱就径直大步走进客厅，在木地板上留下泥巴印。他抓过威士忌酒瓶，狠狠喝了一大口，然后立马作呕。他用手背堵着嘴，奋力地把"恶心"压下去。他的喉咙似乎着火了，仿佛火正从他身体内部烧出来。他放下酒瓶，对着寂静的空气大声咒骂。现在连酒也帮不了他了。

天花板传来沉闷的声响，惹得他大吃一惊。他仰头看向布满裂纹的天花板，凝神屏息，专注地聆听，肌肉紧张得发疼。又是一声，低沉的脚步声在他头顶响起，听起来似乎从黎娜的卧室传来。

他三步并作两步地爬上楼梯，在着地时摔倒了，好在没撞到墙上。他尝到嘴里的血腥味，但还是蹒跚地走到黎娜的房门口，用手肘推开门。房间窗户大开，风正鞭打窗帘，使得黎娜的海报诡异地飘动起来。有好几秒，他就惊愕地定在门口。三年里黎娜卧室的窗户一直关着。他把不让房间通风当成一件重要的事，为了保存她的气味。

他冲到窗边看下面的阳台。顺着排水管滑下阳台是可行的，然后从那里可以轻而易举地跳到丁香花丛里去。他曾不止一次抓到试图深夜外出的黎娜这样干。他扫视花园：枝干半隐没于荒废草坪中的苹果树，区隔邻里的树篱，作为土地分割线的那排树旁边乱蓬蓬的灌木。狂风肆虐植物，给人万物皆在移动之感，可能正因如此，他才看见了它，一辆一动不动地藏在丁香花丛中的破旧汽车。莱勒不假思索地迈出一条腿，跨过窗沿，接着是另一条腿，然后不熟练地顺着瓦片往下滑,直到双脚触碰排水管。他顺着排水管,纵身滑到边缘,身体悬空,有那么几秒他感觉心跳仿佛停止,然后才跳到地面。落地的时候传来令人心惊的骨头碎裂和韧带撕裂的声音,但他冲向丁香花丛时,一点也没察觉脚受伤了。

丁香花丛里的影子站起来准备逃跑,黑褐色头发暴露在灰色天空下,细长精瘦的双腿一瘸一拐地在高高的草丛中穿行。

在追踪那个人的时候,莱勒的心脏像一个紧握的拳头般捶打他的胸腔。

"不要再跑了!我已经看见你了!"

年轻小伙受了伤,快跑进森林的时候他摔倒在地,一动不动。数秒后莱勒就出现在了他的上方。他紧抓他汗腻腻的头发,对仰面朝着他的那副苍白脸孔吼骂。

"你他妈的知道你在做什么吗?"

米凯尔·瓦格呻吟不止,扭曲的脸上挂着一条条脏兮兮的汗迹。

"放我走,"他乞求道,"求你了。"

米雅回到家时,看见西莉娅已经把画架搬出来朝着森林摆放,她一丝不挂地站在餐厅窗户前,占据了整个窗框。阳光洒落在她苍白的臀部,米雅可以看见托比沃恩额头上的黑色汗迹。

"你妈妈就像一尊古希腊雕塑。"

米雅以手遮脸。她吹着托比沃恩递给她的咖啡,假装西莉娅不存在。

"我今早骑车去村子里了。"

"去干了些什么？"

"那里有几百号人举着火炬游行，为了一个失踪的女孩。"

托比沃恩从冰箱里取出一罐啤酒，拿它来冰自己热辣辣的脸颊和脖颈："得嘞，现在你知道了这个村子的大秘密。那是好久之前的事了，但村民们就是过不去，没有一个人忘记。"

"你觉得她出了什么事？"

"上帝知道。"托比沃恩扯开啤酒罐上的拉环，转身去找盛酒的杯子，肮脏的碗碟成摞地堆在厨房灶头，西莉娅的唇印在酒杯上微笑。她已经放弃玩家庭主妇的游戏，而托比沃恩也不为此抱怨，尤其在她裸着身子在屋里走来走去的时候。他放弃寻找酒杯，直接就着啤酒罐急促地喝酒，仿佛那是水，甚至都不必费力控制自己不要打嗝。

"他们说她那天早晨要去坐公交车，是在等车的时候失踪的。但那根本不对。"

"你怎么知道？"

"因为当时我也在！那段时间我那辆破沃尔沃汽车老是出问题，所以我每天早上都去赶公交车。真是讨厌透顶了！警方根本不放过我，审我，把我的房子和院子翻了个底朝天，哪怕我从来没见过那个可怜的女孩。公交车司机也没见到她，我觉得她那会儿肯定不在那里。"

他喝完了啤酒，把啤酒罐压扁然后扔掉。

天很热，米雅却战栗起来："所以他们怀疑过你？"

"他们怀疑过全村人！我自然也不例外。她消失的时间越久，事情的结果就越糟。"

西莉娅开始在外面唱歌，想博得关注。透过质地粗劣的窗帘，米雅看到她极度魅惑地弯腰拿起被草丛掩盖的酒瓶。她倒满一杯酒，喝酒的时候就把画笔搭在肩上。

托比沃恩简直看呆了。米雅想起柴房里的那些照片，好奇他有没有把它们清走。

"你觉得是她自己逃跑了，"她问，"还是有人加害她？"

"要是家里有个那样的父亲，我一点儿都不奇怪她会逃跑。人人都知道莱纳特·古斯塔夫森脾气火暴。他被狩猎队的人排斥是因为他动不动就发火打架。可能他生那女孩的气了，他控制不了自己，等到恢复理智后就想掩盖事实。我就是这么想的。"

托比沃恩脱下身上穿的灰扑扑的网眼背心，拿它去擦胳肢窝下的汗水："去外面的阳光下看你妈妈吧，站在这里忧虑那事儿没什么意义。"

米凯尔·瓦格坐在莱勒家的厨房里，汗流浃背。他受伤的那只脚搭在对面的一张椅子上，苍白的脸不住抽动。莱勒不确定这小伙子是喝醉了还是嗑了药，他胡言乱语，双眼瞳孔紧缩，充满了攻击性。

"你为什么闯进我的房子？"

"我没有闯进任何地方，门根本没锁。"

"那你在黎娜的房间里做什么？"

瓦格啃着自己的指甲，眼睛在房间里瞟来瞟去。

"我不知道。"

"你不知道？"

莱勒重重地拍了一下桌子，震得碗筷飞起来："你最好现在就坦白，因为在得到答案之前我不会放你走。"

瓦格一脸苦相。

"我的脚痛死了。"

"我一点儿都不关心这个。如果你想活着离开这里，最好坦白点儿，你到底在黎娜的房间里干什么？"

"我只是想离她近一点儿。"

"你想离她近一点儿，所以你闯进我的房子？"

眼泪开始安静地顺着他肮脏的脸颊滴落，瓦格没抬手去擦。

"不是只有你一个人想念她，你知道这点。我没有一分钟不想黎娜。我知道你会去参加那没用的游行，这是我可以再次靠近她的机会。我就想看看她的房间，她的物品，闻闻她衣服上的气味。"

莱勒抬起手："让我理一下。一场纪念你失踪女朋友的火炬游行正在举行，而你选择了不参加？"

"当全村人都在盯着你的时候，参加这种活动太受煎熬了。"

"你不指望得到同情，对吧？"

成串泪珠从他眼中流出，但瓦格似乎毫不知晓。他的T恤衫被打湿了，染上了草渍，像是额外贴在他精瘦身体上的一层皮肤。他的下巴皮肤紧绷，像肥肉被拉得过紧似的。从最后一次和黎娜一起坐在这间厨房以来，这个小伙子的身体完全垮了。那时他肌肉结实，笑声能充盈整个屋子。安妮特喜欢他那种笑。

莱勒越过桌子，距离如此近，他可以嗅到瓦格周身散发的恐惧气息："把你的口袋掏空。"

瓦格双目大睁。

"为什么？我没拿走任何东西。"

"站起来掏空口袋，趁我还没扭断你另一只脚踝。"

瓦格犹豫着，眼睑也不安地抽动，直到莱勒突然探过身来，一把抓住他，他才慌乱地掏空裤子的侧兜和后袋。他把一部屏幕碎裂的苹果手机、一个黑色皮质钱包，还有一把铅笔刀，通通放在满是刮痕的桌面上。

莱勒拿起钱包检查：五十克朗硬币、银行卡、两张摸旧了的黎娜的照片。一张是她的脸部特写，她以一种神秘的表情看着镜头，双唇紧抿着微笑。另一张照片里她四肢舒展地躺在床上，除了内裤什么也没穿。她的脸偏向一边，丝丝缕缕的头发披散在赤裸的乳房上。他的气息在肺部凝聚，他本能地握紧拳头重重地挥向瓦格，后者连人带椅向后摔倒在地。

"这些都他妈是什么照片？"

"那是我的照片，我拍的。"

"是你拍的，我当然相信是你干的。我想搞明白黎娜当时知不知道你在给她拍裸照？她知不知道？"

莱勒恐吓瓦格，怒视着他缩进椅子里，举着胳膊自我保护。

"她当然知道！我们是情侣。我们给彼此拍照，那一点儿也不奇怪。"

莱勒被愤怒驱使着抓紧黎娜的照片。他双手颤抖着把它撕成碎片，抛向空中，纸屑像雨滴一样落在桌子上。然后他转向瓦格，把他从椅子里拉出来。

"在我还没杀你之前,给我滚出去!"

两个晚上过去,没有卡尔-约翰的消息。当西莉娅和托比沃恩睡着时,米雅就坐在走廊上,满怀期望地等待。她双脚藏在厚厚的狗毛里,喝着西莉娅的酒,不是买醉,只为平息内心的骚动,为了不让孤独近身。她点燃一支烟,觉得那条狗看她的眼神并不赞同。

"有什么关系?"她说,"反正他不会来。"

但是今晚他来了。是狗率先听到了他的脚步声,它站起来,跑到链子能伸到的最远的地方,皮包骨的身体晃来晃去。她看见他的影子在一排排树中间移动,感觉肚子汩汩地胀气。她迅速捻灭烟,把酒倒进了花坛里。

他笑了,是那种让她生命里的一切都颤动起来的笑容。

"你坐在这里等我吗?"

"我睡不着。"

他拥抱她,至于有没有闻到烟味他未置一词。

"我们可以去湖边吗?"

她点头。他们把拴着链子的狗留在这里,然后就朝森林跑去,跑上那条粗壮的树根凸出路面的路。他牵着她的手,她则在他身后傻笑,同时还要费力追上他的步伐。她内心涌动的喜悦就像树梢间的气流。

来到林中小湖后,他领着她来到一块凸出水面的扁平岩石上。

湖中的细碎波浪涌来又退去。尽管夜晚有阳光,空气还是冷峭,卡尔-约翰的手臂环抱着她。他身上有股淡淡的牲畜和牲畜棚的气味。

"我差点儿以为你把我忘了。"她说。

"把你忘了?"他大笑,"永远不会。"

"我一直在等你来。"

"农场里有太多活儿要干,"他说,"我抽不出身。"

她看了看他的双手,皮肤泛红,还有老茧。他如此年轻,不该有这样一双手。

"然后我突然想到我连你的电话号码都不知道,"她说,"不然我就给你发信息了。"

"我没有手机。"

她惊讶地盯着他:"为什么?"

"我爸爸不喜欢现代科技产品。"

湖水温柔地拍打岩石。米雅想知道他没有手机是怎么活下来的,但她没有问。她觉得他的表情有点尴尬,仿佛他很羞愧,也许是他家境贫困买不起手机吧。好多年里她和西莉娅也身陷类似的黑暗,所有的钱都耗费在其他东西上——西莉娅的酒和安定药,大部分时候都是。

"今晚你的兄弟们上哪儿去了?"她转而问道。

"我让他们待在家里。"他笑起来,"我想单独和你待会儿。"

米雅深深吸气,望向湖面,发现它竟然和自己的情绪以相同的频率波动。风送来一阵凉意,带着松针的清香,可她现在不觉得冷了。卡尔-约翰的脸贴着她的额头。

"不过戈然很想打听你有没有姐妹。"他说。

米雅笑了。

"我没有任何兄弟姐妹,至少我不知道有他们的存在。"

"一定很孤独吧,在那样的状况下长大。"

她耸肩。

"你爸爸呢,他在哪里?"

米雅一时语塞,胃里的兴奋感被紧张感取代。

"我不知道,"她回答,"我出生前他就离开我妈了,我对他一无所知。"

"真可怜!"

"很难说去想念你不曾拥有过的东西。"

"你很坚强,"卡尔-约翰说,"我看得出来。我就不行,没有我的家人我一无是处。"

他的指尖轻轻拂开她脸上的发丝,他低垂着白色睫毛看她。米雅的呼吸停止了。她听不见水声或蚊虫的嗡鸣声,但是她看见他把它们拍走了。

"我们去游泳好吗?"

他们下去游泳,尽管湖水冷得他们关节麻木,牙齿无声打战。当他游到她前面时,她能看到他皮肤下的蓝色静脉和肩膀周围单薄的肌肉。她费力地跟上他。湖水很浅,但湖底松软,包裹着她的双脚。卡尔-约翰回头呼唤她,要她一起游到湖中央有一圈岩石的地方。她为自己如此拙劣的泳技而羞愧,当她感觉一群鱼擦着她的臀部游过时,她立即转身往回游。

"我冷。"

卡尔-约翰带了浴巾，米雅用一块浴巾包住滴水的头发，注视他生火。他的动作无比平稳而细腻，他用手折断嫩树枝，然后再剥开树皮。他用膝盖抵着云杉树的大枝干，毫不费力地折断它们。他粗糙的手可以触碰一切却不流血，她自己的手和脚踝则总是被苔藓或低矮的灌木擦伤，留下发痒而灼痛的伤口。

"我不属于这里，"她说，火正噼里啪啦地烧着，火星四溅，"我觉得迷茫。"

卡尔-约翰把她的手放在自己手里，亲吻她手背上一条触目惊心的伤口。她起了鸡皮疙瘩，不禁颤抖起来。

"我会把我懂的都教给你，"他说，"当我教完后，你会变成一个土生土长的丛林人。"

他的气息掠过她的上唇，她的胃里又一次产生兴奋感。当他离她更近时，他的眼睛就眯成了一条线，她看着他的唇，鼓励他进一步亲吻她。当他终于照做的时候，她偷偷看他，他的眼睛闭着。西莉娅曾说，你不能相信一个睁着眼亲吻你的人。"如果他没闭眼，那就该打包行李走人了。"

可是卡尔-约翰的眼睛闭着，紧紧闭着。

夜晚颇有生气，它的潮湿气息在歪歪扭扭的树木间飘落，它把薄雾吹向湖泊和河流，让它们在那里起舞。黑暗潜伏着，仿佛刀枪不入。莱勒靠着汽车引擎盖，给自己的肺灌满烟味和水汽。阴暗中雾灯只能照亮前方几米远的地方。"银路"像铺设在他身旁的一个死亡陷阱，已被弃置，却仍在等待猎物，一整晚的寻找都会因此而陷入迷茫。

一辆车驶来停在他后方，透过帘幕一般的雾气，他辨认出警车炫目的颜色。莱勒转身背对它，寂静中他听到开关车门的回声。

"去你的，莱勒，你不能在这种天气下开车。"

"我这样子是在开车吗？"

哈森的身体轮廓变得模糊。他也被迷雾改变，缩水了一般。他走过来时手里拿着一个亮闪闪的保温杯。他在莱勒旁边坐下，拧开杯盖，倒出热气腾腾的液体，并把它递给莱勒。更多水蒸气充满了这个夜晚。

"你愿意让我送你回家吗？"

"我该干什么呢？"

"休息，吃饭，洗澡，看网飞（NFLX）[1]剧集。做些正常人都会做的事情。"

"我现在连一动不动地坐着都坚持不了多久。"

莱勒喝了一大口液体，立马又把它吐出去："这他妈的是什么东西？"

"白茶，产自中国，据说有助于血液循环。"

"去他妈的。"

莱勒把杯子递回去，从舌头上拈起几片小小的叶子。哈森轻声笑了笑，自己就着保温杯吞了好几口茶，然后极其夸张地咂了咂嘴。莱勒把一支微微潮湿的烟放进嘴里，它亮闪闪地恢复了生命。他感谢哈森的陪伴，尽管他永远不会说出来。

---

[1] 全称为 Netflix，美国一家专门提供在线影片出租服务的公司。

"米凯尔·瓦格昨晚闯进了我家。"

"真的?"

"我回家后在花园里发现了他。他是从黎娜卧室的窗户跳下去的,扭伤了踝关节。"

"那你为什么没打给我?"

"我应付得来。"

哈森拧紧保温瓶的瓶盖,叹了一口气:"我能问你是怎么对付他的吗?"

"我可没请他喝茶吃糕点,如果你那么希望的话。但我放他走了。"

"他偷了什么东西吗?"

"没有。"

莱勒仔细打量手里这根闪着火光的香烟。他看见瓦格盯着别处的眼、茫然的面颊,以及满脸的泪水。

"他的钱包里夹着一张黎娜的照片,许多裸照中的一张。"

"从他们在一起时就开始拍?"

"我估计是。"

哈森缓缓吸气,一言不发。莱勒把烟灰掸到沟渠里,一种隐隐约约的恶心感攫住他的喉咙。他用袖子擦去脸上的湿气,感觉全世界都在哭泣。一切事物都是慢慢露出它的真实内里的。

"你是个大学教师,"哈森说,"你知道这年头孩子们喜欢拍什么照片,那没什么异常之处,我们总是能见到这种事。家长来向我们控告,照片被共享并落到心怀不轨的人手里。如今的孩子喜欢实验和冒险。"

"我明白,但我就是不相信瓦格。黎娜失踪这几年来,这家伙堕落得比我还厉害。"

"也许他非常想念她?"

"也许,不然就是他的良心在自我谴责。"

哈森站起身,莱勒感觉屁股下的车子腾升起来。

"你希望我找他聊聊吗?"

"不,别管他,他迟早会露出马脚。"

"难道你就不能穿上体面的衣服?!"米雅对西莉娅说,她正穿着内衣在客厅里走来走去。

西莉娅迷惑不解地低头看了看自己,看到自己穿着宽松的女士内裤和溅上红色丙烯酸颜料的胸罩。

"你知道我画画的时候是什么样子,"她回答,"我眼中只有颜色!"

她的身影消失在卧室,再次出来时,她已经穿上了一件紫色蚕丝晨衣,还把头发胡乱在脑袋后绾了一个髻。她喉咙处的皮肤泛红,表情呆滞,这意味着她的行为谁都无法预测。

在车子映入眼帘之前很久,她们就听见了轮胎碾过沙砾的声音。卡尔-约翰的那辆老沃尔沃汽车狭长而笨拙,连车轮的轮罩都生了锈。西莉娅把头搁在米雅的肩上,靠得如此之近,以至于米雅可以闻到她呼出的气息,带着一股酒臭味。

"他开的车,对吗?他多大?"

"十九岁。"

"比格尔家的小子很有可能从十二岁起就开车了,"托比沃恩说,

"在这些村子里这不是什么稀奇事。"

西莉娅把她的晨衣拉直。

"好英俊的小伙!"当卡尔-约翰下车时她这样赞叹,"我从来没发现你居然这么肤浅,米雅!"

他递给她一束已经开始凋谢的牛眼菊,而她则在大厅里尴尬地拥抱了他一下。他的头发还是湿答答的,散发着洗发水的香味。他的衬衫从下到上的扣子全都扣上了,衣领上方露出胡茬儿。他不是男孩了。当他们走进饭厅的时候,米雅从西莉娅的反应里看出了这一点,看到她对他印象深刻。托比沃恩和他打招呼时,棕色唾沫溅到了下巴上,他询问比格尔的近况,向他介绍他的新妻子西莉娅。西莉娅仰头大笑,露出亮闪闪的牙齿填充物。她一直在喝酒,可眼神无比犀利,他们不顾失礼地打量卡尔-约翰,从他的脚趾一直看到他的头发梢。

"你想喝点儿咖啡吗?"

"不用了,我们马上就去我的房间。"

她拉他爬上楼梯时,感觉到他的手掌冰凉而潮湿,一到她的房间她就放开他的手。

"你一定要原谅我妈,她有点疯。"

"她似乎挺和善。"

卡尔-约翰必须弯腰才不会撞到横梁。他四处张望,似乎在寻找什么东西,他冰蓝色的眼睛扫过空荡荡的墙壁,看到她的背包时才停下来。它开着,向他揭示她的一切所有物。米雅生硬地站着不动,感觉羞耻不已。

"所以这就是你生活的地方？"

"只是暂时的。我可不会一直待在这里。"

"你不会吗？"

她摇头："明年春天我就十八岁了。那时我就要回南部去。"

卡尔-约翰伸手把她拉到自己身边："我不想你走。我们才刚刚认识。"

他把盖住她脸庞的头发拂开，亲吻她耳朵下面的皮肤。然后他用指尖抚摸她的锁骨，喃喃地说着什么不准她还没见识到一切就离开。他吻上她的嘴唇，下一秒她就躺在他身下，躺在这张嘎吱作响的床上。他的喘息粗重而急切，双手在她的T恤衫下面摩挲探索。米雅推开他，动手解他衬衫上的扣子。他的胸膛在起伏。她想知道他曾和多少个女孩做过爱，但她不想问。他的衬衫滑到地板上，和她的T恤衫堆在一起。他们火热的唇和温暖的皮肤彼此触碰，米雅的脑子里嗡鸣声不断。她的手指紧抓他的肩膀，她不想让他离开。当听见西莉娅那响亮的笑声时他们才停下来。卡尔-约翰满脸通红。

"托比沃恩有说过关于我的任何事吗？关于我的家庭？"

米雅犹豫了。她觉得自己的嘴唇变得奇怪而肿胀。"只说过你们是某类嬉皮士。"

"嬉皮士？"

"没错，你懂的。过一种回归自然的田园生活，就像以前的人那样。"

他笑的时候她能看见他的全部牙齿。他的一只手握住她的乳房，正好放在她跳动的心脏上方。

"我们能回我家吗？我父母想见见你。"

"你和他们说过我？"

"当然。"

"你说了些什么？"

"没什么特别的。就说你是我从小到大遇到的最美好的人。"

她的耳中充斥着一阵狂野急促的声音，似乎森林栖居在她的脑袋里。卡尔-约翰用自己的额头抵着她的，他的眼睛里荡漾开笑意。

"你觉得怎么样？我们可以去吗？"

米雅的舌头违抗了她的指令。她的内心充满欢喜，她却只能以点头作为回应。

他在雾气氤氲的沼泽地不顾泥浆四溅地蹚了大半个晚上，回家的时候整个车子都臭烘烘的，臭味来自他靴子和裤腿上一片狼藉的苔藓和赤红稀泥。回到家后莱勒做的第一件事就是靠在走廊上脱掉他的靴子。

等他站起来时，发现前门虚掩着。借着客厅里昏暗的灯光，他能看见鞋架和碎布地毯。他的心跳陡然加速。他穿着袜子爬上楼梯，侧耳倾听，透过门缝朝里窥视。他的手下意识握住别在腰带上的手枪。门上并没有损坏的痕迹，没有证据表明它是被外力强行打开的。他在过道上小心移动，只弄出了一阵轻微的门链脱落的嘎吱声。他忘记锁门了吗？他糟糕的记忆力，连他自己都无法信赖了。再往里走了几步后，他嗅到一股绝不属于这房间的若有似无的香味。一种女人身上的味道。

他轻手轻脚地穿过客厅，走过厨房，然后踏过镶木地板，手依然按着手枪。他努力聆听动静，但只听见血流拍打耳郭的声音，还有他自己的呼吸声。香水味变得更加浓烈。他绕过拐角，看见书房的灯亮着，一条光带沿着门底的缝隙透出来。他大跨几步便来到了门前，一只手抓着门把手，另一只手举起他的武器。他猛地把门推开，直接把手枪瞄准前方，然后他看见房间内的墙上晃动的影子和一个人。首先是一阵惊恐的尖叫声，然后两只白皙的手掌在空中举起来。

"天啊，莱勒！"

"你他妈的在这里做什么？"

他稍稍降低枪的高度，看着安妮特。她自然是用她的钥匙开的门，他曾要求她归还的钥匙。她看起来疲倦不堪，脸部皮肤下垂，头发梳拢在脑后。她站在那幅挂在墙上的瑞典北部地图旁，图上布满了地图针和便利贴。安妮特朝他伸出一只手臂。

"你又在干什么，抄着一把手枪到处晃吗？你疯了？"

"我以为有人闯进来了。"

"我按了门铃，但你没来开门。"

"噢，所以你就认为你可以直接开门进屋？你不住这里了，安妮特，我希望你把钥匙还给我。"

她抬头看他。可能钥匙正握在她的手里，因为她的手紧握成拳头，埋在胳肢窝下。她从上到下打量他，他汗渍的T恤衫和破破烂烂的袜子。

"你上哪儿去了？看上去真吓人。"

"我一直在寻找我们的女儿，你不用那么幸灾乐祸。"

莱勒把他的枪放到了书架上。他内心的愤怒让他害怕它。安妮特一言不发地看了他好一会儿。她的眼圈是红的，似乎她刚刚一直在哭。她转过脸面向地图和散落在薄薄纸页上的针头。

"这是什么？"

"看不出来吗？一张地图。"

"这些大头针呢？"

"代表我已经寻找过的地方。"

安妮特的手握成拳头捂住了嘴。她仿佛停止了呼吸，但她没有哭。她久久沉默地站在那里打量那幅地图，然后缓缓地转头看着他。

"我来这里是想说，现在你可以停止寻找了，"她说，"黎娜不在了。她已经死了。"

米雅埋头在她的背包里找衣服穿，她为自己的衣服太少而感到羞愧。两三条洗得泛白的牛仔裤和四件褪色的T恤衫，奇怪的袜子。长久以来，她记忆中都是自己被取笑的画面，因为每天都穿一样的衣服，丑不拉几，邋里邋遢。

卡尔－约翰坐在床上，双目炯炯。

"你本来的模样就很好看，"他说，"不用费心打扮。"

他们下楼的时候，西莉娅和托比沃恩已经回卧室去了。狗蹲坐在门外，可怜兮兮地磨爪子。他们经过的时候，它略带责备地看了米雅和卡尔－约翰一眼。电视开着，但他们还是能听见门那边的欢爱声。米雅恨不得不穿过大厅。

"你不去告诉他们一声我们要走吗？"

"反正他们也不在意。"

指示斯瓦特利登方向的交通标志牌提示需沿着森林直走,这条路不过是由几道被摇摆的野草分隔的深深的车轮印组成。云杉树触手可及,它们的枝干刮擦着汽车后视镜。这样一条路看上去不太可能会通向任何地方。

雨没来由地下起来,淹没森林。雨水敲打汽车顶盖的时候卡尔-约翰吹了声口哨。他用一只手握方向盘,悠然自若,似乎汽车在自己行驶。他不时看着米雅笑,似乎在努力说服自己她仍旧坐在这里。米雅的脖颈挺得直直的,尽量不表露自己的焦虑。每次去别人的家里,她都觉得自己很卑微。真正的家庭对她来说是个陌生国度,她不懂那里的规则。她习惯了铺在地上的草垫,没有厕纸的卫生间和嘈杂的厨房。她和西莉娅从未有过一个正常的家,哪怕仅仅是个没那么像家的山寨货。卡尔-约翰则不一样,他为自己的家庭感到自豪。

他们到达一扇由金属条铸成的高耸的大门前,门的顶部写了一串字:欢迎来到斯瓦特利登。当卡尔-约翰跨出车子去开门时,她往椅子里缩了又缩。

"好气派的大门!"她叹道。

"我和我兄弟一起做的,你马上要在这个农场里看见的一切东西都是我们一家人亲手创造的。"

森林变得开阔,露出一片宽阔的牧场,牛群正在上面吃草。一条沙砾车道通向一栋大房子前的圆弧轨道,这栋房子像一座木头城堡般耸立,一侧是森林,一侧是林中小湖,另一侧是几幢外围建筑物。一想起住在这种房子里的人,米雅的胃便猛地抽动一下。

卡尔-约翰把马厩和狗舍指给她看，毛发蓬乱的家伙们把前爪搭在围栏上，正恶狠狠地朝他们狂吠。狗舍旁是一块马铃薯地，足足有一个网球场那么大。

"你看不见湖是因为森林把它挡住了，但它就在那边。"

"真美！"

米雅坐在车里。她把手放在肚子上，努力平缓呼吸让自己放松下来。她一直都讨厌去见别人的父母，讨厌他们看待她和评价她的方式。尤其是那些妈妈们，她们总是能发现她的缺点。

你父母是做什么工作的？

妈妈是一位艺术家。

一位艺术家？噢，我知道了。哪种艺术家？

她画画。

我们或许听过她？

我觉得不太可能。

你爸爸呢，他是做什么的？

不知道。

你不知道你爸爸是干什么的？

他不和我们住在一起。

噢。

然后就没什么可说的了。最糟糕的情形是他们事先就知道西莉娅，那他们任何问题都不会问。

莱勒盯着地板，不去看安妮特痛苦扭曲的脸，但是他听得见她的啜泣声和吸鼻涕的声音。

"前两年我能感觉到她的存在,我知道她还活着。一想起她我的心就被照亮了,你明白,就是一种温暖。可现在那种感觉不复存在,那光也灭了。"

"我不懂你在说什么。"

安妮特朝前走了几步,手臂环抱他的身体,脸颊靠在他的手臂上:"她死了,莱勒。我们的女儿死了,整个冬天我都有这种感觉,我体内不知什么破碎了。我解释不了,但那就是事实——我们的女儿死了。"

"我不信你这些胡话。"

他用力挣脱她的拥抱,但她抱得死死的,湿漉漉的脸庞紧紧压住他的T恤衫,并抚摸他的皮肤。她紧紧抓着他,抠挠他,最后他放弃了挣扎,任由她抱着。她把他的手臂扳起来缠着自己的身体,起初它们松垮垮地搭在她身上,但随后越来越紧。他们彼此依偎,似乎他们的生命以此为依托,他想不起来他们过去是否曾以这种方式拥抱彼此。似乎他们正在被源于身体内部的力量摧毁。

当安妮特仰起脸,他想都没想就吻住她。她的脸上有眼泪的咸味,他狠狠地吻她,急切地用胯部抵着她,想让她靠得更近。他不得不靠得更近些。安妮特开始剥他的衣服,抚摸他,拽着他旋转,然后才拉着他倒在自己身体上,帮他进入自己。她的腿缠在他的腰间,似乎要把他锁在自己身体里。他用力地插入,比他希望的更用力,他能看见眼泪从自己脸上滴落到她的脸上。她的指甲嵌进他的皮肤,针刺一般地痛,他意识到这正是他渴望的刺痛感,实实在在的疼痛。

结束后他们肩并肩躺着，分享同一根烟。阳光从百叶窗流泻进来，流到他们身体的抓痕上。安妮特戳了戳他的胸腔。

"你瘦了。"

"不用担心我。"

"你骨瘦如柴，还脏兮兮的，你睡眠不足。你正在耗尽自己的能量。"

她站起来穿上衣服。他仔细观察她乳房上方布满雀斑的皮肤，他有多想把头靠在那里，就靠在她的心脏上方。他的臀部被她的指甲抓伤，刺痛不已。他想知道这样和她做爱意味着什么。她是否会回家并告诉托马斯，或是二选一。他想让她留下，但他也知道这里不再有属于她的空间。一阵沉重的、令人窒息的疲倦感袭来，他觉得他可以就这样睡下去，这样赤身裸体地躺在地板上睡。但是安妮特的身影已经没入厨房，他听见打蛋的声音，平底锅磕磕碰碰的声音，咖啡机冒泡的声音，还有电台节目声。安妮特站在咖啡的氤氲香气里，唤他过去吃早餐。

他走进厨房时，看到她把百叶窗拉了起来，她伫立在阳光里，一瞬间，似乎所有事物都各归其位。黎娜还在楼上赖床，安妮特即将喊她下楼。阳光照耀得如此令人信服，哪里还会有噩梦的藏身之处呢？可是当安妮特倒咖啡时，他看见她嘴边的苦涩，恍悟一切只是一场幻觉。她坐在他的对面，还是她住在这里时总坐的那个位子，只是如今她的背挺得更笔直，表情多了些不自在。两大盘炒鸡蛋放在他们中间。莱勒很饿，以致他用叉子戳起食物的时候犯了恶心。

安妮特隔着从她杯子里冒出的雾气看他。

"别生气了,我知道我说的话是什么意思。我确定黎娜已经死了。"

"对我来说没什么不同,我不会放弃,直到找到她。"

在卡尔－约翰的家里,她看见轻木板和暖色调家具,满屋都飘荡着焖肉和草药的浓郁香味。一位穿着围裙、双手通红粗糙的妇人从厨房走出来招呼他们。她比卡尔－约翰更黑,也更瘦,但跟他一样漂亮。她微笑着拉了拉搭在肩上的银灰色辫子。

"你肯定是米雅。我非常高兴认识你,我叫安妮塔。"

她带他们进入饭厅,一个年长的男人正坐在桌边擦一把枪。各样零件在他面前铺散开,当他抬头看米雅的时候眼睛眯成一条缝。他从头到脚打量她,连她的指尖都没放过,似乎他正在鉴定她。米雅的皮肤刺痛起来,如火焚身。

"看看谁来做客了?"他问,抬起握着肮脏的旧棉布的手指指向她。

"她是米雅,"卡尔－约翰说,"我女朋友。"

"米雅,嗯?我听说了好多关于你的事。"

比格尔站起来,他一开口说话米雅就看见了他牙齿间的黑色缝隙。他看上去很老——老得似乎不可能有个卡尔－约翰这么大的儿子——但他心胸宽广、身体健硕,他伸手欢迎她时,握手的力道很强劲。

牛奶、黑麦面包卷、沾在他们唇边的自制蓝莓酱。比格尔谈论农场和土地,古老的森林,沼泽地和斯瓦特利登湖。浆果、蘑菇和鱼,它们可以养活一村子人,他说,生活只会越来越好。安妮塔背对他们站着，削蔬菜皮，她的肩膀费力地摆动。她的话不多，卡尔－约翰也没说几句话。他只是用手臂紧紧环抱米雅，目光炯炯。光流泻在他的喉部，照亮几近凸出皮肤表面的细细的蓝色静脉。她觉得她可以看见下方跳动的脉搏。

"卡尔－约翰说你是从很远的南部来的？"比格尔说。

"我出生在斯德哥尔摩，但我们四海为家。"

"我小时候也没少搬家，"比格尔说，"我父母没法照看我，所以我就被送到一个又一个寄养家庭，从来没有落地生根过。这种成长方式很残酷，会让你早早地套上自我保护的外壳。那就是为什么我希望给予我的儿子们我从没得到过的一切，安稳的居所，安全感。"

米雅迷恋他的声音在整间屋子里振荡的情景。他脸上的笑纹给人留下他享受生活的印象。

安妮塔把盛面包卷的盘子推到米雅面前。

"别客气，再多吃点儿。"

饭厅弥漫着食物和干净物品的味道，家具表面锃亮，没有烟灰缸，也没有空酒瓶。一只古旧时钟在一角嘀嘀嗒嗒响。壁炉上有黑色铁门，一只猫仰面躺在前面的碎花布地毯上窥探他们。屋子里荡漾着一片平静安宁的氛围，米雅觉得一身的肌肉都放松了。

"你一定得带她看看动物们，"安妮塔吃完饭时说，"我们刚接生了一窝小牛犊和山羊。"

夜晚的太阳照耀着牲畜棚和牛群正在上面吃草的草地。卡尔－约翰牵她手的手指摸上去有点粗糙，她得告诉他好好保养手。他领她穿过野花丛和蚊虫飞舞的地方，把她介绍给那些小家伙们，似乎它们也是人:"安格达,尹达,汀达,克纳特。还有阿尔戈特,但是你不能招惹它。"她抚摸它们被阳光照暖的皮毛,喂它们吃干草。还站不太稳的小羊羔在地上打转,卡尔-约翰把它们抱在臂弯里,似乎它们是柔软可爱的玩具。

"这里真是乐园!"米雅感叹。他们背靠牲畜棚的墙壁坐在一起。

此刻是晚上,但没有一样东西在沉睡。卡尔-约翰从她的头发里扯出一根干草,她想知道和他共枕入眠是什么感觉,然后在这样一个地方醒来。

静谧中响起门的嘎吱声,很快他们就看见一个高瘦的人朝这片空地走来。是戈然,最年长的哥哥。他手里拿着一根渔竿,他看见他们后把它举起来示意。米雅和卡尔-约翰挥手打招呼。

"一有光照他就睡不着,所以他就去抓鱼给我们做早餐。"

"用鱼做早餐?"

"味道美极了。"

卡尔-约翰站起来,用力把牛仔裤上沾的草拂去,然后才伸手牵她。

"在这里过夜吧,你会明白的。"

莱勒在客厅的沙发上醒来,邻居家的笑声飘进他的房子。时钟指示的时间是清晨六点半,他起身去厨房的时候感到身体作痛,等他反应过来他浪费了一晚上的时间在这里睡觉时,他忍不住破口大骂。直到看见洗碗槽里的平底煎锅,他才想起安妮特来过这里。他仍然可以听见她的声音在耳边对他说黎娜死了，他晃动身体，似乎想把那些话语甩出去。安妮特的第六感一般来说都是准的。

他用冷水洗脸刷牙。透过窗户他看见空荡荡的吊床，听见它的链子在风中晃得哐哐响。好久以前，安妮特就躺在那个吊床上，拿她的戒指在挺起的肚子上旋转画圈。

"我们会生一个小女孩，莱勒。"

"你怎么这么确定？"

"我就是知道。"

他用一张茶巾揩干脸颊，朝书房门口望去。无数本书的书脊在昏暗中盯着他。他们真的做爱了吗？

他打开前门飞奔到邮箱处拿晨报。报纸最上面放着一把亮闪闪的钥匙，安妮特的钥匙。自从她离开他，她一直拒绝归还这把钥匙，仿佛她还无法真的放下他。实际上她是放不下这栋房子，黎娜长大的地方。可现在它却躺在这里，闪亮如昨，似乎什么特别的事都没发生过。

回到厨房，他可以听到黎娜在嘲笑他，因为他竟然还要读报纸。"这年头没人会读报纸。"他甚至可以看见她坐在她往昔的位置，依稀听见她用常用的那种刻薄语调说话。他啪的一声把油墨纸拍到磨旧的桌面上，仿佛她正坐在这里，似乎他想反唇相讥："这是一份真正的报纸，而不是一块可恶的屏幕。"然而他搅动起来的只有灰尘，过了好长一段时间，他才看见新闻标题：十七岁女孩下落不明——警方不排除犯罪行为。

"警方和公众正在寻找一位十七岁的女孩，该女孩礼拜日清晨从阿尔耶普卢格的克拉亚野营地失踪。女孩和一位朋友在这个靠近95号高速公路的热门野营地露营。据她的朋友透露，女孩当天清晨一大早便离开帐篷且始终未曾返回。该朋友报警，警方在志愿者和国民护卫队的协助下对事发区域展开全面搜索。'现阶段我们无法排除涉及犯罪，因此我们希望公众可以主动提供任何线索。'阿尔耶普卢格警队的马兹·涅米说道。失踪女孩身高一米五六，金色头发，蓝眼睛，失踪时身穿一件黑色网眼背心，黑色牛仔裤，白色耐克球鞋。"

莱勒反复阅读这几行文字，但这些词语不断合并为一个。咖啡灼烧他的喉咙，他站起来在屋里走来走去。透过窗户他看见邻居家的小孩，但他们的声音却遥不可闻。他的胃突然一阵紧缩，然后他一头扑到洗碗槽，把热咖啡和着胆汁一股脑儿吐出来。他感觉汗水顺着他的背往下流，手臂开始发抖，他忍不住坐到了地上，用拳头捶打自己的眼睛，并发出一声哀号。

他的右脸颊贴着冰冷的木地板，手机不断振动。莱勒在口袋里摸索出手机，贴到耳边，听见自己的心脏跳动得越来越快。终于，哈森的声音响起："莱勒，发生什么事了？"

"你听说了吗？"

"什么？"

"阿尔耶普卢格一个十七岁的女孩失踪了。"

手机那头传来一声长长的叹息，压过了警用电台静止时发出的信号声："莱勒，现在下任何结论都还太早。"

"是吗？"

"大量搜救工作还在继续。"

"我有种预感,他们找不到她了,"莱勒听见自己嘶哑的声音说道,"我担心和黎娜的情况一样。"

"我理解,"哈森说,"可是目前我们没有理由怀疑……"

"她们一样高!"莱勒打断他,"精确到毫米!"

他知道自己多么失态,但他控制不了自己。

"这个案子的情况完全不一样,"哈森说,"所有证据都指向她的男朋友。"

莱勒沮丧地笑了笑,他觉得舌根发苦。

"黎娜失踪的时候,在所有人中你指控了我,然后呢,那带来了什么后果?"

"冷静,莱勒。"

"我非常冷静!我就是想确认警察他妈的正在有所行动。我不知道你有没有注意到,可是这个女孩的外貌特征确实和黎娜相似,而且她们都是在靠近'银路'的地方失踪的。你觉得这听上去只是巧合吗?"

"现在说这个为时尚早,我不想推测。她才消失两天,我们还有极大的机会可以找到她。"

莱勒伸手摸脸,发现自己的脸颊全湿了:"你们找不到她的。"

"我真希望你猜错了。"

"我也希望。"

米雅醒来的时候独自一人,但床单上还有卡尔－约翰的气味。

床头桌上的时钟报时早上六点半,她想知道他是不是一直都起得这么早。黑色的木质百叶窗遮挡住阳光,她在一片漆黑中眯眼找自己的衣服和手机。手机没电了。墙上贴着不同类型的战斗机的海报。米雅穿好牛仔裤和T恤衫。窗边的桌子上放了一台古老的打字机。她用手指抚摸黑色按键,停在字母C处。

"你醒了。"

卡尔-约翰站在门口,光从他背后照进来,除了他的笑容,她什么都看不见。他走进房间紧紧拥抱她。干草和动物的气味死死追随他的衣服,他的头发湿淋淋的。

"你睡得好吗?"

"这里足够暗,很舒服。"

卡尔-约翰走到一面窗户前,打开百叶窗让阳光透进来。米雅眯了眯眼。

卡尔-约翰把她的手握在自己手心里。

"饿了吗?你想吃点早餐吗?"

他的家人都坐在饭厅里,比格尔、安妮塔,还有他的两个兄弟。她坐下来的时候,他们好奇地打量她。她用手指梳了梳头发,看了看桌上的食物。新烤的面包,切片时还能看见热气,三种口味的奶酪,果酱,壳上带斑点的煮鸡蛋,牛奶在一个壶里泛起泡沫。

"全是自家产的,"比格尔说,"你不可能吃到比这更新鲜的食物。"

米雅感觉饥饿这头猛兽在她的胃里撞击。

"卡尔-约翰说你们早餐通常吃鱼。"

"没错，戈然是我们家的夜间渔夫。"

戈然靠着桌子，手臂撑在黑色桌面上。

"昨晚没有鱼上钩。"

帕坐在他的旁边，嘴里塞得鼓鼓的。他朝卡尔－约翰咧嘴一笑："昨晚只有卡尔－约翰运气好。"

他笑的时候面包屑飞落到桌子上，卡尔－约翰假装用黄油抹刀攻击他。安妮塔发出抗议。她的头发像雪花一样披在肩上，她似乎觉得很难一动不动地坐着。她从餐桌走向壁炉，倒咖啡，擦洗盘子。每次她的目光落在米雅身上时，她都温柔地笑起来。她的脸上已有饱经风霜的岁月痕迹，那让她越发美丽动人。米雅希望自己老了也能像她一样美，身体被生活本身的风吹雨打刻上烙印。

"你妈妈知道你在这里，对吗？"

"我想是的。我的手机没电了，所以我打不了电话。"

"我不留丝毫时间给手机，"比格尔说，"它们只是政府和当权者用来监视我们的一种手段。"

米雅搅动她的咖啡，感觉卡尔－约翰的手指在她的臀部游走，弄得她身体发痒。

"当然说实话，手机非常智能，"比格尔继续说，"年轻人依靠它就能持续地和世界保持联结，通过这种方式，当局就完全掌控了他们。他们可以监视你、监听你、拍摄你，他们能准确知道你每时每刻的位置并追踪你的行动。"

比格尔看着她时，他的眼睛让她想起水——两池永远不会融化的冰水。米雅感觉胳肢窝下的T恤衫黏糊糊的，新鲜的面包吃在嘴里像在嚼皮革。

"你是指谁?"她问。

戈然和帕放声大笑,但比格尔脸上笑容顿失。

"那就是问题所在,"他说,"他们掌握我们的一切信息,但我们却一丁点儿关于他们的事都不知道。"

卡尔-约翰吻她的时候就把她的头发抓在手里。变速杆在他俩之间激烈地震动,越过他的肩膀,她透过敲打黑色木板的瓢泼大雨瞥见了托比沃恩。卡尔-约翰把她从自己身上推开,同时抓住她的手腕。

"别那么伤感,我们今晚再见。"

"你发誓?"

"我发誓。"

她慢慢穿行在倾盆大雨中。走上泥泞的车道时,她停下来注视他的车一转弯消失在树林里。等终于走进客厅时,她已浑身湿透。

狗在原地打转,用尾巴拍打她打湿的牛仔裤。托比沃恩呵斥它躺下,然后递给她一块毛巾。

"你上哪儿去了?我们都准备报警了。"

"我去斯瓦特利登了,和卡尔-约翰一起。"

米雅用毛巾缠住头发,从他身边冲过去找西莉娅。她坐在饭厅里画素描。她的头发变了一个颜色,乌黑的缕缕发丝散落在她的肩上,令她看上去更显病态了。细棍儿般的手臂隐没在托比沃恩的法兰绒衬衫里。她的视线丝毫没有离开面前的画纸。

"你难道不能打个电话?所有钱都花到你的手机上了,你竟然还不用。"

"没电了。"

"托比沃恩快疯了。你真该看看他,他开了大半个晚上的车去找你。"

米雅瞟了一眼托比沃恩。他未洗的头发乱糟糟的,手臂上多了些紫红色的伤口,好像是他自己抓伤的。

"昨晚又有一个女孩失踪了,"他说,"我很担心你。"

米雅朝着肮脏的碗碟,还有地板上装满空食物罐和空酒瓶的黑色垃圾袋挥了一下手。她对着啤酒和烟蒂发出的臭味,流露出痛苦纠结的表情,想起斯瓦特利登的那间厨房,那么整洁明亮,清新净爽。这份想念给予她力量,她转身凝视托比沃恩。

"我觉得你应该担心的那个人不是我。"

那晚他在新闻报道里看到她的脸,汉娜·拉尔森,一个化着烟熏妆的笑容羞涩的漂亮金发女孩。还有一张照片:银光闪闪的湖泊前搭着一顶蓝色帐篷。她和黎娜实在太像了,他感觉有点喘不过气来。胸腔那种熟悉的痛感袭来,痛得他弯腰握紧拳头压住疼痛的部位。安妮特曾唠叨他去找医生看看,但他知道不会有治愈的方法,悲伤已经在这里生根。

他再次抬头,看见汉娜·拉尔森的父母出现在屏幕上。他们一副惊讶和恐惧的表情,似乎在脸上戴了一副苍白的面具。那位父亲用一种他熟悉的嘶哑声音乞求，这令他的胸口越发疼痛欲裂。他恳求所有不必承受失去孩子这种痛苦的幸运儿们，恳求不为人知的嫌犯。莱勒看着男人的嘴唇，敞开的衬衣领，胡子拉碴的脸颊，以及蚀刻进他面孔里的绝望神情。然后是那位母亲，她简直说不出话。当插播广告时，他的全副身躯都抖动起来。

　　他可以感觉到她从壁炉那边投射来的凝视。照片中的黎娜正在微笑，可那是一个带有指责意味的笑容："不要干坐在这里，爸爸，做点事！"他在地板上踱步，努力呼吸，尽管一切是如此令人痛苦。他在客厅里穿上厚重的靴子和他的北极狐外套，这件外套有一个可以阻挡蚊虫的巨大风帽，上面只给眼睛留了一条缝。他拍拍胸脯，以确保他的烟和打火机都在口袋里。他懒得锁门了。透过窗户他看见夜晚的太阳在树梢之上的高空燃烧，他察觉指尖产生了熟悉的刺痛感。从邻居家的花园飘来浓浓的青草香，草坪刚修剪过，还有烤肉味。视线越过黑加仑灌木丛，他看见孩子们在一张蹦床上跳跃，他们细细绒绒的头发在空气中飞舞。难道他不渴望再看到那样的场景吗？

　　可怜的家伙。

　　你怎样才能继续生活？

　　除非他们找到一具尸体。

　　他没有时间去寻找别人的孩子，这些白夜如此珍贵因此不能浪费。很快这光就会暗淡下去，黑暗中所有东西都会腐烂、凝固，然后被茫茫大雪无情地掩埋。夏季弥足珍贵，必须一点儿都不浪费。就算如此，方向盘和油门踏板还是引导他朝北走，去内陆，向第二个女孩失踪的地方开去。

克拉亚野营地的路边停着一队车,他只好停在至少一公里外的地方。他戴上风帽,感觉心脏在面对人群的喧闹声、狗叫声,还有巡逻警车的静电噪声时阵阵紧缩。这地方人满为患。他们的制服马甲和反光胶带令他眩晕。莱勒来到已搭起警戒线的露营区。蓝色和白色的栅栏胶带包围着一顶孤零零的塌陷的帐篷,那里是一切行动的中心。他的胃里开始翻腾。一个男人正用手机拍摄帐篷,一名年轻警员走过去让他离开。莱勒继续向前,绕着犯罪现场兜圈子,直到他找到一个嗓音尖厉的短发女人,指给他人工搜救队伍的方向。队伍刚刚出发,要是他加快速度就可以赶上。她也许问了他的名字,但他不确定,因为他对外界已充耳不闻。

这地方到处是如乱麻般缠绕的灌木丛和浓密的植被,他必须抬高双脚,仿佛是在雪地里穿行。他的右手边是一位年长的妇女,气喘吁吁的,行动起来却像一只猞猁,能够轻而易举地穿过各种复杂地形。左手边是一个男人,正在滔滔不绝地谈论他在K4游骑兵团军营度过的时光,讲述他在森林里拉屎时如何被蚊子偷袭屁股。他说他从来没忘记过那些日子,还说每个人都应该经历一次那种训练。莱勒冷漠地咕哝了几句以回应他,他低头看着地面,倾听其他一切声音:湍流的喧哗声,国民护军队直升机的螺旋桨在远处旋转的声音。森林里生机勃勃,气氛沉重,恐惧和希望交织,还有其他人呼出的气息。莱勒自己则是空虚茫然。除了敲打他五脏六腑的焦虑和缺少睡眠,他无法让自己感受到其他任何事物。一开始他们也正是用这种方式搜寻黎娜的,在变成他一个人的旅途之前。他曾极度生他们的气——那些人群——无比强烈的气愤。气他们表现出来的尴尬神情,眼神躲闪,还有他们一定要拍拍他的肩,好像他是一只动物。他生气,因为他们一无所知,因为他们帮不了他,因为他们在一天的搜寻工作结束后就回家陪伴自己的孩子,若无其事地继续过他们的日子。这是一种从未离他而去的愤怒,他永远不会用和从前一样的眼光看待人群了。

拂晓时分,搜救工作被叫停,他感觉脚上水泡流出的血粘住了袜子。没有失踪女孩的踪迹,搜救领队们一脸严肃。当他穿过薄雾笼罩的森林走回车旁的时候,他觉得浑身乏力。模糊一片的人影在他身边移动。森林依然人满为患,但空中悬浮着一种令人不安的寂静。喊声、口哨声、狗叫声渐渐减弱,取而代之的是无数个耷拉下来的脑袋。这寂静如此熟悉,他感觉它快要把他碎尸万段。

他发现他的时候,差点被一条从树上垂下的围栏胶带绊倒。那位父亲,接受采访时他灰白的头发还平顺地盖在他的头顶,现在已经乱糟糟地蓬起。即便如此,认不出他也还是不太可能的事。

莱勒想埋头径直走过去,可他做不到。于是他径直穿过低矮的野莓树灌木丛走到男人面前,似乎他就是在找他。他们互相打量彼此,莱勒费尽心思地找话说。他听见他说出自己的名字,并以咳嗽淹没嗓音里的悲痛。

"三年前我的女儿失踪了,如果说还有谁可以完全了解你的心情的话,那个人就是我。"

汉娜·拉尔森的父亲默不作声地眨了眨眼。他的脸色惨白,眼中充满恐惧。莱勒看到了,并因此感到愧疚。

"总之,如果你想聊聊,我住在埃尼瑞。"

他只能把话说到这份上。他意识到他的出现引起男人恐慌,而且他认出了他。也许那段时间他曾在电视新闻报道里看见过莱勒,而那时希望尚存。可是时间流逝,三年的行动并没燃起新希望。莱勒经历的是一场没有人想去深入了解的梦魇,因为他们不想被传染。

回到车上,他头抵方向盘无声地抽泣,没有流泪。他觉得惭愧。惭愧是因为绝望之下其实有新希望在萌芽:希望这次失踪会改变一切。

"你为什么不穿衣服?"

西莉娅躺在日光浴浴床上,她剃光阴毛的三角区白色的皮肤在子夜阳光下闪光。她身旁的草丛上放着一盏高脚杯,旁边是一堆越积越高的烟头,她随手把烟头在地上捻灭。

"这里的气候和空气让衣服显得多余。"

她的声音清楚地表明,她这是一个不眠之夜,而她不得不服从一时冲动。黑色染发剂仅仅是一个开始,下次的行为可能会更具毁灭性。米雅想起卢斯医生,不知道他会不会开一张处方笺,尽管她们已经搬走,或者西莉娅是否应该找个新医生。她估摸这里没有任何医院,更别说精神病治疗医生了。她拿起西莉娅的一根烟放到鼻子下方,深深地闻了一下烟草的气味。

"我戒烟了。"

"为什么?"

"因为抽烟很恶心,而且我答应了卡尔-约翰。"

她点燃一支烟，故意把烟雾朝米雅扇去。

"他真的叫卡尔－约翰？"她冷嘲道，"他难道没有绰号吗，叫着顺口点儿的名字？"

"卡尔－约翰这个名字怎么了？"

"听起来有点做作，你不觉得吗？"

"我觉得好听。"

"你不该做所有事都是为了取悦他。男人喜欢反抗，否则他们会厌倦你。"

"我不需要你的指点。"

西莉娅倒出更多红酒。她的手不停颤抖，一些酒洒到了草地上。她朝前俯身，用空闲的手抚摸米雅的头发，透过缭绕上升的烟雾对着她微笑。

"我聪明的小米雅，你不需要我的指点，你也不需要一个男人。像我一直说的那样，你一个人就可以所向披靡。"

米雅躲开西莉娅这种表达爱意的方式，红酒总是让她变得多愁善感。

"卡尔－约翰可不像别的家伙，他真的喜欢我，真心实意。"

"你们上床了？"

米雅把没点燃的烟掰成两截，烟丝洒落在她的牛仔裤上。

"不干你的事。"

"我知道你觉得难以置信，但我是你妈妈。"

她们听见车轮声好一阵儿后才看到汽车，米雅把草地上的毯子扯起来扔给西莉娅。就在卡尔－约翰的沃尔沃汽车逐渐减速时，她已经站了起来,打算离开。

"你去哪儿?"

"我要和卡尔-约翰去斯瓦特利登过仲夏节①。"

西莉娅把烟灰抖到草丛里,伸出双臂:"如果你要离开整整一周的话,我需要一个拥抱。"

虽然极不情愿,米雅还是转身了。她感觉西莉娅的拥抱让她变得浑身僵硬,她还闻到烟草味和染发剂的气味。西莉娅推开她,取下她的太阳镜,她们四目相对。

"你和我不一样,米雅,记住这点,你不必依靠一个男人生活。"

第二天晚上他又来到阿尔耶普卢格。帐篷不见了,取而代之的是他们竖立的仲夏花柱②。莱勒避开人群,消失在灌木丛中,心无旁骛地独自搜寻。他一直走到湖中浓雾飘进林间、模糊了他的双眼时才肯罢休。

可能是太疲倦,也可能是烟雾或阳光遮掩了视线,当他开车经过朗格斯科灌木地时他竟然没能看到驯鹿,至少,没有及时看到。它们在阳光下四散分布,正在脱毛,可以看见裸露的蓝色皮肤下起伏的胸腔。他本能地打方向盘,紧急刹车,车子滑到路中央,却还是无法避免地发生了碰撞。他感觉到一阵强烈震动,随后传来沉闷

---

① 北欧国家的传统节日,起初是为了纪念夏至,后又被赋予宗教内涵,现今则成为一个祈祷五谷丰收的民间节日。
② 仲夏节这天,人们会在花园或广场上竖立花柱,穿上民族服饰围着花柱载歌载舞。

的响声，一只体格瘦小的驯鹿撞到了汽车引擎盖。汽车发出尖锐声响并随即静止，他看见动物四散逃离，很快就消失在灌木丛中，不见了踪影。他心跳加速，抽了一半的香烟从手中滑落，掉在窗框上，徐徐燃烧。他伸出颤抖的手指把它捡起来，然后爬出车子。

一个黑色物体躺在沥青路面上，从体格判断，得有一岁了。当发现它呼吸尚存时，莱勒忍不住骂出声来。它的胸脯在颤抖，可以看见经冬的白色毛发染上了一条条血痕。莱勒从工具箱拿出他的手枪，飞快跑回动物身边。当他把枪口抵住驯鹿的额头并扣动扳机时，它的眼白对着他倏地一闪。动物的小腿随着生命力的减弱而数次颤抖，随后归于平静。莱勒把枪插到皮带里，弯腰用力抓住它的后腿。他费了一番功夫才把尸体拉到路边，抛进沟渠里。沥青路面上留下一抹血色。莱勒在牛仔裤上擦干净手，努力平复呼吸。他跪在车旁，确认车身没有被损坏。只要还可以开，只要他还可以继续寻找黎娜，他就不担心。太阳马不停蹄地攀上云霄，鸟鸣声不断，似乎什么都没发生过。当他再次回到车里时，一阵冷瑟的战栗穿过他的身体，他无声地流起泪来。

仲夏之夜，森林和田地都被染上一层蓝色，一群蚊虫乌压压地在野花上空盘旋，叮咬带给人持续不断的刺痛。那天早些时候他们宰杀了一头猪。米雅没去看，但它濒死的惨叫声在她脑中回响了很久。猪舍旁还有一摊正朝四面八方流去的血，苍蝇聚集其上。然后是那头猪，就挂在粗粗的扦子上被大火炙烤。肉已经不剩多少。仲夏花柱在地面投射出一条长长的影子，安妮塔编的野花环还挂在柱头上随风摇摆。比格尔带领大家绕着花柱跳舞,直跳到双腿酸痛。整个晚上连一滴酒都没有见到。米雅头枕卡尔－约翰的胸膛,感觉到了他的心跳。

"我觉得我这辈子都没今天笑得多。"

"我也是。"

火焰蹿上天空,用尽全力驱散蚊虫。比格尔和安妮塔老早就对他们说晚安了,但夜深对年轻人来说没什么大不了。最初几个小时,帕突然变得极其健谈,吐出一连串古怪的关于末世的神话。这些故事让这个夜晚变得美妙,至少他是这么形容的。米雅装作没听他说话,而去和卡尔－约翰窃窃私语,用手指沿着他皮肤上那些难以察觉的纹路转圈,细数他手臂上的痣,用一根小草拂拭他的耳垂,惹得他咯咯笑着用双臂抱住她。

"核武器会是罪魁祸首,"帕说,"这位炸弹之母将会杀死全世界一半的人口。在那以后,只有那些强者和全副武装的人才能活下来。于是我们的历史可以从头开始,从犯下的错误中吸取教训。"他戳了戳烧焦的木头,脸庞像火光一样闪亮,"不是它,就是自然,将导致我们没落。如果我们自己没有先走到那一步,自然也会抗议。可能是黄石公园,可能是其他地方。幸存者会找到的。但是不论它如何开始,最后总会爆发战争,人类历史上最血腥的战争。"

他说话的语气像是在盼望那一切。他的声音颤抖,伴着一种压抑的焦虑感。有好几次他轻轻推旁边的戈然,戈然像一个安静的幽灵一般坐着,似乎并没有听他说话。当他坐着凝视火苗时,几乎都不怎么看得见他。他偶尔会狠狠地抓挠自己的胸口和手臂,仿佛他受不了自己的皮肤。

帕用一根焦黑的烤肉棒在地上画了一个黑色的十字架。

"我不赞成那个老头，"他说，"他的言论全围绕致命病菌和疾病展开。没错，那样的事会发生，但还不至于终结全人类的命运。病毒仅仅是减少人口的一种手段，让人类覆没则需要全面性的战争。"

在卡尔-约翰的怀里，米雅觉得内心充满勇气。她抬头看帕，质疑他的观点："你真的相信所有那些事吗？"

"所有什么？"

"将会爆发一场战争。"

"当然会爆发一场战争。看看人类的历史，我们始终在争斗。现在的问题是我们造出了能够毁灭全世界的武器。没有人能幸免。"

他摸着他有胡茬儿的下巴，隔着火焰面带挑衅地看着米雅。

"假设社会崩溃了，你能存在多久？"他问。

"你想说什么？"

"不再有电、自来水、超市，你能活多久？"

米雅低头观察卡尔-约翰放在自己掌心的手，抚摸上面厚厚的老茧："不知道。"

"你知道在斯瓦特利登我们能活多久吗？"

她摇头。

帕举起一只手，五根手指张开："五年，至少。或许是永远。"他转向卡尔-约翰，"你要带她去看吗？"

卡尔-约翰把鼻子埋进米雅的头发。

"带我看什么?"她问。

"明天吧,"他喃喃地说,"我们明天去。"

"够了,全都是胡言乱语!"戈然突然说,随后便站起来。他抓过一个桶盛满水,一股脑儿倒在火堆里,还用脚踩灭最后一点未燃尽的木柴。他那因抓挠而破开的疮疤渗着血,可是即便他觉察到了这点,他也没有表现出来。他驱赶着身边的蚊虫,走进了树林中。帕把肉串扔进灰烬里。

"只有未雨绸缪的人才能够存活下去,"他看着米雅说道,"剩下的人只能乞求怜悯。"

黑暗中,他们沉默不语地紧靠彼此躺着,子夜阳光褪去,蚊虫也不见了,房间里只有卡尔-约翰的呼吸声,那种熟睡时发出的深长而低沉的声音。他伸展的手臂沉沉地压在她的臀部,但她不想推开。她觉得孤独离她而去。她想起她过去的城市生活,她和西莉娅居住的高楼公寓,楼层间的电梯,以及从来不可能从她家飘出来的饭菜香味。那些生活在一起的亲密家人之间的嗡嗡私语声,如此亲密,对她来说却触不可及。西莉娅深夜未归的时候,那些声音就是她拥有的全世界。

她是被身旁手机的振动声唤醒的。卡尔-约翰已经不在她身边,但她还是能感觉到背部残留着他的体温。她瞥见屏幕显示西莉娅来电,她不想接,接着就感觉自己的脉搏开始迅速跳动。现在甚至没到早上八点,西莉娅从来不会醒得这么早,一定是发生了什么事情。

"喂?"

"米雅,你得回家一趟。"

"怎么了?"

西莉娅的呼吸声在她耳边翕动:"是托比沃恩,拜托,米雅,我再也不想单独和他待一分钟,你要尽快回来。"

信号不好,她的声音听上去断断续续,似乎她说话的时候是把手机直接放在唇边,就好像她不希望被谁偷听。

警车停在他家车道上的时候,莱勒正穿着内裤煎土豆泥饺子。他飞奔到卧室穿了一条牛仔裤和一件衬衫,把带油的锅铲搁在床头柜上。经过一夜的寻找,他的牛仔裤裤脚潮湿,泥迹斑斑,但他并没有注意到。透过百叶窗的缝隙,他看见警官走上沙砾小道,双臂上的制服袖管绷得紧紧的,帽子下方露出浓密的黑色头发。

"到底发生了什么事?"他自言自语道。熟悉的期待一如往常地从意识深处浮出来,血液在他的静脉里飞快奔流。可能他们找到她了,可能现在一切可以结束了,或者一切只是要重新开始。他用力打开门,吓得哈森连连后退。

"怎么回事?"

哈森举起戴着皮质手套的手:"不是关于黎娜的事,这次不是。"

失望,或者其实是解脱,令他猛地重重撞在门把手上。

"那是什么事?"

"你能让我进屋吗?"

莱勒站到一边,做这个动作的时候,他察觉哈森的目光落在他身上。

"你真该理理你的头发,伙计。"

莱勒抬手摸自己的头发,发丝僵硬,油腻,一片杂乱。

"你上次洗澡是什么时候?"

"我们可没法都像你一样衣冠楚楚。"

哈森若有所思地看了他一眼:"我闻到食物的气味了。"

"我正在煎土豆泥饺子,来点吗?"

"你很清楚我不吃猪肉。"

"但你吃土豆,对吧?"

"里面有猪肉,不是吗?"

"你可以把肉挑出来,吃一点猪肉又不会死。"

哈森脱掉他的黑色警服,他正要把它挂在一把椅子的后背上时,听见莱勒大声说:"别动那把椅子!我们不用那把,它是黎娜的椅子。"

哈森猛地把外套从椅子上扯回来,一言不发地去找其他椅子。他的眼神透着忧虑,但他没说话。他坐下,手撑在桌子上看着莱勒,好像他可以看见他脑海中滚动的每个想法。

莱勒在两个盘子里堆满亮晶晶的饺子,挖了几勺越橘酱。哈森面露疑色。

"你能告诉我到底怎么回事吗?"

"我真的只是想过来坐坐。"

"过来坐坐,在上班时间?"

哈森叉起一个亮闪闪的饺子,沉思了半天才把它放进嘴里。"我知道这段时间你过得很艰难,"他咬了几口后说,说完就继续吃饺子,"但我只是想确认你一切都好。"

"你可以直接说重点。"莱勒说。

哈森扮了个鬼脸,然后吞下饺子。他把叉子放下,正视莱勒:"好,那我就不废话了。星期六和星期日之间的那个晚上你在哪里?"

"开车。"

"大概在哪个地方?"

"在95号公路上来回跑。"

"你有可能在阿尔耶普卢格附近吗?"

"我每晚都要路过阿尔耶普卢格。"

"你到那里是什么时候?"

莱勒耸肩:"我估计是在夜里三点到四点之间,可能还要稍微晚一点。"

"你在克拉亚野营地停过车吗?"

"我想不起来了,好像不是在星期日。"

"看在上帝的份儿上,莱勒。"

莱勒在越橘酱里画圈。可能是因为他们以前也怀疑过他,他现在没感到任何恐惧,更多的只是疲惫。黎娜失踪之前,他是最后一个在车站看见她的人,现在,汉娜·拉尔森失踪了,他同样在那当口到过事发现场附近,自然会引起误解。

"你前几天告诉我,我们永远找不到她了,"哈森说,"你这话是什么意思?"

莱勒把盘子推开:"只是一种感觉。她和黎娜太像了,这不可能是巧合,一定存在什么关联。"

"三年时间太长了,不大可能存在什么关联。"

莱勒用指甲剔牙。他不接受这种敷衍:"关于汉娜·拉尔森,警方到底掌握多少情况?"

"我什么都无法向你透露。"

"这就是说你们他妈的掌握了一切消息。"

"换作我是你,莱勒,我绝对会谨言慎行。"哈森用一种莱勒琢磨不透的语气说道。

"她的男朋友,你们对他采取了什么措施?"

"关于他的最新消息是说他被释放了。汉娜仍然下落不明,我们也就无法推进其他程序。你懂这点。"

"但是你难道真的认为我会袖手旁观?"

哈森用手揉揉脸,摩擦着自己疲倦的两颊:"我想看一眼你的车。"

"你请便,钥匙就挂在客厅墙上。"

哈森端起他的餐盘和餐具走到洗碗槽前,先把盘子里残留的饺子刮掉,再用水清洗,最后把它放进碗架。莱勒注视他粗壮的脖子和肥大的膀子,当他躺在自己的呕吐物中时,同样是这双手臂把他从地板上拉起来,拖他上楼,把垃圾桶放在他的床边。就是这个人整夜陪着他,尽管那远远超出一名本地警官的职责范畴。安妮特离开后,是哈森清空了装满烈酒的塑料箱,打碎酒柜里的每一瓶酒。一想起这些,他的眼睛就刺痛起来。

"你觉得附近的森林里有没有可能住着老兵?"

哈森关掉水龙头:"你是说退伍老兵?"

"没错。有天晚上我找黎娜的时候,偶然碰到一个前联合国士兵，他在一片荒废的农场安家。你应该见过他吧，长发，邋遢，像头野生动物。"

哈森用厨房餐巾擦干双手，悲伤地看着莱勒。"你难道不觉得是时候从这一切事物中抽身，短暂地休息一下了吗？"

"休息？"莱勒的声音在屋子里回响，"我的女儿失踪了三年。三年过去了，一点儿线索都没有，我怎么可能去休息？"

"你正在搞垮自己。"

莱勒摆摆手，无视这句话，但眼睛的刺痛感越发强烈："你想喝咖啡吗？"

"没时间，不过还是感谢你的饺子。"

哈森消失在客厅，莱勒听见他取下钥匙环时发出的咔嗒声。他的视线穿过起居室的窗户，看见哈森戴上一副蓝色的一次性手套朝沃尔沃汽车走去。车门被打开，哈森用两只手在垃圾桶里翻找，烟灰飞起来绕着他的头飘舞。

他转头瞥了一眼黎娜，她仍旧站在壁炉边朝他微笑。

"你能相信你的耳朵吗？"他大声说，"他们又来责问我。"

哈森回来的时候他就坐在饭厅里，听着咖啡逐渐沸腾起来的声响。他站在门边，举起一团污渍斑斑的棉布。莱勒瞥了一眼，想起那是他昨晚穿的背心。

"前面的座椅全染上了血，莱勒，这到底是怎么回事？"

"你不用陪我进去。"

"别犯傻，我当然要陪你。"

卡尔－约翰把手臂伸到车座下，抽出一把刀。

"你要干什么？"

"你到底了解托比沃恩什么？你才认识他多久？"

米雅一时语塞。她的嘴里泛起一股酸涩的味道："我不知道。西莉娅是在网上认识他的。"

卡尔－约翰苦笑着看向那栋房子："我希望你躲远一点。"

他在跨出车子前把刀藏在了袖子里。抗议的话语几乎要脱口而出，但米雅发现自己无法发出一丝声音，她只听见自己怦怦的心跳声。她犹豫地跟在他身后。未修剪的草坪上露珠闪烁，浸湿了他们的鞋子。卡尔－约翰站在走廊上敲门，他伸出一只手臂挡在米雅前面，让她往后退。

托比沃恩开了门，他举着一张血迹斑斑的餐巾按着脑袋一侧。他的目光扫来扫去，最后落在米雅身上。

"那个女人疯了，净说胡话！根本没人在和她说话。"

卡尔－约翰一把推开他，大声叫西莉娅的名字。

米雅赶紧跟上他，瞥见他把刀拿在手里。西莉娅正坐在饭厅地板上一堆用光面纸印刷的杂志中间。她那被汗水浸湿的头发一绺绺地贴在皮包骨的喉咙上，眼影呈两条黑线顺着凹陷的面颊往下流。她举起几张泛着光泽的纸给卡尔－约翰和米雅看，上面是乳房饱满的女人的图像，她们浑身赤裸，双腿分开，翘着屁股。

"整个柴房全塞满了这种玩意儿，"她说，"全是年轻女孩，还不到十八岁，足够让你发狂，想把它们全扔出去！"

米雅感觉脚下的乙烯塑料地板在塌陷。羞耻灼烧着她的脸颊。

卡尔－约翰合上刀，把它揣进兜里。他的脖子红得像被晒伤了一般。他们听见身后的托比沃恩发出粗哑的声音。

"我当了四十多年的单身汉。那些杂志是我所拥有的一切。我本打算处理掉，但不知怎的我始终戒不掉。我对此感到惭愧。"

"可是装了满满一间柴房啊！"西莉娅吼道，"而且他还告诉我他是去外面做雕刻，雕刻！"她的笑声变成刺耳的啜泣声。她用手遮住脸庞哭泣，全身抖动，似乎她行将崩溃。他们站着，面面相觑，尴尬得不知所措。最后卡尔－约翰转身对托比沃恩说："我可以帮你把那些东西烧掉。"

花了整整一个早上，独轮车中的杂志和陈旧的录像带被倒入火焰，肮脏的黑烟升腾到纯净的夏日天空中。米雅整理好她的背包，等待着。她走进浴室，注视镜中的自己。她的手指因攥紧布满灰尘的陶瓷台面而作痛。耻辱把自己刻进她的面颊，她满脸通红。然后她走进厨房喝咖啡，直到双手开始颤抖。她看见外面两个汗流浃背的男人用长柄铁锹把色情杂志铲进火堆里，仿佛那是牛粪。卡尔－约翰推着独轮车跑上跑下的时候，他的肌肉反射着太阳光。她想知道她要如何才能再次凝望他的脸。

西莉娅正专注地握着铅笔，以惊人的稳当手劲儿速写外面燃烧的火堆。好长一段时间里，话语就在米雅口中打转，直到她找到自己的声音。

"你这次太过分了。"

"我用一根木头打他，所以他才流血了。"

"你打电话喊我回家，只是因为你的男人在柴房里藏了一堆色情杂志。你知道那有多病态吗？"

"我手足无措，我受到惊吓了！他说他要去做点木工活儿，等我走去看时，就像走进了肮脏不堪的丛林里！从地板到天花板全是小姑娘的照片——和你一样大，米雅，我震惊得大声尖叫，你真该听听我的尖叫声。"

"也许你在搬来之前就该想到这一切。稍微打听一下，你就会知道全村人都叫他破沃恩。"

"你在嘲讽我。"西莉娅把她的脸藏在速写画板后好一会儿，似乎她即将再次大哭。然而米雅听到了笑声。

"这不好笑。你让我感到耻辱，你让我们感到耻辱。你为什么就不能表现得像一个正常人？"

西莉娅把画纸放低，用手背擦干笑出来的眼泪："我知道他有些问题，这很明显。涉及性方面的事情他和其他男人不一样，我可以感觉到……"

"我不想听这些！"米雅伸手拿起她的背包，跑到走廊上。她狠狠甩上了门，那声音听上去好像整个破旧的房子即将倒塌。

她径直朝卡尔-约翰走去，把独轮车推到一边，手指紧紧抓住他的手腕。她听见那句话从她嘴里飘出来："带我离开这里，马上。"

斯瓦特利登，仲夏节的祭猪仍在扦子上对着白得耀眼的天空微笑。烤肉的气味弥漫在雾气里，一路飘向树林，飘向浮在沙砾车道上的一朵轻盈的云。

卡尔-约翰和米雅坐在车窗大开的车里，呼吸着充盈的空气。

卡尔－约翰将那把刀又放回驾驶座下面。

"我觉得我们不应该就这样把你妈妈留在那里。"他冷不防地说。

"她见过更糟的事情,相信我。她只是想得到关注。"

他深深地叹气:"你看见他的收藏物了吗?这个老家伙肯定买了村子里出售的所有色情杂志。"

大笑让她放松下来,挪动了她喉咙里耻辱的肿块。

"不要和任何人说,可以吗?"米雅问,她已经停止发笑,"包括你的父母、戈然和帕。这件事令我觉得难为情。"

"我答应你。"

他的指尖在她的指关节上画圈,她的身体不禁微微颤动,起了一身鸡皮疙瘩。森林边缘,安妮塔的身影在雾气中若隐若现。她那浸润在水溶溶的光里的白发,呈现神秘超然的色泽。她含着胸,但她并没有看向他们。米雅感到一股战栗的紧张。

"如果我在这里住一段时间,你觉得比格尔和安妮塔会介意吗?"

"不会,他们只会非常高兴。"

尽管说了这句话,但他仍然坐在车里一动不动。米雅可以看见他的心脏在 T 恤衫下跳动。

"也许你不想收留我?"

"我当然愿意!但这不是个简简单单的决定。我希望你先弄清楚,你让自己进入的这个世界是什么样子,我的家庭和其他人家不一样。"

"你这话是什么意思?"

"我们的工作非常辛苦。"

米雅伸出手,把挡住他脸颊的金发拂向一边。她可以感觉到从他皮肤毛孔蒸发的热量,她想自己从来没遇到过如此鲜活、有生命力且满腔热情的人。

"不管我需要多辛苦地工作都没关系。没有什么会比跟西莉娅一起生活更糟糕。"

他们在牲畜棚里找到了比格尔。他身穿藏蓝棉布服,看起来年轻了不少,体格健壮如青年小伙,灰白的头发全藏在棒球帽下,地上的泥浆和苍蝇似乎并没让他感到困扰。他看见他们走过来,便放下了耙子。

"要不是我身上脏得很,我真想拥抱你,米雅。"

米雅咧嘴一笑,突然变得害羞起来。昏暗的牲畜棚散发着一种压抑的气氛。她还没习惯动物的气味,它们在稻草里摩擦碰撞的热烘烘的身体,以及与苍蝇作战时甩动的尾巴。

卡尔－约翰看上去也有点迷茫,面对他的父亲,他的声音变得低缓而断续:"米雅在我们家住几天可以吗?她在家里不太好过。"

他冰水般深蓝的眼睛在饱受风霜的脸上闪光,可是比格尔的笑容却渐渐褪去。他站得笔直,盯着米雅。她低头看着牲畜棚不平整的地面、泥浆块和干草垛,还有从畜栏处往外滴淌的猪尿。她的心猛然一沉,突然后悔自己提出这个建议。没有人愿意接纳她生活在自己家里。她现在明白了,她浑身上下无一不透露着她有多坏的信号。她还不够好。

比格尔的声音像天鹅绒拂过她急速跳动的脉搏:"米雅当然可

以待在我们家，只要她的妈妈没意见。"

解脱感令她头晕目眩，卡尔－约翰伸出手臂，把她拉进自己的怀抱。

她听见他们正在笑，可能她自己也在笑。

他们把比格尔和动物们甩在身后，飞快地跑进阳光中。太阳直射他们的眼睛。卡尔－约翰牵着她走到阴凉地带，不停亲吻她，直到她喘不过气来。他把她抱起来抵在发烫的墙上，然后用身体压着她，似乎想融化在她体内。

戈然的声音不知从哪里传了出来，他们噌地跳开。

"你们为什么不去房间里？"

"你这么神出鬼没的到底是为什么？"

戈然得意地一笑，在外套上擦手。他大汗淋漓，裤腿随意地塞进靴筒里。

"发生了什么事吗？"他问，"你们看上去很兴奋。"

"米雅要搬来住。"卡尔－约翰说。

戈然退后一步，猛然跌坐在坑坑洼洼的地上。他转向米雅："真的吗，你要住在这里？"

"住一段时间，至少。"

蓝色外套上方的脸变了颜色。戈然抬头看了一眼那栋房子，又转而盯着卡尔－约翰。

"某人真是撞了大运。"他说，然后朝草地啐了一口。

差不多是半夜。莱勒发觉自己很难静坐。他从一间屋子游荡到另一间屋子，一根没点燃的烟先是夹在手指间，接着放进嘴里，然后又别在耳朵背后。哈森叫来一个同事，他们收押了他的车。尽管莱勒反复解释，谢莱夫特奥警局的法医还是想看一眼这辆车。

"我在斯多乔沼泽地附近撞到了一只驯鹿崽。"

"我长得像一条德国牧羊犬吗？你觉得我可以分辨人血和驯鹿血的区别吗？"

"我需要我的车。"

"庆幸我们没把你一起抓走吧。"

可能他是个白痴吧，居然觉得哈森是值得他信任的朋友。你最好永远不要撤下防线，因为最后你会被遗留在那里，手无寸铁地站着，愚蠢无比。如果说这三年梦魇般的日子教会了他什么，那就是世界是一个喧哗的、不值得信赖的地方，就连诺尔兰内部也不例外，最终你无法依靠任何人。

十二点十分的时候，他再也受不了了。他穿上夹克和鞋，出门走进明亮的夜晚。鸟群已经归巢，天地间只有他的靴子踩在沙砾路面上的声音。空气凝滞，携带着一股浓烈的植被香气。他穿过松林，黎娜小时候曾在那里搭建过一个营地。一些发霉的板条仍然固定在树干上，但其余的都已经倒塌，被苔藓和杂草覆盖。他尽量不去看。

他走到埃尔斯埃德，继续朝斯特伦松德和凄凉的公交站行进。他的双脚指引方向，身体的其余部分则机械地挪动，包括他的思绪。他点燃一支烟，看着在水坑里闪光的夜空。他抽着烟走过去，坐在四下无人的候车棚里。石椅上有一个半空的嘉士伯啤酒罐，他觉得此时此刻很需要一瓶啤酒。就在对酒精的渴望涌过身体的时候，他听见了声音。他把香烟放进嘴里用力吸一口,用眼角余光瞥见两个年轻男人朝他靠近。一个人抱着一块滑雪板,另一个则走路有点跛脚。走到转角处,他们相互碰拳之后就各走各的了。那个抱着滑雪板的小伙子出发朝斯特伦松德去了,小小的车轮有节奏地摩擦沥青路面。另一个则一瘸一拐地往莱勒的方向走来。黑色头发垂下来盖住了他的耳朵,精瘦的手臂上有一圈黑色的、一直缠绕到他颈项的文身。他的眼睛周围也有一圈黑色,像是化了眼妆。莱勒立马坐直身体,当小伙子的速度慢下来时,他感到自己的指节变得僵硬。

"你不会碰巧有一根多余的烟吧,有吗?"

"当然。"莱勒把烟盒递给他,男孩跛着脚走进候车棚。他的指关节上也有文身,左手上是一片四叶草的图案,右手上则是一些字母。

"你的脚怎么了?"莱勒问。

"从滑板上摔下来了。"

"原来如此。"

莱勒掐灭手里的烟,察觉男孩的目光盯在他身上,像是两道从黑暗影子里发出的怪异光芒。

"你难道是黎娜·古斯塔夫森的爸爸?"

莱勒的心猛地跳动起来:"没错,我就是。你认识她?"

"不,但人人都知道她是谁。"

莱勒点头,他很乐意听到他用现在时态来描述黎娜:"你叫什么名字?"

"杰斯帕,"男孩说,"杰斯帕·斯库格。"

"你去托巴卡读过书吗?"

"我去年就离开那儿了。我比黎娜小一级。"

莱勒不记得以前有见过这个男孩,不过当时他也不像现在这样注意别人。

"我有没有教过你数学?"

"本来是你,但你那会儿基本上都是请病假。"

莱勒打量这个男孩,他瘦弱无力的四肢,还有不停摩擦地面的双脚。

"所以,你从来没和黎娜出去玩过?"

"我怀疑她都不知道我是谁。"

"真的?"

杰斯帕吸完最后一口烟便把烟头甩掉了,他舌头上的舌环撞得门牙直响。

"她只看得上米凯尔·瓦格。"

"你说对了。"

"他们完全为对方倾倒。"

"倾倒?"

"没错,每个人都这样觉得。"

莱勒思索了一会儿。黑夜在他们身边沉默着,唯有银质舌环撞击牙齿的声音。时间长了可能对牙齿不怎么好。莱勒递出香烟盒,邀请杰斯帕再抽一支。很久以来,这是他第一次觉得自己可以和其他人谈论黎娜。

"你可能奇怪我为什么半夜还坐在这里。"莱勒说。

"这里不就是她消失的地方吗?"

"说对了。"

"你坐在这里自然是为了等她回来。"这更像是一句陈述而非一个疑问。

"对,但愿如此。"

杰斯帕快速而深长地吸烟。夜晚的太阳照亮他黑发中的银色发丝,黑色眼睑下是茫然失措的孩子气的眼睛。

"每个人都喜欢黎娜,"他说,"可是没人喜欢瓦格。"

"没有人和我说过这话。"

男孩深吸一口烟,传出更激烈的舌环撞击牙齿的声音。

"对我们这些孩子来说,他就像一个十足的浑蛋。他彻头彻尾地看不起我们。"杰斯帕啐了一口,"他太自以为是了。"

"噢,没错,他就是自视甚高。"莱勒回应。

"她对他很好,每个人都这样觉得。"

"我倒没发觉这点。"

杰斯帕把烟头扔进一个小水洼里,莱勒眼看它的火光渐渐熄灭。"有人说是他干的,而且他也承认了。"

"承认什么?"

"杀死黎娜。"

这几个字在莱勒的脑海中回响:"谁说的?"

"我认识的一些人,从拉耶卡斯亚维来的一对兄弟。他们以前经常卖酒给他和跟他狼狈为奸的同伙。他们说是他喝醉的时候坦白的。"

"那肯定是撒谎。据警方说,米凯尔·瓦格有不在场的证明。"

杰斯帕又用牙齿撞他的舌环:"我只是在陈述我听说的事。"

"黎娜没有死,"莱勒说,察觉他放在牛仔裤上的手在冒汗,"没有人杀她,因为她没有死。"

杰斯帕的视线越过地面。莱勒感觉自己正逐渐失去耐心。

"他们叫什么,那对兄弟?"

"约纳斯和尤纳,姓氏是阮贝格。"

"约纳斯和尤纳?"

"双胞胎兄弟。"

莱勒拿出手机输入这两个名字,他试图回想这里距拉耶卡斯亚维有多远。

"你知道我怎样才能找到这兄弟俩吗?"

"他们周末的时候经常在格里默山晃悠,他们在那里卖酒给孩子们。"

莱勒往手机里输入这些信息,竭力控制着不让手颤抖。

"现在我要回家了,"杰斯帕说,"你打算在这里坐一整夜?"

"也许吧。"

"想喝杯啤酒吗?"

莱勒大口吞咽,这才注意到焦渴一直伴随着自己烦躁的神经。

"我当然不会拒绝。"

杰斯帕把他褪色的蓝色北极狐背包从肩上取下,摸出一瓶珂罗娜递给莱勒。

"夏日啤酒,"他说,"你真该加一块酸橙在里面。"

"就这样喝味道也不错。"

杰斯帕把头发抖到身后,开始一瘸一拐地朝村子中心走去。当接近地下通道时他转身，莱勒看见他深深地吸了一口气。

"我真的希望她能回来！"他大喊。

莱勒抬起一只手，想说的那些词语悬浮在空中，他呷了几口酒。

"我也是。"

啤酒已下肚，莱勒却没有丝毫醉意。太阳光线落在狭窄的候车棚，但他并没有感到温暖，他全身都在颤抖。他为什么直到现在才听说阮贝格兄弟？如果流言是米凯尔·瓦格供认了罪行，警方难道不应该了解一切吗？

他把空酒瓶扔进垃圾回收桶，然后开始奔跑。他跑过格洛默斯特莱斯克那黎明时分空无一人、死气沉沉的购物中心，无视水坑里溅起的水花在牛仔裤上留下黑色污渍。他把斯特伦松德抛在身后，抄近道跑过足球场，这里的洒水器喷出的水正在空中画出一道彩虹。

等他跑到山脊上那栋白房子时，喉咙如火在烧。一辆警车停在车道上，花床里一小丛紫罗兰花艳丽无比。他脚踩沙砾路面的声音同心跳的节奏相和，他在走廊上弯腰调整呼吸。他按了门铃，没人开门，于是他开始紧握拳头野蛮地捶门。敲门声在森林边缘回荡。

门打开的时候他差点一头撞在哈森赤裸的胸膛上。他穿着内裤，头发乱糟糟地竖着。

"怎么回事？"

"阮贝格兄弟，"莱勒气喘吁吁地说，"约纳斯和尤纳，你知道他们是谁吗？"

哈森在夜晚阳光的照射下眯起双眼，似乎阳光刺伤了他的眼睛:"究竟怎么了,莱勒?你一直在喝酒吗?浑身一股啤酒味!"

"就喝了一瓶。但是别想这个了,听我说,我坐在公交站和一个叫杰斯帕的小伙子聊天,他对我说阮贝格兄弟四处传播说米凯尔·瓦格承认杀了黎娜。"

这些词句在他嘴里留下糟糕的味道,他转身朝沙砾路面啐口水。

哈森挠了挠胸毛,似乎困得难以理解莱勒话的重要性:"你知道现在几点了吗?"

"你认识阮贝格兄弟吗?"

"每个社会工作者和松兹瓦尔北部的警察都认识那两个家伙。两个无足轻重的骗子,喜欢在附近兜售私酿酒,干些入室偷盗或小偷小摸的勾当。大体上说,从会走路开始,他们就从一家孤儿院辗转到一家又一家的收养家庭。"

"他们说米凯尔·瓦格承认了罪行。"

哈森叹气:"阮贝格兄弟的可信度就像天气一样变化无常。我不会相信他们说的任何事。"

"所以你听说过他们指控瓦格的话?"

"听我说,莱勒。这几年里我们听过无数关于黎娜失踪事件的流言,你我都清楚那些话。调查最初阶段,我们就对瓦格的家进行过彻头彻尾的搜查,出动了法医、警犬,还有很多别的手段。我们甚至还去查过他们在维坦吉的度假别墅。我们听说过他承认犯罪的流言,因此还盘问了瓦格好几个小时。但经过四十几次审讯,我们还是一无所获。他什么都没承认,而且在没有找到尸体以及没有任何法医证明的情况下,我们根本不能逮捕他。"

"在我听来就像是你需要一名新的嫌疑人去审讯。"

哈森头靠门框,闭上双眼:"你现在是如履薄冰,莱勒。我知道你痛苦,但我真的快受不了你了,还有你的这些指控。"

莱勒后退一步,疲倦和兴奋穿透他的双腿,让他感觉脚下的大地在摇晃。他回过头看向阳光下闪亮的巡逻警车,还有自己脚下那该死的紫罗兰花丛。

"我需要车,"他说,"我想开车去拉耶卡斯①找那兄弟俩聊聊。"

"你的车在警局。"哈森紧紧注视着莱勒,"要是我听说你要去拉耶卡斯,我保证让你的车整个夏天都被扣押。"

莱勒靠在走廊栏杆上,尝试让颤抖的小腿舒缓下来。哈森把门让出来。

"进来睡会儿觉吧,我们晚点再谈这个问题。"

"我不希望你和戈然单独待在一起。"

卡尔-约翰的头发擦过她的脖子。米雅在床上翻过身子,看着他的眼睛:"为什么?"

"因为你是我的女孩,"他说,"戈然总是想要我得到的东西。"

米雅一把推开他。

"你这话说得好像我是某种私有物品。"

"我不是那个意思。但是你注意到他看你的眼神了吗?"

米雅伸出一根手指放到他的唇上。

---

① 即前文的拉耶卡斯亚维。

"他可以随便看,只要他喜欢,"她说,"你没必要担心这件事。"

他把她拉近身边,温热的呼吸喷向她的喉咙:"别和他走得太近,答应我。"

拂晓时分他就不在她身边了。米雅仍然可以感受到他先前放着手臂的地方还有余温。房间里的空气潮湿黏腻,但他还是坚持整晚搂着她。她梦见森林,梦见她沿着一条小路奔跑,树枝张牙舞爪地伸向她,想要抓住她。长长的发丝被扯断,悬挂在松叶上。

她伸手拿起手机,看到西莉娅发来了一条短信。

所有下流杂志都清走了,我已经原谅了托,他希望你能回家接受他的道歉。

米雅起床打开百叶窗,让阳光照进屋里。她的眼睛过了很久才适应光亮,然后这座天堂乐园才在她眼前显现轮廓。真像某个电影里的场景,牛群在草地上吃草,鲜花爬上牲畜棚的墙壁。母鸡低头在地上啄食,她以为她看到了柴屋旁的卡尔-约翰。他曾告诉她,他们已经把今年要用的木柴储备好了。她当时点头,一副懂了的样子。她熟悉失落的感觉,那种终于和崭新的人在崭新的地方生活,却不知道他们期待从她身上得到什么的感觉。她的生活就是观光和假意附和。

安妮塔在楼下厨房,忙碌地奔走于烤箱和木柴炉之间。她用一块血红的围巾包着她的白发,一看见米雅,她就停下来温柔地拥抱她,小心翼翼不让沾满面粉的手碰到她的身体。几片面包从一张茶巾下方露出来,屋子里飘荡着沸腾的果酱香味。米雅感觉那头饥饿怪兽即将在她的胃里凿出一个窟窿。

"比格尔想和你聊聊。"

"我?"

"他在外面的狗舍里。"

米雅一直都喜欢狗,但诺尔兰的狗似乎更加狂野,更加像狼,尤其当它们蹲坐在狗舍里号叫的时候。总共有七条狗,清一色长着厚厚的灰毛皮,蓝眼睛,不论她走到哪里,那些眼睛都跟着她。卡尔-约翰曾说它们是工作犬而非宠物。如果她想轻轻抚摸什么东西,她应该去找头山羊。

她找到比格尔的时候他正提着两个桶。他脖子上的肌肉像粗绳一样突出。

"早上好,米雅。睡得还好吗?"

"当然,谢谢。"

"听到这话我很开心。"

他脸上的皮肤已经开始下垂,说话的时候下巴抖动着。他放下桶,把手轻轻放在她的肩膀上,像是害怕太用力会把她压垮。

"我们非常高兴你能住在这里。"

米雅低头看见他的工作靴牢固地钉在潮湿的地面上。一股强烈的腐烂气味从水桶里飘出。

"我才是非常高兴的那个人。"

他终于把手拿开,提起桶走进狗舍。他把鱼内脏铲进一长排碗里,狗迫不及待地在他身旁挤来挤去。米雅站在围栏外面,为避免吸进鱼腥味而选择用嘴呼吸。她尽量不去看狗群冲着那堆满是黏液的粉色条状物狼吞虎咽。

"现在你很有可能已经注意到在斯瓦特利登,为了养活自己,我们必须辛苦劳作。如果你打算和我们生活在一起,你就得承担你那份责任。"

米雅抓紧围栏:"我一直住在城里,我一点儿也不熟悉农活。"

"不用担心,我们自然会教你所有事,你会得到再好不过的训练。"

比格尔把剩下的最后一点鱼内脏倒在地上,其中两条狗顿时疯狂地争抢起来。他气愤地朝它们晃动铁桶。

"我觉得你可以先从鸡舍的活儿开始学起,比如捡鸡蛋,给鸡舍打扫卫生。安妮塔会教你怎么做,怎么样?"

"听上去不错。"

"那我们说定了。"

他笑起来,露出残缺不齐的牙齿,这令她想起钢琴琴键。她听见她的胃在尖叫,渴望着早餐,于是她用手捂住它以盖住这声音。围栏后面,狗群开始对着空空的碗发出哼哼唧唧的声音。

"另外一件事。你可能不乐意,但是我希望你能摆脱你们所谓的智能手机的束缚。"

米雅感觉苹果手机正在她的兜里烧出一个洞:"为什么?"

"因为那玩意儿不过就是监视工具。在斯瓦特利登,我们一致决定要尽全力保护我们个人数据信息的完整,为了实现这点,恐怕我们得抛弃一些新技术。"

米雅从兜里拿出手机,紧紧握着。

比格尔把手指伸到他的眼镜框下方揩拭眼睛,并同情地看着她:"我知道很难。你们这代人是在一种渴望时刻跟世界连接的环境中成长起来的。我的儿子们同样挣扎过。但我们做这个决定是为了保护我们自己的安全。"

"可是西莉娅只能通过它联系上我。"

"我们安装了有线电话。告诉她我们的号码,她随时可以打过来。"他费力穿过狗群,牢牢地锁上身后的门。

"仔细想想吧。不幸的是,我不可能允许你做我的儿子们被禁止的事。我们全都要遵守相同的准则。"

米雅掂量手里的手机,开始思考这事儿。她觉得脊椎一阵刺痛:"我就再发最后一条短信给西莉娅。"

她的心情十分急切,以至于手指在按键上胡乱地摸索。只有两句话,她按下发送键后就把手机交给了比格尔。他接过手机时,她感觉双手轻盈,似乎他拿走了手上的重负,她内心产生了一种希望。没有手机,西莉娅就找不到她。现在她自由了。

黎明时分莱勒醒来,这时阳光照着哈森新近打磨的橡木地板。枕着手臂睡在沙发上数小时,他的脖子变得僵硬,但至少他还没有把口水流满精致的靠垫。他听见钢琴声,以及厨房里有人用平底锅炒鸡蛋的声音。他向厨房走去,感觉脸颊又覆上第一个冬季喝醉时产生的那种羞耻。

哈森家的厨房是现代装潢,一片雪白,还有一些拐来拐去却毫无特色的管道,所有不高雅或不时髦的物品似乎都与这个厨房格格不入,可能也包括他自己。他在厨房门口停下脚步,听到他的声音,哈森转过身来。

"啊,你起来了。你睡着了吗?"

"睡了一小时左右。"

"坐下来吃点东西。"

"谢谢,不过我得走了。"

哈森放下锅铲看着他:"但愿你没有打算去干任何愚蠢至极的事。"

"你什么意思?"

"没人敢惹阮贝格兄弟。"

"这年头也没人敢惹我。"

哈森在炒鸡蛋里撒上盐和胡椒,就着平底锅开始吃起来:"你真的相信米凯尔·瓦格是幕后凶手?你真的觉得那傻蛋聪明到可以糊弄我们三年?"

"我什么都不相信。我已经不再相信任何事。我唯一知道的,就是我要调查我遇到的每个恶棍的巢穴,不管那会让我多反感。"

"阮贝格兄弟可不仅仅是什么恶棍。他们就是十恶不赦的一坨屎,相信我。他们做事心狠手辣、不择手段。"

莱勒抓抓脸上的水疱:"听上去他们需要受点教训,彻底的教训。"

"你能答应我别招惹阮贝格兄弟吗?"

莱勒觑眼看天花板上的聚光灯:"什么时候我可以取车了记得通知我。"

一天可以捡到四个鸡蛋，有时是五个。米雅在鸡舍里来来回回地跑，她害怕鸡群会攻击她，它们亮闪闪的眼睛和抽动的脖子令她惊恐。刚开始她只是把手探进鸡窝，尽可能伸到足够远去摸索鸡蛋，然后再把它们拿出来，但很快她就开始在这里长待，试图了解它们的习性。它们不停拉屎，因此很难让鸡舍保持干净。有一只鸡总是被其他鸡啄，哪怕是小鸡崽，从它身旁走过时也会逮住机会啄它几口。一天早上，米雅走进昏暗的鸡舍时，这只被欺凌的鸡被挤到了一个角落里，身上的羽毛都没剩多少了，而地上的锯屑沾满血迹。

安妮塔给了她一盒松馏油软膏："给那只受欺负的鸡搽上，它们就会放它一马。不要费心为它哭。"

卡尔-约翰在柴房里，拿着锯子和斧头辛苦劈柴，米雅则坐在旁边的草丛里注视他。她迷恋他汗津津的肉体。他每次用力时，手臂和肩膀的肌肉都会鼓起，这令她兴奋。她不介意他走到她身旁的时候身体是否有难闻的气味，也不在意他站在她面前时，湿透的头发是否会在自己的衣服上留下污迹。休息时他们就藏在深深的草丛里，用因劳动而长茧且变得粗糙的双手探索彼此的身体。泥土和疲倦都不能阻止他们，他们总能找到彼此，直到有人喊他们继续工作。那是短暂而热烈的时刻，时间永远不够长，短得无法熄灭他们内心的热火。

吃饭的时候他们挨着坐，哪怕周围没有人坐。比格尔和帕喜欢谈论末世。夜晚他们收听播客节目，多数时候都是美国人在里面探讨生存问题，以及人类应该如何做好应对各类危机的准备，从储存必要物品到如何实施简单的手术。也有很多场谈话围绕迫在眉睫的灾难展开。比格尔和帕很喜欢交流他们各自的理论：美国和俄罗斯之间的阴谋论、生物战、传播虚假新闻的项目。有时他们愤怒澎湃得重重拍击桌子，震得桌上的盘子跳起来。米雅无法理解这些。她的情绪自始至终都拴在卡尔-约翰身上。他裸露的膝盖抵着她的，他的手指抚摸她短裤下的小腿，那总是浮现在唇上的微笑引得她也微笑起来。

"你俩坐在这里傻笑什么？"比格尔问。

米雅希望他们能独处，这样她便不必面对这些问题。比格尔喜欢把所有人的注意引到她身上，而这时帕和戈然往往袖手旁观，一脸嗤笑。

"我们站在即将崩塌的世界前面，瑞典缩减了国民护卫军的规模。米雅，你对此有什么看法吗？"

"什么？"

"你怎么看待我们缩减了国民护卫军的规模？"

"因为太浪费钱。"

帕放声大笑，食物从他嘴里喷到桌子对面。

"那就是他们希望我们相信的东西，"比格尔温和地说，"事实上，他们巴不得我们沉沦，在大祸临头的时候无望地呆立着。"

"别为难她，"卡尔-约翰说，"没必要吓坏她。"

"我只是想让她清醒点，打开她的视野。世界并不是游乐场，真可悲。"

有时候，夜里他们抱着对方，疲倦却满足地躺着，这时她会问他，是否真的赞同比格尔和他兄弟们说的话。

"人倾向于不去相信关于世界或他人的最邪恶的观点,"他说,"我们不愿直面那些不可避免的事物。我们的本能反应是在最后的关头降临之前像鸵鸟那样把头埋进沙子。可是父亲教我们像一个求生者那样思考,总是未雨绸缪,总是防患于未然。"

"但那不是很压抑吗,总是思考万事万物最糟糕的一面?"

"在一夜之间一无所有可能更令人沮丧吧,失去你爱的每个人,你努力经营的事业,而这一切的发生仅仅因为你没有勇气直面现实。"

"你真的相信世界会在灾难中终结吗?比如一场在瑞典爆发的战争?"

卡尔-约翰的手臂滑到她的腰间,下巴抵在她的锁骨上。他的沙哑嗓音中掺杂着疲倦。

"没错,我相信,周围到处都是迹象。但没什么大不了,最重要的是不论发生什么,我们都全副武装。没人能抓住我们。尤其是你,米雅,我会用生命保护你。"

在她的梦境里,她就是那只被欺凌的鸡。他们——比格尔和其他人——开始撕扯她的时候,她就坐在安妮塔那阳光明媚的厨房里。他们扑向她,用尖锐的喙撕扯她的羽毛,直到她只剩下粗糙的皮肤。

星期六晚上,天空低垂在树梢之上,乌压压的云团仿佛随时要破开。莱勒穿上靴子,戴上风帽。他把枪拿在手里掂量了一会儿,最后把它留在原处。这是最安全的方式。他没法开车去,但还好格里默山不太远。杰斯帕向他透露过阮贝格兄弟和米凯尔·瓦格每个周末的会面地点。

他沿着桦树林中的小道穿行,觉得自己闻到了烟味,很久后他才看见火光。

山峦像一个凶恶的影子般,笼罩在整个村子上方。一条沙砾路从东边伸过来,因此车子可顺着它直接开到山顶,假如你有一辆车的话。但是莱勒选择了一条环绕山峦南面的无名道路。这条路很快就变得陡峭且杂草丛生,他迫不得已在被雨打湿变得滑溜溜的花岗石路面上沿"之"字拐来拐去。

透过几处从火堆升起缭绕林间的烟雾,他可以听见人的说话声像一首歌随风起伏,听起来似乎对方是一大群人。他的小腿肌肉酸痛起来,于是停在一块突出路面的岩石上调整呼吸。他感觉黎娜在他身边,尽管他看不见她。每年冬天他们都会开机动雪橇来这里,北极光就在他们头顶跃动,寒冷渗入他们的肺部,她的眼睛像天空一样热烈地燃烧。

"看起来像天使的翅膀。"

"你这样觉得?"

"难道你看不见它们在飞吗?"

回忆跟艰难的前行一样让他痛苦。他弯腰蹲伏在树林间,感觉天空悬在头顶。不一会儿下起雨来,雨水顺着他的鼻子往下滴,流进了他的衣领。他可以听见黎娜急促的声音穿过雨滴传来。

"回家吧,爸爸。你在这里什么也干不了。"

她怒吼的声音穿透倾盆大雨抵达他的耳朵,就像一群野生动物在号叫,他感觉喉咙一紧。他正在缓慢地走完最后一段路,像一个猎人般蹲在矮矮的灌木丛中移动,直到他能看清他们。他们绕着火堆围成一圈,那火噼里啪啦地响,火焰直烧上天,他觉得脸部皮肤火辣辣的。沉重的贝斯音乐在树林间回荡,淹没了其他声音。他脚下的大地仿佛在晃动。他们的人数远比他预想的多,而且大多数都是躁动不安的年轻男孩,火光映得他们的脸颊苍白如幽灵,肉体的气味与湿泥土以及森林的气味混在一起。他认出来有几个是托巴卡的学生,他觉得自己看见了杰斯帕·斯库格,但他不是很确定。

莱勒深吸一口气,努力克服内心的抗拒,然后从悬垂的枝干间走出去。他试图数清他们有多少人,但实在太多了。他大跨步地走向他们,站在他们中间寻找可疑的人,放任火焰灼烧他的背。几个小伙子把啤酒罐藏进他们的外套袖子里,还把大块烤肉扔到火里。

"我来这里不是要当不速之客,"莱勒开口,"我只想找阮贝格兄弟,约纳斯和尤纳,你们见过他们吗?"

一个青年一边盯着莱勒一边摇摇晃晃地站起来:"你是警察,还是什么?"

音乐沉寂了,他只能听见自己的心跳声。他们从四面八方聚拢在他身旁,如同狼群包围一只猎物。

"我不是警方的人。"他说,但他的声音背叛了他。

一个矮壮的家伙走上前来,举起一支火炬朝莱勒脸上一晃:"我认识你,你是托巴卡的老师。"

莱勒听见人群倒抽一口气。他举起一只手挡住射在脸上的火光。

"没错,"他说,"我一点都不关心你们在干什么。我只想知道阮贝格兄弟的行踪。你们有谁知道他们在哪里吗?"

举火炬的家伙走近他:"你找阮贝格兄弟干吗?"

"我想和他们聊聊一个传言。"

"什么传言?"

"显而易见,他们掌握了一些关于我女儿失踪案的线索。"

莱勒把手伸进他的衣兜里,拿出黎娜的照片,把她微笑的那一面朝那伙人挥动:"这是我的女儿黎娜。你们大多数人都知道,三年前她在格洛默斯特莱斯克的一个公交站失踪,要是你们当中有人知晓关于她失踪的任何线索,我求你们告诉我。现在还不晚。"

回应他的只是些茫然空洞的面庞,被雨冲刷过的难以解读的面庞。他的恐惧令他愤怒。

"你们真的不打算告诉我吗?"

莱勒戴上风帽,四下看着这些苍白的脸。他注意到他们避免和他进行眼神接触,他忍不住想要冲上去指责他们、赤手空拳把他们打倒在地,然后疯狂地踩过一堆懦弱的大块头,可他只能按捺住冲动。他多希望他带了枪。那会让他们开口的。最后,当他转身朝森林走去时,他的身体因愤恨而抖动不已。他甫一走到云杉树林,一小队人就噌地追到他身后。其中一个人拽住他的手臂。

"我就是约纳斯·阮贝格。"

米雅浑身酸痛。她已经推着一辆装满木柴的独轮车在劈柴区和柴房来回穿行了至少一百次。她卸下木柴堆成柴垛,直到她的双肩发出抗议。卡尔-约翰说他们完工后就可以去游泳,他说这话时的表情让她心花怒放。

安妮塔突然出现在她身旁，用手帮她挡住阳光："有人来看你了，米雅，就在大门口。"

她老远就看见了托比沃恩·福斯。不知怎的那辆生锈的车令她想起了那只被啄的鸡。他们已经从车里下来，他们两个人。托比沃恩来回踱步，就像一头烦躁不安的公牛，西莉娅的眼睛却藏在黑色太阳镜的镜片后，故作冷漠地抽着一支烟，那通常意味着她情绪紧张。她裸露的双脚深深埋在草丛里，她只穿了一条裤腿剪裁过的牛仔裤和一件褪色的比基尼背心。她的头发尤其显眼，就像头上顶了一个鸟窝。

米雅察觉嗓子眼里产生一股反感："你们想做什么？"

"我们想看看你怎么样了。你妈妈非常担心你。"

西莉娅把太阳镜推至鼻梁，直视米雅："我的天啊，看看你脏成什么样！你都干了些什么？"

"工作。"

"工作？要是那样我希望你拿到了工资。你的衣服完全毁了。"

"至少我还穿着衣服，不像你。"

托比沃恩站在她们中间举起双手。

"我觉得我们都该冷静一点。我们希望你回家，米雅。"

"现在斯瓦特利登就是我的家。"

托比沃恩的头顶闪闪发光，像一颗熟透的蔓越莓："如果你是介意我的那些杂志，我希望你明白，那事完全翻篇了。那些东西永远消失了。多亏西莉娅——还有你——我才有机会开始一段新生活……"

"和那些杂志没关系。我就是想和卡尔－约翰住在这里。"

"我们觉得这不是个好主意。"

"我根本不关心你们怎么想。"

托比沃恩无助地转向西莉娅。他看上去快要哭了。

"比格尔和安妮塔怎么说?"

"他们毫无保留地敞开大门欢迎我。"

西莉娅把太阳镜推回去,扬起下巴,她吸着香烟的嘴周围皱起来:"我怎样才能联系上你,我能问一下吗,你现在连手机都不用了?"

"你可以打比格尔和安妮塔家的座机,然后找我接电话。"

西莉娅在草丛里晃悠着身体:"他们是给你洗脑了吗,还是干了什么别的事?"

"天啊,你闭嘴!"

"你为什么不用手机?"

"我就是不用。现在你不用再抱怨账单了。"

西莉娅凑到她身旁:"他们这里有什么秘密吗?他们是不是利用卡尔-约翰做诱饵,引你上钩?"

米雅发出一声空洞的大笑。

"回家去醒醒酒吧,"她说,"你根本就没活在现实世界。卡尔-约翰爱我。"

西莉娅的嘴扭曲成一朵愤怒绽开的花。她在汽车生锈的车身上按灭香烟,然后打开客座门。

"你知道我在哪里,"她说,"我是说一切结束的时候,因为万事总有终结。"

她重重地把门甩上，关门声震彻松林。

托比沃恩依旧站在原地，眼里流露出乞求神色："你还太小，米雅，不该离开家。你还不满十八岁。"

"去问问西莉娅离家出走的时候多大。"

"我们想念你，你明白的，我们俩。"

他踩在沙砾路面上，活像一个溺水之人。她感觉两行眼泪滴落，于是便转头寻找柴房里的卡尔-约翰，并清了清嗓子。

"我们会回家探望你们的，我发誓。"

"我确信你们会来。别让比格尔弄乏你。"

"别让西莉娅毁掉你。"

他会心一笑。有一瞬间他似乎要拥抱她，但西莉娅按了按汽车喇叭，他只得匆匆回到车上。

"要是她严重抑郁了，记得打电话给我，"米雅冲着他的背影喊道，"答应我！"

两个年轻人像塔一样，耸立在他的目光之下，他们藏在黑色风帽下的脸长得一模一样，显出同样的苍白。莱勒背靠一棵松树，森林就在他周围起伏跳动。他们拉着他离开道路，进入灌木丛深处，这里没人能看见他们。莱勒的手滑进牛仔裤裤兜里摸那串钥匙。他的胸膛起伏，他发觉自己呼吸不畅。

"我不想惹上任何麻烦。"

他们的眼睛在暗淡天色下闪闪发光，自称约纳斯的那个人身子往前倾，把脸凑到莱勒跟前。他身上散发出酒味。

"你他妈到底是谁?"他问,"你以为你可以到处打听我们吗?"

他绕着莱勒转圈,从他裤子的屁股兜里扯出钱包。他取出莱勒的驾驶证研究起来。莱勒放任他看,手里仍紧握着钥匙。

"莱纳特·古斯塔夫森。"约纳斯的目光离开驾驶证,转而盯着莱勒,"确定你不是警察?"

"我不是警方的人,我完全不关心你们在干什么勾当。我来这里是因为我听说你们知道关于我女儿失踪的消息。"

"我们什么都不知道。"

莱勒从他手里夺过钱包和驾驶证,找到黎娜的照片,在他眼前亮出来,就像举起一块盾牌。

"这就是黎娜。"他的声音颤抖,"我的女儿。她不在我身边已经三年了——三年!——我愿意付出一切代价,只要能搞清楚她到底出了什么事。你们明白吗?"

他们咬着唇,他们两个人,一边思索这事,一边左摇右晃。

"他妈的听起来是个悲剧啊,"约纳斯说,"可是我们帮不上忙。"

"也许吧,但你们到处散布流言,说你们知道是谁干的。"

两兄弟迅速交换了下眼神:"我们也只是听了传言,就像其他人那样。"

"什么传言?"

"这几年里关于这件事有太多说法了。"

"什么说法?"

约纳斯仰头看天空,叹气道:"听着,老兄,我不想往你的伤口上撒盐,但你的女儿是和一个货真价实的蠢蛋出去约会的。"

"你是指米凯尔·瓦格？"

"也许是吧。所有人都叫他狼。"

"那他怎么就成了一个蠢蛋？"

"他以前常向我们买酒。一开始总是诚信付款。直到他的女朋友消失，没错。然后他彻底变得糊里糊涂，每晚打电话给我们，想赊账买酒。还有其他东西，你懂的，安眠药之类的。他还办聚会，那完全超过了他能负担的程度。我们看不惯那种事。"

莱勒想起米凯尔·瓦格颤颤巍巍地走在草地上，手指比画出手枪，还有他闯入火炬游行队，在莱勒的厨房里痛哭。一种恶心感攫住他。

约纳斯就站在他前面，缓缓地卷一根烟："所以我们就去找他追债。他就是在那时失去理智，开始疯狂地讲述他做过的事。"

"做过什么事？"

"你知道的，杀了她。"

莱勒靠在树干上。他的小腿无措地抖动。约纳斯的语调如此漫不经心，似乎他是在谈论天气。另一个家伙则像一个无声的影子般飘在他身边，也不看莱勒。

"你可以详细告诉我他说了些什么吗？"

"他说他们吵了一架，然后他就失去理智，控制不住自己的身体。还说永远没人能找到她。"

莱勒跪在潮湿的地上。这些话语在他脑海里回响，他觉得自己就要呕吐。他弯腰对着苔藓呕吐，但什么也没吐出来。等他恢复过来后，他抬头看着这兄弟俩。

"你们为什么不去告诉警察?"他问。

他们俩哼了一声:"如果我们能帮上忙的话,我们不会去告诉警察。"

"可是这和你们卖非法酒的勾当没什么关系!这关乎一个十七岁女孩的失踪。如果瓦格尔对你们承认的事情是真的,这会改变一切。"

莱勒把自己从地上拖起来,和兄弟俩对视。不知怎么,愤怒令他觉得自己更加挺拔、更加高大。没有时间去思考了。他站得离他如此近,甚至可以感受到约纳斯的气息喷到自己脸上。在这种沉默的意志斗争中,他们互相盯视对方。通过眼角的余光,他看见另一个家伙过来了,于是他的手紧握成拳头。二对一,但这根本吓不到他。

"你们两个没骨气的骗子,"他说,"你们视自己的臭皮囊高过一个年轻女孩的生命。"

约纳斯大叫着用双手抓住他的外套,把他朝身边拉。莱勒奋力地想要挣脱,但他瞥见另一个家伙手里握着一把闪亮的刀。他感觉冰凉的钢铁抵上了他的脖子。

"听清楚了,"约纳斯说,"你很生气,我明白。要是我的女儿失踪了,我也会不顾一切地去弄明白是谁干的。但我们什么都没做,我不欣赏你这种态度。"

"不要做让自己后悔的事情。"莱勒回应。

约纳斯意味深长地看了莱勒许久,然后招呼他的兄弟放下刀。接着他把莱勒重重地推倒在地,另一个家伙则朝他狠狠踹了几脚。

"去找瓦格吧,把你的怨气撒在他身上。"

莱勒一动不动地躺在地上，眼睁睁看着他们消失在暗影里。他们开始奔跑的时候，鞋子发出扑哧声。他没心思追他们，没有意义。

一开始是他的手臂开始颤动，紧接着是他的整个身体。他的大腿很沉重，而且反应迟钝。他的手掌嵌进森林里覆满苔藓的地面，越陷越深，任由寒冷和潮湿侵袭。他没听到自己的牙齿打战，只听到松林在风中私语的声音，还有那些依然在他脑海里回响的话语："控制不住身体……永远没人能找到她。"

米雅过去从未在一个真正的家庭里生活过，她发现自己在细致地观察他们，努力学习他们的生活方式。毫无疑问，比格尔是一家之主。只要他走进房间，每个人就会突然开始找事做。他不必发话，通常他只要在场就足够有威力了。

他称安妮塔为"我亲爱的"，还喜欢亲吻她满是白发的头。即便如此，你也很快就能明白那不过是一场游戏。米雅曾无数次见到西莉娅和她的男人们玩这种游戏，她失望地发现比格尔和安妮塔玩的这场游戏和前者并无区别，他们在强迫自己忍受对方。每次比格尔在安妮塔身边，她就能在她的眼里看到这点，看到那时她的脑子里想的都是一些与爱无关的东西。原本总是有哼唱声，安妮塔总是一边干活一边哼唱，你可以从她的哼唱里分辨出她在农场的哪个位置。它如此不可或缺，飘荡在风声和犬吠声之上。只不过当比格尔出现在附近的时候，哼唱立马就会停止。

兄弟三人也用各自的本事去讨她欢心。卡尔－约翰是最健谈的那一个，总是得到最多关注。要说这家人有宠物，那么就是他。

帕的笑声最多，一种在房子里回荡、能感染他人的轻松自由的笑声。他天性喜爱动物，还收集刀具。晚上他会擦拭刀尖，把刀刃插进苹果里，让它就那么放一夜。它们会因酸度而变得锐利，他对米雅解释："没有什么东西比一把钝刀更糟了。"

戈然则会去寻找自己的同伴。他不管走到哪里都戴着风帽，遮掩脸上的疤痕，还有那些折磨他的疮。它们会结痂，然后他又把它们挠破，它们便流血，从而恶化。当他们在农场里时，她尽量不去看他的疮疤而是看向他的眼睛，但他的眼中也存在一些无法闪避的事物。他用一种毫不掩饰的愤怒眼神看她，仿佛她的存在以某种方式扰乱了他。

他走过来的时候，她正躺在一片林中空地上，手臂和小腿舒展，淹没在一片白色银莲花中。如果她斜瞥一眼，就会发现它们像是雪花。由于眼前一片雪白，她并没有注意到他的脚不对劲。她向那个难以分辨的人形伸出双臂，但没有得到回应。直到她撑着胳膊肘起身，才看清那是戈然。他稀薄的头发粘在他湿湿腻腻的皮肤上。

"你以为我是卡尔－约翰？"

"你干吗鬼鬼祟祟地靠近我？"

"刚才在门口的是你妈妈？"

"没错。"

"她很年轻。"

"她生我的时候只有十七岁。"

"胡扯。"

他盘腿坐下，银莲花被压倒了。他的嘴角衔着一片草叶。米雅感激阳光带来了隐匿他恐怖面庞的阴影。

"她想让你再搬回去？"他问。

"嗯。"

"你怎么和她说的？"

"我说现在我的家在这里。"

戈然狂扯野草，毫不关心是否伤害了野花。他的膝盖轻轻擦过米雅的膝盖，尽管阳光温暖，他的皮肤却仍然冰冷。

"她伤心了吗？"

"我妈妈像个小孩。我老是要当那个照顾她的人。"

"但现在你拥有了卡尔-约翰，还有我们。"

米雅对着草地微笑。

"我到现在都从没有过，"戈然继续说，"一个女朋友，某个可分享一切的人。"

"那么你最好现在开始寻找。"

"难道你觉得我会拥有吗？没人想要一个我这种长相的男友。"

他从长茧的手掌上撕下皮肤碎屑。米雅没有看他。她听到沙砾路面上响起安妮塔的脚步声，然后她开始伸展四肢。她白色的辫子拍打着她的背部，脸上的表情严肃生硬。

"你坐在这里干什么？"她对戈然说，"难道你不用管马铃薯地吗？"

"我不过刚刚坐下来歇息一会儿。"

"我明白了。"

他站起来轻轻擦了擦他的牛仔裤。在垂头丧气地离开之前，他对着米雅眨眼，似乎他们共享了一个秘密。安妮塔弯腰拉她起身。只剩她们站在彼此身边时，她的双眼又重新染上了温暖。

"哎呀，米雅，"她说，"我的儿子们就像蜜蜂围绕蜂巢一样，成天在你身边打转。"

米雅感到尴尬，安妮塔注意到了这点，她会心一笑。

"我也曾年轻漂亮过，信不信由你，所以我知道那种感觉。有时候你会厌烦所有的关注。"

"你现在也很美。"

安妮塔放声大笑，笑声一直在这片安稳的土地上回荡。

"你能这样说真好，米雅，"她平复心情后说道，"但是如果我的儿子们欺负你，请让我知道。能答应我吗？"

"我答应你。"

精神失常吓到了他，还有他可能无法控制一切的这个想法。这种精神失常将会攫住他。他的双脚一直在马瑞威顿悬崖边缘徘徊，而深渊就在下方召唤他。他被肚子里产生的一种纯粹的恐惧惊醒。

尘埃悬浮在丝缕光线里，拂落在木地板上，从他此刻坐的沙发上看过去，壁炉旁黎娜的微笑变得有些扭曲。他低头看了看自己，泥垢斑斑的牛仔裤，衬衫硬硬地抵着皮肤，还有被汗水浸透的别扭的袜子。地板上的烟灰缸嘲笑他。如果黎娜现在走进屋，她会在走到门口时就转身，以为自己走错了房子。正是这种远见使他控制住自己的情绪。

他花了一早上打扫房间，然后把满满两袋真空吸尘器吸出的垃圾塞进垃圾桶。他的双手因长时间清洗餐具而疼痛不已,脸颊则泛着剃须刀刺激出的刺痒感。莱勒坐在饭厅餐桌旁,筋疲力尽,他没有洗澡,浸湿头发的汗水滴落在报纸边缘。报纸上刊登了一篇关于汉娜·拉尔森的新报道,但提供的信息并不多。阿尔耶普卢格附近的森林搜寻仍在进行,警方呼吁公众提供线索。老调重弹。

装在皮套里的手枪躺在书桌上,耀眼的金属一刻不停地攫住他的目光,似乎在呼唤他。清理房间带来的情绪缓解是短暂的。他的脑子不会给他任何平静,总之现在不会。

他用夹克遮掩武器和拉弗格威士忌,车库里还是空空荡荡,他只得继续走路穿越森林。他已经监视瓦格很长一段时间了,摸清了他出没的时间。那家伙几乎不离开家,从不工作,也不和他的朋友们联系,只有钓鱼和买酒能驱使他出门。

莱勒是在格洛默斯特莱斯克湖边发现他的。瓦格坐在芦苇荡中央的一块岩石上,手里握着渔竿,他身旁的湖像女巫的一口大锅,雾气缭绕。远处传来一群游泳的孩子们发出的尖叫声和欢笑声。瓦格用空闲的那只手拍打蚊虫。他没有穿 T 恤衫,他的脊柱凸出,就像惨白皮肤下长了鱼鳞一般。

莱勒在森林边缘徘徊了很长一段时间。耳边的血流声被蚊虫的嗡鸣淹没,但他甚至懒得去挥手赶走它们。他费力穿过石楠花丛时,可以察觉抵着大腿的手枪冷冰冰的。

瓦格没有听见他走过来,他甚至没有转身,直到莱勒把脚踩进水里,他才惊讶地甩掉渔竿。

"你想干什么?"

莱勒没顾得上脱鞋或是卷起牛仔裤。他涉水走向岩石,来到瓦格身旁,指甲缝里塞满粗糙的青苔和鸟粪。他瞟见瓦格装着亮晶晶鱼饵的盒子里放了一瓶喝了一半的烈酒。他扫视对面的河滩,确认孩子们不会看见石楠花丛中的他们之后,拿出了威士忌。

"你想喝点吗?"

瓦格眨了眨眼,但随后伸手拿起酒瓶,面不改色地吞了一大口。

莱勒挤出笑容:"难道你不觉得我们是时候一笑泯恩仇了吗,为了黎娜?"

"你是认真的?"

"针锋相对只会两败俱伤。"

瓦格把酒瓶递还给他。莱勒喝了一口,感觉威士忌和他的计谋混在一起燃烧着他。汗水渗进夹克,惹得他发痒。

"自打她失踪后,生活好像终结了。"瓦格说,"我觉得自己像行尸走肉。"

莱勒举起酒瓶在鼻子下方晃动。

"再喝点,很管用。"

瓦格又喝了两大口,用手背揩干嘴,然后斜眼看莱勒:"但愿你没打算毒死我。"

"我应该毒死你吗?"

他们朝对方苦笑,眯眼看着阳光照射下波光粼粼的水面,悠哉地互相传递那瓶昂贵的威士忌酒。莱勒察觉酒精点燃了他内心的仇恨,令他五内沸腾。孩子们的笑声和拍打水花的声音就像是火上浇油,无一不把他的思绪牵引向黎娜。

"前几天晚上，我在格里默山遇到了你的两个朋友。"

"是吗？"

"嗯。双胞胎，长得一模一样。貌似他们以前常和你做交易。"

透过眼角的余光，他看见瓦格下颌收紧，手指抓紧渔竿。

"你是说阮贝格兄弟？"

"没错，是这个姓，约纳斯·阮贝格和尤纳·阮贝格。他们和我说了不少有关你的事。"

瓦格的脖子上青筋毕露："我以为你来这里是握手言和。"

"我当然是，"莱勒说着便举起双手，"难道看起来我带了斧头吗？我不是来打架的，我是来聆听真相的，你知道的真相。"

"什么该死的真相？"

莱勒靠近他，愤怒在推动他，给他勇气："为什么有传言说你承认杀了黎娜？"

"我怎么知道？简直一派胡言。"

"你夸口说控制不住自己的身体，还说没人找得到她。"

瓦格的脸似乎快被愤怒撑破。他的声音变得洪亮："那是假的，我从来没有伤害黎娜，从来没有。"

莱勒放下威士忌酒瓶，再次四下张望以确保没人看见他们。然后在电光石火间，他从腰带上拔出左轮手枪，枪口对准瓦格的胸膛。当他放开安全扣的时候，他看见了那家伙眼里的惊恐。渔竿滑落进水中，漂在水面上。

"你他妈的疯了！"

"没错，我就是疯了，如果你想活着离开，我建议你现在开始说实话。"

"但是我真的什么都没干。"

"那为什么阮贝格兄弟说你招认了?"

瓦格全身颤抖,左轮手枪在他的皮肤上留下一个"血红的眼睛"。莱勒怒火中烧,但放在扳机上的手指却异常冷静,他能感觉到那家伙放弃挣扎,几乎瘫倒在他面前。

"我他妈的欠阮贝格兄弟几千块钱。他们手里握着我的把柄,威胁说要闯进我家里偷东西,说要杀了我。我太绝望了,我想让他们退缩,像我害怕他们一样害怕我。"

瓦格开始抽泣,他气喘吁吁的,仿佛哭泣正在扼杀他。他的牙齿打战,关节也不停抖动。

莱勒放下手枪。再也不需要它了。

"我不是要炫耀,"瓦格说,"我说我做了那件事只是因为当时没别的法子。还有我太软弱,去他妈的软弱,我对阮贝格兄弟说了谎,说一切都是我干的,这样他们就会畏缩。我以为,要是他们想到我干得出来那种事,就不会来我家偷东西了。他们就不会骚扰我。确实起作用了!他们没来找我了。"

莱勒的身子上下晃动,似乎他就要重心不稳而倒下。他把脸凑近瓦格:"如果我的理解没错,你承认我女儿因你而死,只是为了获得某个混账商贩的畏惧,对吗?"

瓦格弯下瘦骨嶙峋的小腿,泣不成声。

莱勒坐在原地,任怒气在体内乱蹿,身体变得冰冷。手里握着的枪开始晃动,他想象自己对着那个哭泣的人举起武器,并紧紧抵在他的额头上。"砰"的一声响后,他看见鸟群从树林间飞出,四散逃离,孩子们的欢笑声变成一片死寂。他觉得这冰冷的武器像极了哈森的手铐,他还感觉到了他开车带走自己的时候,后视镜里映出的那张脸上的失望。哈森已经明白他失去了理智,可能他真的失去理智了吧。

黎娜的声音把他拉了回来。她正站在水边,求他放下武器。终于他服从了,从岩石上跳下来,涉水回到湖边,回到黎娜声音之来处。瓦格在他身后失声大喊,但他听不清他在说什么。他也不想转身,他不能。对他差点就做出那件事的恐惧如潮水漫过他,他一路跑着穿过灌木丛。远离湖水,远离瓦格。远离疯狂。

他跑到云杉林的时候浑身颤抖得厉害,只得停下来。他蹲下来,在树林里寻找能抓住的东西,但森林只是倾倒在他身上。他整个身子都俯在青苔地上,想要把恐惧悉数吐出来。他呕吐,抽泣,直到内心空无一物。空无一物,但是还存在那陈旧、空洞的虚无。然后他颤颤巍巍地走进一片桦木林,这里的阳光温暖了他,野草轻抚他的大腿。接着他扑倒在地,觉得自己永远不会再有力量爬起来。

米雅知道他们有事瞒着她,那些事只能在家族成员间传递。那些事表明她还不属于这个家庭,可能永远都不会属于。她唯有等候和期待。她知道卡尔-约翰不会是那个向她吐露一切的人,但比格尔是。

一天早上,她刚从鸡舍走出来,他突然出现,她当即明白他已经下定决心,那一刻终究来了。

"没有鸡蛋?"他问。

"这次没有。"

"我希望鸡群还没开始罢工。"

"噢,没有。我们储存的鸡蛋足够我们吃了。"

"这就是最重要的。我们应该始终储存超过我们食量的鸡蛋,这样我们才能有应急物资。"

米雅低头看着沙砾路面上他们狭长的影子,不知为何,觉得他们看起来有点超脱人世。

"小时候,我们家的食物永远不够吃,"她说,"没有什么比空荡荡的食品橱柜更糟心。"

"我和你的看法一致,米雅。我不知多少次伴着饥饿的胃发出的咕咕声入睡,我数都数不清。可是如今大多数人从未体会过食物匮乏能让人多么绝望。他们安睡在永远衣食无忧的幻象中。"

比格尔停下脚步,低头凝视她:"我觉得是时候带你参观我们的食品储藏室了。"

"我看过。"

但他只是哂笑。他朝房屋相反的方向走去,走进树林间,带她向密林深处走去,云杉树的枝干越发低矮。米雅惊讶地发现,尽管他一把年纪了,仍能不费吹灰之力地穿梭于此间。他在一堆乱蓬蓬的灌木丛前立定,用脚踢开掉落的细小树枝和松针,直到露出一个舱门。米雅屏气敛息,站在他旁边,看着他跪在松软的泥土上撬动舱门。里面有一截梯子,伸向深不见底的黑暗中。比格尔的小腿跨过舱门边缘,开始沿着梯子往下爬。他鼓励她跟在他身后,但她仍停留在原地,就站在血口般的洞旁。

"我受不了幽闭空间。"

他大笑:"你爬下来就不觉得幽闭了。"

她目之所及马上就只剩他头顶毛茸茸的头发。她四处张望,看见黑暗中那栋大房子的窗户透出温暖的光芒。她真希望卡尔-约翰可以走出房门,这样她就可以呼唤他。要是他陪在她身边,她保准有勇气。他在身边的时候,恐惧从未有机会乘虚而入虏获她。

"跟上啊,米雅!"比格尔的声音从深不见底的洞中传来,"下来看看这地方。"

慢慢的,极其缓慢的,她的一只脚踩上梯子最顶端的横阶,然后是另一只脚,她的手胡乱地四处摸索。下方是一条漫漫长路,梯子的阶梯好像数不到头。粗粝而寒冷的空气拍打她的身体,土地潮湿的腥味充斥她的肺部。洞底比格尔站立的地方有一扇半开的门。温暖的蜜色光芒从门缝透出,他的眼睛在厚厚的镜框后面闪烁。

"做好准备,米雅,我的女孩。"

在门被推开之前的几秒,托比沃恩和他收藏的色情杂志在她的脑海闪现。她发觉呼吸不畅,便说服自己这里缺氧。她觉得眩晕感侵袭而来。

可是紧接着她就看清了屋里的景象,它像运动厅一般宽敞高阔,尽管没有窗户,却无比明亮。木地板上的混色碎布地毯朝四面八方铺开,给这个巨大的空间凭添生机。沿墙摆放着一排排高到天花板的架子,上面摆满食品罐和清一色带标签的果酱罐。此外还有长长一排煤油灯、油炉和电池。地板上,巨大的塑料盛水容器并排放着。三张配备睡袋的双人床靠一面墙摆放，衣架上挂着每种尺寸的衣服，还有鞋子、冬天的保暖帽和围巾。十个防毒面罩从挂钩上俯视他们，三个急救药箱立在塑料药盒和数卷厚厚的绷带旁。此外还有腋杖和一张轮椅。

更往里一点是武器。十把来复枪，枪口朝下陈列在那里；少量手枪；上百个装满亮晶晶弹药的棕色硬纸箱；一排闪着锋芒的利刃、斧头。还有各式各样的工具在争夺地盘。

比格尔开始一边指点一边解释。他们拥有至少够吃喝一年的食物和水，还有充足的电池、太阳能收音机、油灯、煤油、点火器和其他燃料，必要的时候能让他们熬过好几场寒冬。

"没有什么东西，也没有人，能难倒我们，"他说，"我们做好了应付一切的准备。"

他让米雅想起那个夏天西莉娅曾试图引诱的那位天主教牧师，就在格兰特岛。一个颤抖的声音里藏着坚定的男人，他超脱诸般尘俗欲望，选择了上帝。他在每顿饭之前都要做一段长长的祷告，拒绝让自己堕入美食、贪眠和男欢女爱的深渊。他的眼睛里闪着信念之光，那种光极具感染力，引得她也想追随他的信仰。米雅永远不会忘记他谈论圣徒和上帝的时候唇角微颤的模样，还有他用拉丁语唱诵经文的时候，声音震得书架上的瓷器叮当作响。她也想经历那么强有力的事物，虔诚地信仰某种东西，让每个靠近她的人都感受到从她周身漫溢出的能量。显而易见，比格尔以同样的方式漫溢能量，他也沉浸在自身的信仰里。人造灯光把一片金色挥洒在他的白发上，令她想起天使。他皱巴巴的脸部肌肤松弛且毫无血色，可却有另一种超凡的光环笼罩他，一种入侵她的肺腑让她呼吸困难的东西。

"社会无法永久提供民事防护或应急物资，可是我们能。你和我们在一起很安全，米雅，你永远不会挨饿。"

他已经离瓦格很远了。当他朝村子里跑去时，依然可以感觉到自己的手指紧紧扣着扳机。他原本想开枪的，那是最糟糕的情形。他想一了百了，射死那家伙，然后把武器对准自己。两枪，只需要开两枪，一切便结束了。

莱勒抵达的时候哈森正跪在花床里，他的身旁是越堆越高的杂草，古典弦乐从一扇敞开的窗户飘出，近旁的长椅上放着一瓶浸着橄榄叶的马提尼酒，调酒器在阳光下闪闪发亮。

莱勒轻缓地把手枪放在那堆杂草的顶部，仿佛它是一个活物。哈森站起来，用戴着园艺手套的手拍去裤子上的尘土。

"怎么了？"

"我想让你扣押这把枪。"

"是你的？"

"没有注册过，如果你是想问这个的话。"

哈森用戴着手套的手拿起枪柄，仔细看了看。

"我但愿你没对任何人开过枪。"

"那就是我希望你没收它的原因，在我还没动手之前。"

西莉娅唯一可以联系上她的方式就是打座机电话，她成天价地打来找她。大多数时候都是唠唠叨叨让米雅回家。

"都是因为那些失踪的女孩。托比沃恩只是不放心，他希望你回家，然后我们就能看护你。"

"我在这里比和你在一起安全得多。"

"我不明白你为什么总是充满敌意。"

当她把西莉娅的担忧告诉比格尔，他只是笑了笑。

"媒体无所不用其极地恐吓老百姓，他们总是小题大做。失踪女孩——那是什么傻话？年轻人就喜欢四处流浪，不告诉任何人他们在哪里，这完全不值得报纸大肆报道。这种事天天发生。安妮塔和我年轻时也干过这档子事，也没造成什么伤害嘛，反而恰恰相反。"

尽管如此，他也不再同意他们在夜里开车出去。在斯瓦特利登的大门外，腐败和不幸遍地可见，他说，都是些他们不该参与的事情。他无视卡尔-约翰及其兄弟的抗议，把汽车钥匙锁在自己书房的书桌抽屉里，只为让他们待在安全地带。

斯瓦特利登没有电视，卡尔-约翰不知道为什么，他只是说他们从来没有买过。米雅不愿去问比格尔，主要是害怕勾起他发表新演讲的兴致。这里有一台电脑，但比格尔把它守得死死的，严格控制他们使用。当她试图登录脸书账号时，他大发雷霆。

"你什么时候才能不这么天真，米雅？社交媒体根本没用，不过是一种监视手段。"

于是他们收听播客。比格尔最喜欢美国人杰克·琼斯，他是一名美国空军，声称自己能看透腐败的政府体制。

夜晚他们聚在客厅，比格尔躺在扶手椅里，双手叠放在大腿上，似乎在祈祷。安妮塔总是有做不完的针线活儿，细针有力而富有韵律地碰撞，仿佛它们在暗暗打响未经宣战的战役。戈然和帕四肢摊在沙发的坐垫和扶手上，而米雅与卡尔-约翰则选择坐在火炉前的驯鹿皮地毯上，多数时候都无人打扰。她喜欢温度把血液带回他的面颊，喜欢火焰在他的眼里摇曳闪烁。播客和其他声音不过是背景噪音，仿佛这里只有他俩单独坐在火边。

当杰克·琼斯的节目播完，比格尔的讲坛就开场了，要求他们再次把注意力放在他身上。

"米雅，我亲爱的，你知道我和安妮塔是怎么认识的吗？"一天晚上他问道。

他的儿子们哼哼唧唧地叹气，可这并未让他泄气。

每当比格尔强烈渴望谈论某些事情时，他的脸庞就会微微战栗，不仔细看几乎难以察觉。米雅在地毯上坐直身子，他最渴望的始终是吸引她的注意力。

"你们怎么遇上的？"

"好，你听着，我们一度是兄妹，哥哥和妹妹。"

"比格尔，真的吗?!"

安妮塔停下穿针引线的动作，房间随即被笑声淹没。米雅看向卡尔-约翰，看见他的脸红彤彤的。

"不是有血缘关系的兄妹，当然啦，"比格尔继续说，"但我们青少年时期住在同一个寄养家庭，我们被要求以兄妹相称。不过没多久我就为她倾倒，"他指指安妮塔，"我知道那不会有结果。她是那种古典美人，就像你，米雅。一个典型的祸水红颜，能够不费吹灰之力就让最冷漠的男人为她动情。"

安妮塔脸上的红潮都快漫过她的编织物了。

"因此,自然而然,甚至我们的养父也迷恋她。幸好当时那栋房子很小,你能听到一切动静,所以他没法侥幸逃脱。当他在洗衣间里试图伸手掀起她的裙子时,被我抓了个现行……"

"比格尔。"安妮塔警告地说。手里的针穿得越来越快,声音交织成一片。

比格尔把一只手放在她肩上,继续说:"我狠狠打了他一拳,他摔倒了,头撞在滚筒烘干机上。我们以为那个男人死了,所以我们收拾行李逃跑,决定避开当局,自己养活自己。我那时十七岁,安妮塔十六岁,我们两人联合起来对抗世界。我们攒了十年钱才买下这块地。此后的事就人人皆知了。"

比格尔身体前倾,目光停留在米雅和卡尔-约翰身上。他笑的时候下巴异常凸出:"为了获得成功,你们需要的是一个正确的伴侣。一个荣辱与共的人。如果你们找到这样的人,今后就所向披靡了。只要看看我们就知道了。"

米雅想起西莉娅,想起她总是在追逐爱,却从来不努力把握它,寻找和孤独让她的生活变得多么可悲和糟糕。她把头靠在卡尔-约翰的肩上,暗暗发誓永远不要像西莉娅那样,她会紧紧地把握住爱。

每次他找到她的时候,黎娜总是躺在水里,在黑色水面下,浑身冰冷、毫无血色。每次他把她抱到地面上时,她瘦弱的身体已变得肿胀。总是同样的:他扯下自己的针织衫包裹住她湿透的尸体,但水还是不停从她的头皮流出，还有她的嘴巴和眼窝。莱勒试图盖住漏水的洞，但毫无用处，水从她身体里涌出，好像里面有一条因融雪而导致水位上涨的河。每次她都从他眼前流走。而每次他醒来，床铺周围都一片潮湿。

是轰隆雷声把他拖出了梦境。一闪而逝的亮光中，他看见自己的伤口：数夜在森林奔跑留下的抓痕和淤青，脚脖子和发际线周围被蚊虫叮咬后肿胀的伤口，他在熟睡中把它们挠出了血。他浑身又痒又臭。洗澡的时候，昨日的记忆浮上心头，他如何举起手枪抵住米凯尔·瓦格的胸膛，准备开枪。尽管热腾腾的水流过他的身体，这幅画面仍让他颤抖不已。他靠着瓷砖墙面忍不住呜咽。一直到停电他才止住眼泪，然后摸黑走到厨房寻找蜡烛，任水珠从身上滴落。他刚找到蜡烛，手机就响了。

一如往常，安妮特粗哑的声音重重击打他的胃："我打过座机，但没人接。"

"我刚刚在洗澡。"

"原来如此。"

一阵凝重的沉默，怕不是好兆头，莱勒用空闲的那只手点燃一根蜡烛，走到桌边坐下。他可以听见她的呼吸声。

"我打电话是想告诉你一件事，可能会吓你一跳——天知道我有多震惊——我本觉得我现在已经很老了，但显然并不是……"

"你打算说什么？"

"我怀孕了。"

一记震耳欲聋的雷声把她的话打得变形。莱勒把手机移近耳朵:"你刚刚说什么?"

"我怀孕了。我和托马斯要有个小孩了。"

"你和托马斯要有孩子了?"

"没错。"

莱勒笑了一声,哪怕这件事一点都不好笑。光从他身上一闪而过,在黎娜的椅子上投下影子。他望向书房,光影里他看见门微微开启。他们在那里做爱是多久以前的事情呢,他和安妮特?

"你确定那是托马斯的孩子?"

"我当然确定。"

"要是我没记错,我们刚好……"

"我们之间的关系早就画上句号了,莱勒。那天发生的一切什么都不算。"

"哦,好的。我懂了。"

蜡烛忽明忽暗,影子从墙面滑过。

"黎娜怎么办?"

"你什么意思?"

"你已经有过一个孩子,一个失踪了三年的孩子。我们的全部精力都应该用来寻找她,你难道不这样觉得吗?还是说,这是你开启新生活的手段,再生一个孩子来替代你已经拥有的那个孩子?"

安妮特的声音在电话另一端颤抖不已。

"我希望你有一天会为此感到开心,"她说,"当你恢复理智的时候。"

那天清晨晚些时候,他取回了自己的车。哈森把钥匙递给他的时候连声抱歉，告诉他车上没有发现任何人的血。莱勒没有为难他，他太渴望再次开车回到路上。

他几乎是立刻行动，坐在车窗紧闭的车里抽烟，直到空气越来越刺鼻，烟灰在仪表盘和杯架上飞舞旋转。他不在意。他回想起安妮特第一次告诉他自己怀孕的时候，她激动得几乎说不出任何话。他们刚刚同居不久，他煮了几个鸡蛋，又买了一些新鲜的蔬菜卷当早餐。安妮特睡得昏天黑地，等他叫醒她，她就埋怨鸡蛋闻上去恶心。安妮特可是一个爱吃鸡蛋的人。她穿着自己的旧睡袍坐在那里，说咖啡让她心悸，而他则开始担心他们犯了一个错，太早同居了。

她正把头探出阳台门站着，他却偷偷潜到她身后，手滑进她的睡袍，握着她的右乳。这仅仅是在玩耍打闹，没有紧迫也没有欲望，但安妮特却尖叫起来，仿佛他捅了她一刀。接着她开始哭泣。在她的哭声里，他知道了她打算流产的事，就在下周一，因为她举起了医院的预约单。

他坚持要送她去医院。他想陪着她。安妮特的双唇抿成一条红线，她坐在那里，凝视飘摇的冷杉树，表示她无话可说。在弗罗斯特卡格医院，她抱怨恶心，说她受不了，想到外面去。她朝着一条沟渠呕吐时，莱勒就在一旁抽烟。

"你还觉得你准备好当一名父亲了，"她讥笑他，"像个烟囱一样吸烟。"

"如果你留下这个孩子，我马上戒烟。"

他把烟举起来隔在他们中间。安妮特挺直脊背走到他面前，胆汁仍顺着她的下巴流淌。她站得离他很近，烟差不多要烧着她的鼻尖了。他们带着一种恼怒的神情看着彼此。终于，安妮特擦干嘴唇，肩膀松弛下来。

"把烟灭了吧，"她说，"我想回家了。"

那一天以后的十七年里，他再也没抽过一次烟，而现在他坐在这里，烟灰像一张毯子盖在他的大腿上。他努力计算那天早上在书房发生了那件事后，时间过去了几周，但他算不出来。他仅有的记忆是后来安妮特做了炒鸡蛋。她确实喜欢吃鸡蛋。他摇下车窗，把抽了一半的烟扔到地上。然后他拿起整包烟，顺着同一方向扔了出去。安妮特想怎么说就怎么说，他知道那就是他的孩子。

第二部分

寂静比黑暗更可怕。她听不见风声、雨声，还有鸟鸣声。没有脚步声或是说话声，似乎外面不存在任何世界。她把耳朵贴在墙上倾听，但听到的唯一声音是她的心跳声。她手臂上的抓痕在暗淡灯光下，颜色越发深了。身上到处都是随着时间流逝褪色变黄的旧伤。她不再抗争，没人来打扰她。她松垮的皮肤下是肿胀的静脉，仿佛她过早地衰老了，仿佛生命正逐渐从她身体里溜走。

从天花板垂下的灯泡在墙上映出她的影子，她发现自己正在床上冲着它挥手。她看见那高而瘦的身影也挥手回应，她们共同抵抗孤独。

这间屋子是一个完美的正方形，就像一个盒子。沿墙安放着一张床和一个床头桌，桌上放着没有动过的食物：一个包着保鲜膜的奶酪三明治和一瓶汤羹。她饿得实在受不了的时候，就闻闻那汤，但刚喝了一口就呕吐不止。她的身体抗拒食物，好像她的身体内部在控诉这样的囚禁。

另外一面墙边，金属门旁，摆着一个用来盛屎尿的桶，以及一个装满清水的桶。她尽可能地远离它们。她吃得如此少，几乎尿不出来，她也没有精力去清洗身体。她的头发板结，一绺绺凌乱地披在肩上，在枕头上留下油腻的斑点，她估计自己浑身发臭，尽管她自己闻不到。她希望她是臭烘烘的，这样他也许就不会碰她。

她曾试着睡到天荒地老，睡到时间尽失。当不安袭来时，她就一圈圈地踱步，直到小腿发酸。她用指关节叩击墙面，寻找中空的地方，集中注意力去谛听除自己呼吸声之外的任何其他声音。她不由自主地听见了一些并不存在的声音。看不见日光，她很难知道自己已和外界失联多少天。时间不断地流逝，只能通过睡眠和锻炼来推测，以及聆听。她长时间地注视那扇门。她的血液干涸得就像亮灰色金属表面的锈斑。距离她砸门已经过去很长一段时间，但她的手指依然发红，似乎皮肤在密闭空间和黑暗中不会愈合。他曾主动提出帮她涂膏药，但她把身子蜷缩起来，转身面朝墙壁，就像一只刺猬，张开了背上所有的刺。她最不希望他做的事就是碰她。

莱勒啜饮咖啡，看着在他面前埋头书写的学生们。只能听见钢笔划过纸面的声音。现在一定时兴留长发，可以根据好几个男孩子不停地把头发从脸上拂开来推断。女孩们更奇特，一个女孩的发梢染成粉色，另一个女孩则把耳朵上方的一大片头发剃光。他们如此年轻健康，又如此心烦意乱，惹得他不禁屏住呼吸。

黎娜要是在这儿的话，可比他们大多了。她快满二十岁了，但他发现自己无法想象这件事。她曾和他说过很多次，说她想去游历的所有国家。泰国、西班牙，可能还有美洲的国家。她曾提过想做互惠生①。

"你知道怎么照顾儿童吗？"

---

① 英文为 Au Pair，一项流行于欧洲的青年活动，青年们为体验某国文化选择寄宿在一个东道主家庭，同时也协助寄宿家庭打理日常家务，照顾孩子。

"那能有多难？"

他喜欢像做白日梦似的幻想这件事。黎娜，开车行驶在加利福尼亚州的高速公路上，后座搭乘一群美洲儿童。好像她根本就没失踪过。

黑夜又回来了，又一个夏天已经逝去。这些日子，秋季变得像一场死亡判决，迫使他放弃寻找，坐进教室。新一届学生都知道他是谁。他从他们的表情里可以看出，一种混合着惊奇和怜悯的表情。那表情令他胃里翻腾。但他们从不询问。当他向新班级介绍自己时，他没有提及黎娜。反正他们已经知道了，格洛默斯特莱斯克的每个人都知道。人们恐惧，坐在课桌前的青年们也不得不活在那种恐惧里。他们不得不学会永远不要独自行走，始终注意防范。他怀疑他们任何一个人也许都曾独自站在某个公交站，等待一辆未能准时进站的汽车。他们的父母从他的悲剧里吸取了教训，保证不会再犯同样的错误。汉娜·拉尔森的失踪更如火上浇油，再一次提醒他们任何事都可能脱离正轨，以及看紧孩子有多重要，哪怕是生活在格洛默斯特莱斯克这种小村子里。

孩子比他们的父母更好打交道。下课后他们无精打采地从他身边走过，从教室门穿行而出，他就长久地坐在他们留给他的一片沉寂里。他不愿面对教职工办公室里那些表情做作的同事，和他们好心而空洞的话语。

他面对他们爆发的笑声会退缩，然后径直走向咖啡机，让自己变得忙碌，就算并没有加牛奶或糖，他也不停搅动咖啡杯。他躲在金属和瓷器碰撞而发出的叮当声后。透过百叶窗的板条缝，他看见白桦树的树叶开始变黄飘落，小水坑的表面结了一层薄脆的冰。

克拉斯·福斯亚，一位社会学教师，走过来站在他旁边，开始谈论麋鹿狩猎会。

莱勒诚恳地听着,但目光丝毫没有从外面那结冰的小水坑移开。当福斯亚靠过来把一只手放在莱勒的肩上时,他发觉他呼出的气息中有股难闻的香蕉味和甘草喉糖的味道。

"你知道,每当我们走进外面的森林,我们总会想起你的女儿。"

莱勒回头看到福斯亚苍白的脸,察觉一阵战栗顺着他的脊柱抖落下去:"是什么让你觉得她就在外面的森林里?"

福斯亚闭口不言,领结之上的脸颊变得通红。"我不是那个意思,我只是想说,我们想着她。我们一直留心她的下落。"

莱勒低头,突然间意识到自己脚底坚硬的地板,以及支撑身体重量并使他直立的那股力量。

"谢谢,"他说,"那意义重大。"

福斯亚离他而去,和其他老师坐在一起,那些能全身放松、跷起二郎腿,并且知道如何开启谈话的老师。莱勒看见安妮特坐在其中一把木椅上说话,并辅以手势,以她惯常的那种对一群倾听者说话的方式。她穿着一条黑色紧身针织衫,这样一来就不太可能无视她牛仔裤上方隆起的腹部。他感觉小腿发颤,于是把手放在窗沿上,然后他听见自己的咖啡泼溅到地板上,紧接着是他们一脸同情地转头看他时衬衫和裤子摩擦发出的沙沙声。他飞奔离开,踏得脚下的地板剧烈晃动。他觉得他可以听见他们在身后大喊:"可怜的人!你如何应付一切?"

她无法预知他什么时候来,只有铰链发出的尖叫和门哐当撞到屎尿桶的声音。如果灯关着,他就扯下灯绳仔细打量她,他的凝视灼烧她的眼睑，即便她假装熟睡。在他确认她还活着之后，就伸手提起桶离开。她这才有时间一窥他身后的楼梯间，可惜那里没有光。他总是先清空一只水桶里的黑色粪便，然后在回去之前给另一个水桶换上新鲜的水。水泥地板上总会留下一摊摊黑色污迹。

门是自动关上的，她从来没有听见过钥匙的声音。一开始，她还有力气的时候，她试过在他进来换水桶的时候攻击他。她会站在门边，趁他走到出口的时候猛地撞在他身上，弄得水泼洒得到处都是。他会激烈反击，用金属桶狠狠击打她的背，力道大得她很久之后还痛苦难耐，甚至在他把她抱到床上，用他肮脏的手抚摸她时，她也无法抗议。他轻轻拍打她，仿佛她是一只动物，必须在宰杀前得到安抚。

他的脸被一个巴拉克拉瓦帽[①]罩着，透过孔洞可以看到他的眼睛，在黑色棉布的衬托下显得很暗淡。她从未见过他的头发，因此觉得他根本没头发，头盔下是光秃秃且畸形的头。

很难判断他的年纪，她猜他比她爸爸年轻，但她不确定。他统治着这间小屋。当他站在门边时，背和双肩的影子赫然笼罩在粗糙的水泥墙面之上。但她不确定他在外面的世界里是否真的是个巨人。尽管穿着厚重的工人靴，他依然行动轻盈，身上总是有股汗酸味，似乎他一直在奔跑。他说话的时候，声音就像丝绒般轻柔而低沉，仿佛他的声带深深地扎根在胃里。

"你为什么不吃东西？"

他不耐烦地收起没动过的食物，换上仍在冒气的蔬菜和一块晶

[①] 一种可以遮住头、脸和脖颈大部分区域的帽子，一般只露出眼睛和嘴巴。

莹的肉。她立马觉得恶心，尽管她很饿，胃像是一个巨大的洞。

"我吃不下，我一吃就吐。"

"你有特别想吃的东西吗，你真正喜欢的东西？"

她听见他正努力表现出善意，哪怕愤怒正在他虚伪的声音下颤动。

"我想呼吸新鲜空气，几秒钟就好，求你了！"

"别再不知趣了。"

他拧开膳魔师保温杯的杯盖，倒满一盖子递给她。水蒸气轻缓地扑打在她薄薄的唇上，闻起来甜丝丝的，像水果香味。

"玫瑰果羹，"他说，"喝几口，你会觉得舒服点儿。"

她把瓶盖举到嘴边假装喝汤。她的目光停留在他的靴子上，那里卡着一枚小小的黄叶。

"外面是秋天了吗？"

他的身体明显变得僵硬，然后开始退回门边。

"等回来的时候，我希望桌上的食物都被一扫而空。"

"我梦见你怀孕了。"

卡尔-约翰从她身上离开，把她留在潮湿的带补丁的床单上。米雅掀开羽绒被，从床上爬起来。

"听上去更像一场噩梦。"

"大肚子的你美极了！"

米雅走进卫生间，关上身后的门，阻止他跟进来。她刷牙、清洗头发、化妆，此外没有时间做其他任何事。等她再次走出来时，他还躺在那里诡秘地笑。她走到床边俯身吻他的唇，感受从他身体里辐射出来的温度。他伸出双臂把她拉倒在床上。

"你真的要走吗？难道就不能在这里陪我？"

他用力抱着她，用双手拂乱她的头发。

米雅挣脱他的怀抱："你为什么要糟蹋我的头发？"

"那有什么关系？你打扮得这么漂亮是为谁？"

卡尔-约翰和比格尔不情愿她去上大学，他们觉得那是在浪费时间。米雅只得反复解释，她曾向自己发誓，会通过所有考试并用心经营生活。至少要过得比西莉娅好。西莉娅是在怀孕的时候退学的。

"你妈妈没有错过什么，"比格尔对她说，"生养一个孩子比被最具操控力的国家走狗洗脑重要得多。"

让步妥协是一件很容易的事，因为她根本不喜欢上学。她从来没有在一个地方待到足够长从而习惯它。只要她刚刚开始适应课堂，行李就已经打包准备好堆在客厅。西莉娅不在乎是否到了期中。如果该搬家了，她们就搬家。因此那就是学校诱惑米雅之处。成为不一样的人。成为自己。

这里距离"银路"和公交站有三公里远。"到十一月你就厌烦了，那时天会更暗。"比格尔曾如此警告她。但是现在天色已经很暗。森林像一群包围她的鬼影，她的目光紧紧盯着沙砾路面，避免听树林里的动静。大门密码是一串数字组合，她必须牢记在心，因为他们不许她记在纸上。后来她才发现那是比格尔的生日。大门在寂静中发出嘎吱响声，她能感觉到比格尔的双眼紧盯她的后脖颈。她小心翼翼地关上大门，然后开始慢跑，跑过凄惨的灰扑扑的松树林和光秃秃的白桦树。大地在她脚下扑哧啪啦地响,她觉得自己闻到了空中飘雪的气味,尽管连下初霜的时间都还没到。

她跑到大路上时,喉咙火辣辣的,她必须尽可能站在远离草地的地方,这样公交车司机才能看见她。他是一个矮墩墩的、身体壮实的男人,举着一个保温瓶喝咖啡,然后猝不及防地说一些她几乎无法理解的话,除了问候比格尔的话。

公交车逐渐装满邻近村子的学生。她很少看见房屋,只有一些立在树林中的指示牌。孩子们就站在路边等车。米雅能看见他们红扑扑的脸颊和呼在寒冷空气里的白气。他们上车的时候,她闭上眼,头靠在冰冷的玻璃上。她感到他们在看她。她的眼皮被他们的好奇心灼烧,不过他们并没有来打扰她。

托巴卡学院在格洛默斯特莱斯克,是一栋单层楼的红砖别墅,与其说是学校,不如说更像一个牲畜棚。教室窗户洞开,冷风灌入,大部分学生都穿着外套上课。双扉门内侧是一排绿色的带锁寄存柜,米雅把外套挂在她自己寄存柜里的挂钩上,伸手顺着书架摸索,直到摸到泡罩包装袋。她取出一颗蓝色药丸,不喝水就吞下去。她关上柜门时,发现可柔站在一旁,顶着一头细细的粉色头发。

"你爸妈不知道你在吃避孕药,对吧?"

"我搬去和卡尔-约翰一起住了。"

可柔瞪大双眼:"那他不知道吗?"

米雅微笑。

"他希望我怀孕。"

他下次来的时候,她已经喝光玫瑰果羹。她闻到冷空气和腐叶的味道,秋日的气息黏附在他的衣服上,她没必要询问秋日是否已逝。

"只要你吃饭我就很高兴。"

他带来了牛奶和肉桂面包。食物的气味像摆在他俩之间的一份停战协议。

"多待一会儿吧。"她乞求道。

他身子一僵,巴拉克拉瓦帽下的眼睛小心翼翼地转来转去,然后他一屁股坐到地上,背靠房门。他抓挠被遮住的面颊,似乎下面藏着刺痒的胡须。

她把面包袋递还给他,然后在床上坐下。

"太无聊了,一个人吃饭。"

他拿出一个小圆面包嚼着,黑色面具变得有趣起来。她根本吃不下,潜伏于内心的恐惧卡在她的喉咙里。她只好装作吃得津津有味。

"你难道不能取下巴拉克拉瓦帽?"

"什么时候你才能停止问这么愚蠢的问题?"

他咧嘴笑,似乎在取笑她。她内心升起一阵痉挛般的希望,于是继续在脑子里搜寻可能会令他变得温和的话。

"这些面包都是你自己烤的?"

"不是。"

"是从超市买来的?"

"我有和你说过不要多管闲事吗?"

他又拿出一个面包并拍去胸前的面包屑。他穿着一件垂到他肚子上的黑色海丽·汉森牌羊毛衫。他的声音里有一丝不耐烦,她的双肩不禁紧紧抵住冷冰冰的墙。他不喜欢她提问。

他站起来,双手握成拳朝床走来。他的重量压得床发出嘎吱声。他伸出手臂的时候她立马闭眼,感觉他的手指滑过她的锁骨,隔着T恤衫一路滑到胸部。他用指关节轻轻叩击她的肋骨。

"你得吃点东西,你越来越瘦了。"

"我不饿,我需要呼吸新鲜空气。"

她强迫自己直视他,试着克服恐惧。他的眼白泛着血丝,不是嗑药就是睡得太少,放大的瞳孔并没有透露过多线索。他的身上仍然散发着屋外的寒气。也许他把眼神接触视为一份邀请,因为一瞬间他便俯靠过来,把她往自己身边拉。

她尽力挣脱他的钳制,但他抓得更紧,还把一只手滑进她的背心下面。她掰他冰冷的手指,试图推开他。她感觉到愤怒在他体内翻腾。他放开了她,用力捶打她头边的墙壁,太近了,以至她可以感觉到被扇动的空气急流。

"你应该学会如何表达一点点感谢,"他说,"感谢我为你做的每件事。"

他离开的时候她没抬眼看他,只听见重重的关门声,随后便是无穷无尽的孤独。

米雅跨出学校大门的时候,天已经开始变暗。可柔弓着身子站在一棵白桦树下卷烟。舌环在她舔烟纸的时候露了出来,粉色头发在潮湿的空气中翻卷着。她抬头看着米雅。

"你要来块比萨吗?我请客。"

"不行，公交车马上就要开走了。"

"难道在斯瓦特利登待着不无聊吗？"

"并不，我觉得那里的生活平静美好。"

"噢，是了，你有卡尔－约翰陪你打发时间。"可柔四下瞟了几眼，略带挑逗意味地吸着卷烟，"他怎么样？我是说床上功夫。"

"与你无关。"

"天啊，你太无趣了！"可柔咯咯地笑，"看你的脸色我敢说他还不赖。"

米雅拢了拢衣领。

可柔接着说："我一直觉得他很有魅力。有点古怪，拒人千里之外，但很酷。"

一辆车开来，停在她们身边。米雅看到生锈的车身便立马认出那是谁的车，顿时感觉胃部收紧。托比沃恩摇下车窗，正靠着方向盘。他独自一人，没有西莉娅的踪影。他的嘴在胡须下咧开一笑，他和可柔打招呼，她以朝他的方向吐烟圈作为回应。

"米雅，有时间吗？"

在走到车边坐进副驾驶位前，她朝可柔做了个鬼脸。

"发生什么事了？"

"没什么，一切都很好。"

他关上车窗并调低广播音量。仪表盘上散布着香烟袋和糖纸。米雅把书包抱在大腿上，看了一眼时钟，公交车十分钟后就要开走。她不打算让托比沃恩载她走。

"你想干什么？"

"是西莉娅。她整天睡觉,也不吃饭。"

"她没画画了?"

他叹了一口气,默认了。

"去预约看诊吧,但不是外科,你得找个精神科医生。"

"如果她不去我怎么办?"

"你就拿走所有的酒,直到她同意。"

他扯了扯自己的胡子,面有愧色地看了她一眼。

"说真的,她一直想念你,我他妈的愧疚死了,因为是我造成你离家出走。"

米雅回头看了一眼校园的红色砖墙。

"不是你赶走了我。"

他沾满污泥的手指敲打着方向盘,跟着挡风玻璃外雨刷器的节奏。

"你在斯瓦特利登过得怎么样?"

"不错。"

"跟比格尔和他的家人都相处得很好?"

"当然。"

"什么感觉,和他们住在一起?"

"很舒服。"

"所以你不后悔?"

米雅斜眼瞟了瞟那棵白桦树,昏暗天色下,可柔的头发看上去一点也不真实自然。

"不。"

"现在改变主意没什么不好意思的。你们还太小,你们俩。"

"我没有改变过主意。"

托比沃恩一呼气,车厢里就飘满他口腔的酸臭味。

"那么哪天回来和我们吃顿饭,行吗?你和卡尔－约翰?我们想你,我们俩。"

"嗯。"

他带着恳求的目光看着她。

"我非常想当你的爸爸,要是你接受我的话。"

米雅把书包抱在胸前,伸手去开车门。

"我不需要一个爸爸。"

她躺在床铺上,和自己的影子玩耍,和墙上那个高瘦的人形商量计策。当门打开时,她要用便桶当武器。他会被尿液迷住双眼,看不见她抬起那张小桌子,她会用浑身力气把那张桌子扣在他头上,把他打昏,或者至少使他失去平衡,好让她有足够时间从他身边跑开并跑上楼梯。她不知道上面等待她的是什么,是否有更多重重封锁的门,可是她已经准备好迎接一切风险。

有时那个男人要隔好几天才回来。她只能靠自己的大脑计算日子,但她能够从食物的细微变化中知晓过了多长时间,它们变得坚硬,长满霉菌。于是她开始害怕门将永远不再开启。这是一种奇特的感觉,害怕某件事,同时又渴望它。她意识到自己对于被单独留在此处腐烂至死的恐惧,远远超过了对他的恐惧。

她把装着干硬食物的盘子放在地板上,开始练习抬桌子。那堆木头如此庞大而沉重,她用力到胸口作痛。她看到墙上的影子手臂在颤抖,似乎她的所有力量已逐渐耗尽。

"我们必须吃饭,"她对影子说,"如果我们打算这么做的话。"

她被照相机的闪光弄醒。他站在她身旁,拍照,放在镜头旁的手因寒冷和劳作而显得粗糙不已。她拉起毛毯盖住身子,双手蒙住脸。闪光仍然继续。他猛地把毯子从她身上拉开,撕裂她T恤衫的前襟,露出了她的肚子和胸罩。直到她开始哭泣,他才终于停止。他一边深深吸气,一边在地板上有节奏地踱步。

"你一点儿东西都没吃!你是打算自杀吗,还是想怎样?"

"我觉得不舒服,我想看医生。"

他瞥了她一眼,一个无声的警告,然后他开始发狂地把干硬的食物一股脑儿倒进一个塑料垃圾袋。接着他摆出更多食物:香肠、马铃薯和胡萝卜粒,两个保温瓶和一条巧克力,亮闪闪的银色锡箔纸令她觉得刺眼。她注视墙上的影子变得越来越渴望食物。

"我以为你永远不会再回来了。"

他得意地笑。

"所以你想我了?"

她伸手去拿巧克力,摩挲着包装纸。

"你身上有冬天的味道,外面很冷吗?"

"我不想说你身上是什么味道,难道你没看见这桶水和香皂吗?难道你就不能洗个澡?"

她掰下一块巧克力,放在嘴里,让它和着自己的眼泪融化。他伸手摸她的头发。

"我能帮你洗头发吗?"

她蜷起双膝，看见影子在模仿她。她直流鼻涕。巧克力尝起来是咸的。

"你为什么拍我？"

"因为我想不在这里的时候也能看见你。"

"你一个人住吗，还是你有家人？"

"怎么，你嫉妒？"

"只是好奇。"

"好奇可能有危险。"

他的手顺着她的头发滑下，移动到她的面颊。她尽可能静止不动，克制着自己不退缩。他用大拇指抚摸她的唇。

"不管有没有家人，你都是我生命中最重要的东西。"

她独自站在公交站，等待着，街灯朦胧的光芒在她头上形成光圈，一缕缕金发从她的风帽露出。正是头发触动了他，以及她独自站在那里的身影。

莱勒不假思索地侧滑穿过左侧车道开到公交站去。他摇下副驾驶位的窗户喊她。他失望地发现那不是黎娜，即便他早就知道。

这个叫米雅的女孩是新转到这所学校的。她坐在靠窗的位子，课堂上的大部分时间，都埋头在她的书写簿上胡乱涂鸦。他随她去，因为她是新生，而且似乎很孤独。现在这个女孩正一步步走近他，他可以看清她那在风帽下闪亮的眯起的眼睛。

"我正要回家，愿意搭个便车吗？"

他看见她瞥了一眼公交车来的方向，那辆似乎永远也等不来的公交车。

"这里离我住的斯瓦特利登有十多公里远。"

"没关系,没人等我。"

他看见她犹豫不定,显然是在掂量这个邀请。接着她快速朝车走了两步,拉开车门,坐在他旁边的位子。她的身上有雨水的气味,一绺绺湿淋淋的头发顺着她的连帽衫滴水。莱勒掉转方向,开上"银路",一路向北。

"你不能信赖那辆车,不管怎样。"他说。

"它总是晚点。"

开到山顶时,他把车灯亮度开到最强,然后眺望灰蒙蒙的森林。很快它就会被白雪覆盖。树木会像老人一样,被自身的重量压得驼背,然后大地和隐匿其下的万事万物都会被遗忘。又是一个冬天,他不知道他将如何度过。他感觉米雅侧头看他,他回头看她,但她转开了眼睛。

"所以你住在斯瓦特利登?"

"嗯。"

"和比格尔,还有安妮塔?"

"你认识他们?"

"准确说,我不了解他们。你们是亲戚吗?"

她摇头。

"他们的儿子,卡尔-约翰——是我的男朋友。"

"啊,我太惊讶了。"

人们喜欢对比格尔·布兰特和他的家庭嗤之以鼻,尽管没人真正了解他们。或许那正是原因所在。他们很少在社区活动中现身,没人知道他们在斯瓦特利登以何谋生，是靠打猎还是仰赖他们的农场维持生活。当他们拒绝送自己的孩子去学校读书时，曾引发过一场激烈的争论。他们说想自己在家教育孩子，像过去的人们那样。莱勒不知道那最终是如何解决的，还有社会服务机构同意与否。但他从来没在托巴卡学院见过他们。

"你抽烟吗？"米雅冷不防地问道。

"只在夏天抽。"

自然，这车充满难闻的烟味。它渗进了汽车坐垫里，莱勒没心思清洗。烟灰像一块薄毯，盖在仪表盘上。但他一点儿也不尴尬。

"你抽烟吗？"

"不，我戒烟了。"

"很好，烟是垃圾。"

"卡尔-约翰说烟草是州政府的一个阴谋，为了摆脱那些弱势群体。"

莱勒看了她一眼。

"我以前从没听过这种说法，但是癌症对州政府来说并不是什么有益的事，对吧？"

米雅叹气。

"一个无能的人口群体会给州政府带来更多机会，比格尔是这样说的。"

"哦，是吗？"

莱勒清清嗓子，以掩饰自己的困惑。他不想嘲笑这个女孩。他曾在比格尔的土地上寻找黎娜，三年前黎娜失踪的第一个夏天。他们一起帮助他——比格尔、他的妻子和他们家的三个小子。他们把外围建筑和地窖的钥匙通通交给他，领着他穿过他们土地上纵横交错的森林小道。

他用眼角余光打量女孩，留意到她的金色头发和这个夏天长出的零星雀斑。她双肩耸到耳朵附近，看上去脆弱不堪，就像冬天刚来临时，水里凝结的最初几块碎冰。

"你在斯瓦特利登住了多久？"

"从夏天开始。"

"在那之前你住在哪里？"

"四处。"

"你的口音听上去像南部人。"

"我在斯德哥尔摩出生，但我经常搬家。"

"有那么多地方，你偏偏住在了斯瓦特利登，你父母怎么想？"

"我只有西莉娅，她根本不关心。"

他能察觉到她不喜欢他询问。她的手指在牛仔裤上不安地敲来敲去，撕扯裤缝。他想起黎娜，以及过去和她交流一次有多困难。她年纪越大情况就越糟，似乎时间在他们之间砌成一堵墙，让他们变成陌生人，他说的每件事，最终都会以她做鬼脸和翻白眼结束。那时他对此无比沮丧，如今他却无比怀念。

当他们接近目的地时，米雅抬起手臂给他指路，透过昏暗的天色，他可以看见云杉树林间的木头指示牌。

"你可以在车道那里把我放下。"

"我把你送到门口。"

她在座椅上不安地扭动，似乎那令她困扰，但莱勒不愿被搪塞了事。

他好奇为什么一个青春期的女孩会愿意搬到如此荒无人烟的地方,难道一个青年小伙的爱就足够打动她?斯瓦特利登除了浓密而古老的森林和一个小得可怜的湖泊之外一无所有。

到大门口时,他待在车里,米雅则跑过去输入密码开门。

"比格尔·布兰特家的小伙子一定是个魅力四射的人。"在她回来之前,他大声地自言自语。

大门后面耸立着巨大的农舍,背后黑暗的森林就像建筑的双翼,亮光的窗户似乎在黑暗中燃烧。米雅坐在座椅边上玩弄她的头发,她把头发拢在脑后梳成一个马尾辫,只为解开它然后再重新编一次。这令他紧张不已。

他们开车进去的时候,比格尔站在最高一级台阶上。那个老人举起手,迅速走下楼梯。当米雅下车时,他拍了拍她,仿佛她是他的情妇一样,动作轻快,但满怀爱意。

"原来是莱纳特·古斯塔夫森,好久不见啊!"他探进副驾驶位的窗户,"你要留下来喝杯咖啡吗?"

墙上的影子在舞动,挥动它纤瘦的手臂和小腿,甩头,水珠从湿漉漉的头发里飞溅出来。香皂的气味对她来说很陌生,令她的鼻窦作痛,不过清洗和巧克力都给予她能量。获得足以连续八次抡起那张小桌子的力量。随后她把手贴在墙壁上,和影子击掌。好长一段时间以来,她头一次觉得自己情况好一点了。

男人下来的时候,食物全被吃光了。大部分食物返回了那个便桶，可是就算注意到了他也没说什么。他走到外面把桶清空，很快又回来，给整间屋子带来秋日的空气和他自己的呼吸。他的眼睛在面具后熠熠闪光。

"你竟然洗澡了！"

她背对影子而坐，粗糙的墙面抵着她的双臂。她当即心生恐惧，万一他会对干净清爽的她做什么。她看着他在地板上走动，注视他的手把新鲜食物从背包里拿出来，几块厚厚的猪血糕，还有越橘酱。床头桌吱吱作响，似乎要从他身边逃走。

"真遗憾我没带相机，"他说，"现在你看起来非常漂亮。"

他俯身靠近她时，床铺代她发出抗议声。她变得麻木而沉默。在他触摸她时，她只能听见自己急促的呼吸声。他的手指摩挲她的发丝，然后往下滑到她的脖子上。

"你为什么选择在今天把自己打扮漂亮？"

她的胸脯起伏不定，这话让她觉得很难回应。

"我想要是我吃点东西，梳洗干净，可能你会愿意放我出去呼吸点新鲜空气。"

他的手急不可耐地捏紧她的脖子，把她的脸扳起来对着他。

"吻我，然后我会考虑考虑。"

他的唇覆上来的时候，她感觉贴着脸颊的巴拉克拉瓦帽是潮湿的。她抿紧嘴唇别过头。当他开始撕扯她的衣服时，她看见墙上的影子手舞足蹈地挣扎。细长的手臂抓他、打他，直到他回击。他使蛮力把她推倒在床，她感觉热乎乎的血从额头流出，淌进嘴里。

他胡作非为的时候，她似乎浮上墙面与影子合体了，她紧咬牙关，引得牙齿生疼。

完事后他穿上牛仔裤，用他的T恤衫擦拭她沾血的眼睫毛。他的手劲很大。她用嘴呼吸以避免闻到他的体味。风帽遮住他的头顶，她克制住想要扯下它的冲动。她从他此时触摸她的动作里明白，他已经转怒为悔。她抓住机会："你为什么不能取下面具？"

"我和你说过原因。"

"但是我想看看你长什么样。"

他放开她，把手里那件污迹斑斑的T恤衫揉成一团。

"有一天我会拿下它，然后我们可以一起离开这里，手牵着手。但是你还没准备好，还没有。"

血流开始冲击她的耳膜。她靠近他，突然涌出急切的渴望："我准备好了。"

他把她留在床上。她注视门打开时影子伸手拉门，似乎它早有计划趁这个机会独自偷溜出去。但门再度关上，只剩她们与飞舞的尘土和腥气的血液相依为命。

他们自然都记得他。安妮塔，比格尔的妻子，煮了咖啡，刘海下方的眼睛盯着莱勒。她似乎有点焦虑不安，铺桌子的时候她皲裂的双手在颤抖。她不想坐下，缩着肩膀站在壁炉旁。一个人大门不出，也不见人，莱勒想，就会是这样。

跟上次见面相比，比格尔衰老了不少，额头上越发沟壑纵横，眼睛也越发凹陷。他关切地看着莱勒。

"你的女儿还是没有什么消息？"

莱勒摇头，望向外面只有一盏灯亮起的车道。他可以看到外面起风了。树枝摇曳，树影窸窣，在这种情景下，人很难集中注意力。

"没什么新消息。"他说。

"警方怎么说？他们有什么行动吗？"

"他妈的别提了。"他说。

比格尔点头，脸上的皮肤不自觉地跟着抖动。

"一群无能的蠢蛋，说的就是他们。要我说，如果你想做什么事，就该直接自己去做。"

"我还没有放弃。我要搜遍诺尔兰，一寸土地都不放过。"

"那很好，"比格尔说，"那样你迟早会找到她的。"

莱勒低头盯着桌子，不停眨眼，直到视线再次变得清晰，他能辨认木头桌面上的凹痕和安妮塔端来的蛋糕上的糖粒。即便仍然毫无缘由地想哭，但他已经掌握了不向哭泣屈服的艺术。

"我想感谢你送米雅回家，"比格尔说，"我们都很担心她。"

"是吗？"米雅问。

"是啊，我们当然担心你。"

莱勒抬起头，目光从比格尔身上转移到安妮塔身上。

"我估计你们已经听说夏天在阿尔耶普卢格失踪的那个女孩的事了？"

"的确听过，"比格尔说，"警方照样没什么作为。"

"对，"莱勒说，"装作什么事都没发生一样。"

安妮塔在烤箱旁弯下腰，她打开烤箱时，一团烟雾喷薄而出。她从烤架上端出表皮烤焦了的面包。她用茶巾扇走烟雾时，他能看见她胳膊下的汗迹。

"噢,"比格尔一边说一边推开窗户,"一个明智的人会自己着手处理事务。警方不外乎一群没效率的白痴。"

莱勒的嘴唇皱起,咖啡有种令人难以置信的苦味。

"我不知道靠自己能否走得足够远。"他说。

比格尔刚打算回答,这时前门开了,三个年轻小伙走进来,身后拖着一股冷气流,他们把靴子底的潮湿泥土跺在地面上。当他们看见莱勒后,都停在了那里。

"这是我的几个儿子!"比格尔说,同时喊他们进屋,"别像傻子一样杵着,进来坐下!"

他们都皮肤白皙,脸颊红润,体格健壮,指甲缝里嵌着泥土。比格尔挨个介绍他们。戈然,最年长,赤金色头发,满脸痘印。他看起来尤其不健谈。二儿子帕正在长胡子,他挠脸的时候双颊泛红,握手时冷静而坚定。卡尔-约翰是最小的儿子,瘦高,他迫不及待地跑到米雅身边坐下。比格尔松弛的脸颊上闪着骄傲的神采。

"我这一生就这三件事做得最成功,不出其他意外的话。我们就等着抱孙子了。"

"这里太臭了,"帕说,"你们是把房子烧了吗?"

"我烤了面包。"安妮塔说,而那也是莱勒听她说的第一句话。

她站在那里,看上去那么弱小,至少比她的儿子们矮一个头。莱勒感受到年轻小伙子们充沛的精力和他们的亲密无间。他觉得疲倦。倦意像一根扁担,压在他肩上,他突然站起来,咖啡杯撞得茶碟叮当作响。

"谢谢你们的咖啡,"他说,"我得走了,趁我的眼皮还没困得合上。"

安妮塔终于打破了整晚的沉默,她说:"没错,你得回家了。上帝啊,看看外面多黑。"

米雅感谢他载她回家,他往外走的时候,察觉到他们落在他后脖颈上的目光。比格尔陪他走到车边,用一只手臂搂着他的肩,似乎他们是老朋友。

"我听说你退出狩猎队了?"

"他们逼我的。"

莱勒坐进车里。一阵细雨敲打车窗,给站在车边的比格尔的眼镜蒙上一层薄雾。

"如果你想打猎,我和我儿子欢迎你。"

"谢谢,但我想我暂时不会再猎麋鹿。我在追踪更大的猎物。"

比格尔微笑,双唇紧闭。

"我理解,我想让你知道,我们非常乐意帮你寻找你的女儿,只要你说一句话。我们拥有优良的装备,而且我的儿子们都不是那种轻言放弃的人。"

"谢谢,我铭记在心。"

比格尔帮他关上车门。

"当心点,从现在开始。"

"你们也是。"

莱勒转上车道,小心地转弯,然后挥挥手。他把车灯开到最亮,在云杉树夹道上用最快的速度奔驰。咖啡仍然灼烧他的喉咙,他屏住呼吸,直到开到大门口。他坐在车里听着引擎缓慢运转的声音,回头看了看这栋农舍，观察亮灯的窗户后移动的人影。仿佛过了一辈子那么久，大门才咔嗒一声开启。

"那个老师为什么要载你回来？"卡尔-约翰问。

"我正在等公交，然后他就主动说送我回家。"

"然后你就答应了，就这样？"

"那我应该怎么做？"

"我觉得他有点居心不良，仅此而已。你最好还是搭公交车。"

米雅横了他一眼："你嫉妒了？"

卡尔-约翰大笑，呼出的热气拂过她的脖颈："那个老男人还不够格！"

米雅挣脱他的手臂，踢开羽绒被下了床。温热的黏液在她的大腿间流淌，她突然意识到，自己无比怀念独自睡觉，拥有一张完全属于自己的床。

"我觉得他有点可怜。他看起来那么孤独，像是被人抛弃了。"

卡尔-约翰伸手拉她："他可不是唯一觉得自己被抛弃的人。"

米雅去卫生间撒尿。她试着用厕纸擦干净尿液和黏液，但最后放弃了，转而打开淋浴。她脱下背心，站在喷头喷出的冰冷水流下。没过多久卡尔-约翰的影子出现在淋浴间隔帘的另一侧。她听见他掀开马桶盖撒尿，弄出巨大声响。她应该锁门的，他看起来没有那种尊重他人隐私的品质。很长时间后水才变热，她一动不动地站着，任水流过身体。她希望现在是清晨，这样她就能去学校。透过水声，她听见卡尔-约翰在刷牙。她闭上眼，不想看见他，不过紧接着淋浴间隔帘就被拉开了,他走进来站在她旁边,抵着她的身体,分走了大多数水。他的目光在蒸腾的水汽中闪烁不定。

"我觉得你应该离那个男人远点。"

"他是我的班主任。"

"那也不代表你出了校门还必须搭他的车。"

"他想表达善意,而且他是送我回家。考虑到他的女儿就是在等公交车的时候失踪的,他的行为一点也不奇怪。"

"我还是觉得你最好小心点,爸妈不喜欢外人来这里。"

"你从来没和我说过这事。"

米雅猛地把淋浴间隔帘拉到一旁,绕过他一把抓起挂钩上的浴巾。她迅速地用它包裹住身体,无视水珠滴得到处都是。卡尔-约翰大声说了什么,但全被淋浴的水声吞没了。米雅走到窗边,把湿淋淋的头探出狭窄的窗缝深深吸气。

安妮塔正在下面散步。米雅眯眼看着下面那个双肩疲乏、体格缩水的人。她迈着粗短的小腿在沙砾路面上跺来跺去,她贴身拿着什么东西,似乎害怕它掉落。一只黑猫像个影子般跟在她身后,在她的双腿间绕圈。安妮塔踢了它一下,于是它便跃进花床里去了。片刻之后她抬头,和米雅的目光相遇。黄昏里,她的脸就像生面团,她举起一只手的时候脸颊耷拉着。米雅也回以挥手,依然站在原地,用指尖抵着玻璃。她想知道安妮塔为何要踢那只猫。她想知道她到底在生谁的气。

日光稀缺,白昼渐短。即便如此,时间仍旧代表一份永恒的孤独。莱勒常在清晨生出恶心感,于是不得不小口喝咖啡,努力压制自己呕吐的欲望。他强迫自己浏览社交网站，尽管那只是徒增他的恶心感。在黎娜的脸书留言页面上，安妮特贴了一张B超照片并配文：快回家，黎娜。不久你就会有一个小弟弟或是小妹妹等着你了。这张照片获得了二百三十二个赞和一百多条评论，全是些表达兴奋的惊叹号和五彩缤纷的心形表情。莱勒呷了一口咖啡，苦笑起来。

在学校里他一如既往恍恍惚惚地四处晃荡，上完了所有课却说不清自己讲了些什么。学生的脸就像A4纸，一片空白，什么都没透露。回到办公室，他例行公事般地与同事闲谈天气和即将到来的周末。他机械地喝咖啡、吃香蕉，尽量避免接触安妮特以及她那越来越膨大的肚子。没人再提起黎娜，要是他放任自己琢磨这件事，他就会变得怒火中烧。校医院的护士是唯一询问他真实感受的人，尽管那让他恼怒不堪，因为她其实无法找到合适的语言询问她想知道的事情。她似乎喜欢把头歪向一边，然后用冰冷的手指触碰他，有时要是看见她坐在办公室，他就会在外套挂钩处掉头。

这栋荧光照耀的砖墙楼房之外，世界始终处于傍晚。清晨的天是漆黑一片，到了下午再度漆黑一片。偶尔他会在午餐时分走到外面，踏着路面的水洼和烟蒂，置身于黏黏的口香糖和沙沙飘落的树叶间。成团的乌云即将裂开，但雪后的天气并没那么冷。不像他年轻时候的天气，雪在十月里就已经积得很厚。他曾试着给黎娜解释这点，告诉她这些年冬天都不像冬天了。仅仅是破纪录的持续数周的刺骨寒冷，就会让人们抓狂。不像以前，那时寒冷是常态，甚至没人会想到去无病呻吟。黎娜喜欢冬季，尤其喜欢冰钓和开机动雪橇。他们最后一次出去钓鱼的时候，两人的保温瓶里都装了咖啡。

她那时已经过了喜欢热巧克力的年纪。那似乎是很久之前的事了。

他唯一留意的人是米雅。她如此孤独，脸色苍白地蜷缩在她的课桌后，总是穿着她的外套，似乎她一直很冷。她也许觉得很难交朋友。他想他应该主动靠近她，询问她的感受。真实的感受。

那天他开车回家的时候，机会来了。

米雅当时坐在学校停车场附近的一张被时光腐蚀的旧长椅上，她的双脚埋进一堆落叶中，双手则深深地插在衣兜里。冰天雪地里，她呼出的气息是白色的。她没有穿暖和的衣服，只穿了一件黑色连帽衫。没有戴帽子，也没有戴手套。他未加思索便朝她走去。落叶的咔嚓声引得她抬起眼睛直视他。恐惧的表情，看起来似乎她被抓了个正着。于是莱勒尽量微笑。

"你居然在这里。"

愚蠢的开场白。他甚至盼着她能转转眼珠作为回应。走近了看，她其实一点儿也不像黎娜，但尽管如此，他的心还是扑通扑通地跳，而且他发觉呼吸也变得急促。

"我在这里坐一会儿你不介意吧？"

她耸肩，在长椅上挪了挪位置，给他腾出空间。发霉的木头十分潮湿，他一坐下就感觉湿气透过他的牛仔裤渗进皮肤。

"你在托巴卡过得怎么样？"

"还不错，我想。"

"有交到朋友吗？"

她皱眉，显然他的问题让她慌乱。莱勒绞尽脑汁寻找更善意的话语。那种在黑暗中摸索的感觉如此熟悉。

"你说过你有妈妈。那她住在哪里?"

"就在格洛默斯特莱斯克。和托比沃恩一起住。"

"托比沃恩·福斯?"

米雅点头。

"不可能。"

他朝空中呼出白气,以填充他们谈话的空隙,同时努力保持沉默。所以哈森说得没错,在差不多打了一辈子光棍后,托比沃恩·福斯给自己找了一个女人。那真是个奇迹,要是没其他事可称得上奇迹的话。

"你又是怎么住进了斯瓦特利登?难道你不该和你妈妈还有托比沃恩住在一起?"

"西莉娅和我不合。我更愿意和卡尔-约翰一起生活。"

"托比沃恩是个什么样的人?你和他相处得好吗?"

她再次耸肩:"他有点怪,但对我一直很好。我不是因为他才搬出去的,是因为时候到了,就是这样。"

莱勒点头,似乎他听懂了,却暗自希望她吐露更多事。

米雅转头看着他,睁大眼睛,仿佛他让她受了惊吓:"你的女儿真的失踪了?"

现在轮到他被盘问了。

"没错。"

"可是你在寻找她?"

"我自始至终都在寻找她。"

他伸手从衣兜里摸出钱包,拿出翻旧了的黎娜的照片。他把照片递给她。她的粉色指甲油已然脱落,他注意到了这点,而且她的手指被冻得惨白。她盯着黎娜的照片看了好长一段时间。

"她和另一个失踪的女孩有点像,"过了一会儿她说,"就是海报上的那个女孩。"

莱勒缓缓点头。当她伸出冻僵的手把照片还给他时,他极力控制住自己想要握住并温暖她的手的冲动,就像黎娜小时候他常做的那样。他把钱包放在大腿上。

"住在斯瓦特利登你会发现很难交朋友,那里太与世隔绝了。"

她把头转开,用鞋尖踢着落叶。

"我总是觉得很难交朋友,所以这不是什么新麻烦。我现在拥有卡尔-约翰和他的家人,那就是我需要的一切,比格尔和安妮塔让我觉得非常温暖。"

"听上去不错。但是我希望你明白,我也一直在你身后,如果你需要。我知道这并不容易,进入一所新学校读书,尤其是在这种人们早就已经互相认识的小乡村。"

米雅侧头看他,张开她皲裂的双唇。

"谢谢,"她说,"不过我习惯了。"

当她站起来用手掌拍打她潮湿的牛仔裤时,莱勒看见她瘦弱的身体微微打战。

"我得去搭公交了。"

她走开的时候膝盖直打哆嗦,似乎它们没法撑着身体行走。她太瘦了,这让他看得心疼。他希望在斯瓦特利登,他们至少能放聪明点,把她喂得壮实些。她站在公交站,双臂环抱自己,并用赤裸的手掌拍打手臂取暖。坐在潮湿的长椅上,莱勒也很冷,但他一直坐到公交车进站，确认她上车了才走。

她是被站在身旁的他惊醒的。电灯泡挂在他身后的尼龙绳上晃荡，给人整个房间都在摇动的幻觉。他的呼吸声就像笔尖划过砂纸一样。她用手肘支撑自己爬起来，看见他递来一件在他们中间闪闪发光的东西。慢慢的，缓缓的，她看见一副手铐从他一只手里垂下来，另一只手里则拿着一条深黑色围巾。

"那是什么？"

"我要给你戴上这些玩意儿。"

他把她的手反捆在背后，并给她戴上锁得很紧的手铐，弄得她很疼。然后他用围巾蒙住她的眼。当他假装掌掴她以确认她什么都看不见时，她觉得有一阵风吹来。惊恐立马淹没她，她的嘴里生起一股金属涩味，还有一阵她无法掩饰的战栗穿透脊柱，她害怕他要玩某种新型而可怕的游戏。她的恐惧惹恼了他。

"你为什么发抖？"

"我不知道。"

"我还要告诉你多少次，你根本不必怕我？"

他的脸靠得如此近，她可以感觉到他呼出的气体拂过自己的脸颊。她咬紧牙关，尽量让自己镇定。他紧紧靠着她的身体，用手摩挲她的双臂，仿佛是在努力温暖她。她仍然颤抖不止，他便牢牢抓住她的腰，开始拖着她穿越房间。

"我们要去哪里？"

出乎意料的，她听见了开门声，随后她感到从上方吹来一阵寒风。他用手推着走在前面的她。经过那么长一段时间的囚禁后,迈步走路对她来说变得有点陌生,更何况是在双手被反铐在身后的情形下,双腿的协调变得更为艰难。当他们走到楼梯最顶端时,她已经不停喘气,仿佛适才攀登过一座山峰。她听见他打开另一扇门,接着是一股急促的冷空气,像海浪般漫过她的身体。他们走过一个出口时,他的手指掐紧她的手臂,突然间万事万物都神奇地恢复了生机。她听见落叶被他们的脚踩碎的声音,以及狂风在树梢肆虐而过的声音。还有一股浓烈的森林、腐叶、泥土和即将来临的冬季的气味。

他们走过短短一段路,她趁这当儿把新鲜空气深深吸进肺部,觉得它们让她变得强壮。透过蒙眼布的一个开口,她可以辨认出自己脚下坑洼不平的森林地面,还有夜晚的黑暗。她的脑子里有万千思绪在打转。这是她的机会。她必须挣脱他逃跑、尖叫、反抗。可是他紧抓着她的力气像手铐一样威力不减。她没有机会。现在还不是时候。

随后一种新的恐惧攫住她。他要杀了她,一切都完了。他可能厌倦了她,可能他不能再让她活着,可能绑架她就是个错误,而现在他唯一的修正方法就是彻底摆脱她。

她的思绪就此停住。冷空气侵入她的皮肤,但她能感受到身边这个男人散发的温暖,似乎连天气也不能侵犯他。

"我们要去哪里?"她小声问。

"你一直唠叨着呼吸新鲜空气,所以我们来了这里。你得抓紧时间吸收它。"

她用力地呼吸,努力隐藏自己的战栗不安。她一动不动地站着聆听,但只能听见风在松林间一闪而过的叹息。她好奇要是她大喊大叫的话，是否会有人听见，她察觉哭声开始在她的胸前凝聚，但她不敢把它释放出来，尤其在他站得离她如此近的时候。也许他感受到了她的僵硬，因为他又开始拉扯她。

"好了，够了。你的身体在变冷。"

"再待一会儿就好。"

"我不能让你生病。"

当他把她带回那间逼仄的小屋里去时，失望如同某种邪恶的东西在她的内心膨胀。当他取下手铐时，她的手腕上出现一圈紫色的淤青。她缩到床铺上，任他给自己盖上一床毛毯。悔恨敲击着她的大脑。她应该跑啊，她应该尖叫啊。

然而她又回到了这个发臭的洞。真是臭不可闻。现在，当从短暂的自由中回到这里时，她才闻到这股气味，是腐烂的气味，如同一座坟墓。

"现在你可不能怨我不为你做任何事了，"他说，"我所做的每件事都是为了你。"

冲动。自黎娜失踪以来，一直是冲动控制他。他行动，他的身体把他带到陌生地带，而他的大脑却无法跟上。没有任何预警。

同米雅坐在潮湿长椅上谈过话后，他发现自己来到了高密维根路，正在穿越乡村。这条通向林中湖泊南岸的道路在托比沃恩·福斯家地界上的一个转弯处终结。当他瞥见松树林间年久失修的房子时，才意识到自己开上了这条路。他把车停在一个被杂草覆盖的沟渠旁，在那里坐了一会儿。他们只是泛泛之交，他和托比沃恩，仅此而已。他们如同森林里毫不相干的两头孤独的狼。

他很难想明白，托比沃恩怎么会遇见一个女人。托比沃恩，这个自从父母去世后就一直独居，靠收集色情杂志替代建立真实情感关系的人。这些年村子里有很多对于他这个癖好的议论，说他在自己家破败不堪的时候还花钱结交女网友，说他喜欢偷窥女孩们在湖里游泳。莱勒知道他从事林业工作，年轻时颇好饮酒。但他一直没有女人。

黎娜失踪那天，托比沃恩本来是和她搭同一辆公交车。莱勒差不多可以想象他站在那里，拉扯自己的胡须。

我到的时候她不在那里，我是一个人在公交站等车，不信你问公交车司机，我们从始至终都没见过她。

警方判定他的话是可信的。可在莱勒的观念里，没有哪个说出那种描述性话语的人值得信任。

那栋房子确实破败不堪，屋顶朝一侧深深坍塌，野草爬满窗沿。前门半开着，一条瘦不拉叽的狗四仰八叉地躺在走廊阶梯的最高一级台阶上。它的尾巴象征性地摆了摆，但它一点移动的意图都没有。莱勒重重敲了好几下门。

"有人在家吗？"

几分钟过去，一个人影摇曳进里头的昏暗灯光中。是个女人，穿着一条褪色的晨衣和成套的拖鞋。她的头发像狮子的鬃毛般披散在脑袋周围，脸颊上的妆花了。她对他眨眼的时候，看起来眼皮很沉重。

"你是谁？"

"我叫莱纳特·古斯塔夫森。"

他正要伸手时，注意到她手里拿着画笔和一个调色盘，颜料正一滴滴落到地面上。

"我们以前见过?"

他走进过道时,才闻到一股刺鼻的垃圾臭味和烟味。

"我觉得没有。你就是西莉娅吧,我是你女儿在托巴卡学院的老师。"

她的眼神定住。

"米雅出了什么事?"

"不,不是,没出什么事。"

"米雅不住在这里。她搬走了。"

"我知道。那正是我来这儿的原因之一。"

西莉娅举起滴着颜料的画笔,做了一个手势:"进来吧。用不着脱鞋。"

莱勒迈开大步从酣睡的狗身上跨过,避开地上四处散落的鞋子、衣服和垃圾。他用嘴呼吸,跟着她走进客厅,窗边摆着一个画架,旁边还有一套边角已磨损且沾上了红酒渍的沙发,一张低矮的桌子上,胡乱堆着空酒瓶、烟灰缸和脏餐碟。一扇窗户大开,尽管外面冷雨飘飘,可是就连松针的清香也难以遮盖这屋里的臭味。她没有系紧晨衣的腰带,他可以看见晨衣下面她几乎一丝不挂,可以透过衣服的开口瞟见她的双乳和蕾丝内裤。他有些尴尬,于是便低头盯着脏兮兮的地面。

"你想喝一杯吗?"她问,用手指敲敲酒瓶。

"不了,谢谢。我还要开车。"

他注视她咽下几口酒,然后按响一个打火机,烟味差不多掩住了屋里的恶臭空气。没有托比沃恩的踪影。

"米雅搬去和她的男朋友住了。"

"我听说了。"

"我们想了好多办法去接她回家,但她像被那个地方吞掉了似的,我们见不到她。"

香烟被随意地衔进嘴里,她动作缓慢地在画板上涂抹颜料。

莱勒清了清嗓子。

"托比沃恩在哪里?"

"工作去了,在森林里。"

"做什么工作?"

"不知道,但他很快就会回来。"

莱勒俯身看了一眼画板。

"米雅告诉我你们是去年夏天搬来的?"

"没错。"

"你喜欢这儿?"

西莉娅停下动作。黑色眼影令她的眼睛看上去非常大:"我不想说我喜欢,但是你必须去做你不得不做的事情。"

"托比沃恩怎么样?我希望他待你很好。"

"托比沃恩是我遇到过的最善良的男人。"

"所以不是他把米雅赶走的?"

西莉娅抽了最后一口烟,把闪着火星的烟蒂扔进窗边一个空啤酒罐里。她并不老,但艰辛生活显然已深深蚀刻进她的眼睛和嘴唇。她看他的时候下唇微微颤抖。

"没人赶米雅走。是卡尔-约翰,是他让她头也不回。我们曾试过请他们来玩,我们俩。我们开车去那个偏僻荒凉得惹人生厌的地方乞求她，恳请她回家，但她充耳不闻。我们俩都说不动她。"

"她还太小了，没得到你们的同意就搬出去。你们和社会服务机构沟通过吗？"

她哼了一声："社会服务机构跟我合不来，他们从来没为米雅和我做过任何事。"

"我认识一个警官，"莱勒说，"他很擅长和年轻人打交道。"

"我不想和权力机构打交道，他们最终只会把米雅从我身旁带走，那样我简直活不下去。"

污浊的眼泪开始顺着她的脸颊流下来，画笔在她手中摇晃不定，她伸手拿起酒杯，一饮而尽。

"米雅明白我需要她。她知道我应付不来生活。她最后一定会回来的。"

莱勒四下看了看满屋的灰尘和混乱，和他面前这个穿着暴露的女人。

"难道不该是米雅需要你？"

她用双手捂着哭泣的脸。

"我有病，"她说，"那就是为什么我们需要彼此。我像米雅这么大的时候就怀了她。从那时开始，就只有我们两个人一起对抗世界。"

她全身颤抖着哭泣。莱勒不知所措地站在墙边。他想起米雅坐在寒风里，孤苦伶仃，衣着单薄，某种情绪开始在他的内心燃烧。

他又清了清喉咙。

"我知道你们搬过很多次家，我相信现在对米雅来说，最重要的事就是稳定，以及她觉得自己拥有一个家，一个真正完整的家。"

"我努力过了！我已经告诉过你。"

"我的警官朋友可以载她出去，和她聊聊。不需要写申请报告……"

"不，我说过了，我不希望警察掺和我家的事！"西莉娅的身子轻微晃动。她举起画笔横在他们之间，像举着一个武器。"我觉得你最好现在就离开。我不想变得心烦意乱。"

莱勒举起双手，慢慢后退着穿过凌乱的过道，走上了走廊。他穿过疯狂生长的草地时觉得双腿沉重，他感到自己的手指捏得很紧，愤怒在他的脑中搏动。要是由他做决定，他会赶走他们中的大多数人——所有这些不为自己的孩子抗争，而过分沉浸在自身生命痛苦中的父母。

他刚把手放在车门上，就听见她探头出来，在他身后大喊："告诉米雅我想她。"

"秘诀就在于呼吸。为了与你的武器融为一体，你们必须共呼吸。"比格尔的靴子在米雅身后，耐心地踩在白桦树下由金色落叶铺成的地毯上。米雅跪在地上，她感觉湿气渗进她的牛仔裤。她根本握不稳来复枪，这个黑色的塑料物件在她的手指间抖动。她感觉他们盯着她的脖颈，比格尔和小伙子们。他们挨个向她示范如何开枪。他们连续射击目标物，在其心脏和头部留下致命的黑洞，向她展示当手指按压扳机的时候，应该如何缓慢地呼气，似乎致命一枪将从她身体内部射出来。可是米雅紧张不已，尽管做好了承受枪弹后坐力的准备，她的肌肉和肺却仍不听命令。她开的几枪都太高，子弹全消失在树林里。她开枪的次数越多,情况越糟糕。武器仍然冰冷陌生,令她望而生畏。

"我们从小就开始练习射击,"戈然说,"只要耐心点儿,总能学会。"

帕是神枪手,他们扔出一群泥鸽做靶物,每次他的子弹都能从四面八方击中它们。他可以在树木之间奔跑,数秒之内找准射击位置。米雅觉得当他肩上扛着枪时,他的脸上呈现一种侵略性的凌厉表情。他双手掩耳站在一旁,直到她的射击练习结束后才放下手来。

比格尔拍拍她。空气里充满火药的气味,秋日的凉意轻抚他的脸颊。显然他心情愉快。

"我觉得你还没准备好参加今年的麋鹿围猎会,亲爱的米雅,但是明年你就能击倒一头公牛。"

他们的肩上背着来复枪。穿着迷彩服的卡尔-约翰好似变成了另外一个人。更加严肃稳重,更加成熟。

"真扫兴,天黑得这么早,"他说,"不然我们每天都可以练习,就你和我。"

他轻车熟路地穿过低矮的越橘灌木丛和落叶堆,根本没注意到她早就远远落在了后面。在最后一段路时,她就和比格尔单独走在一起了。阳光倾泻入林,把他们身后的影子拉得老长。他不时停下,弯腰触摸地上的蘑菇和遗留的莓果。他仰头嗅着空气,似乎他捡到了某种散发香气的东西。每次他们的眼神相接,他都会微笑。

"我很开心你今天和我们一起来,米雅,每个人都该知道怎样用枪。"

"如果人们完全不使用武器,难道不是更好吗?"

"你现在的语气就像那些左派报纸，你不该如此天真。你知道州政府精简了民防部队，哪怕如今的世界并不安稳。从来没有哪个时候，我们比现在更需要掌握保护自己的能力。"

比格尔低头对着一排蘑菇咧嘴笑："在这个国家，他们不喜欢我们武装自己，因为一群荷枪实弹的公民对独裁统治来说是个巨大威胁，你明白了吧。那就是为什么我们要私下配备更多的武器，因为我们拒绝自掘坟墓。"

"储备这么多武器难道是合法的？"

他微笑："我们视自身的存在和自由高于专断的瑞典法律，从长远来看，那才是最重要的。"

他们能看见那栋屹立在森林之中的建筑，白色炊烟袅袅升上落日时分的天空，欢迎他们回家。米雅感觉过去那头饥饿怪兽开始抓她的肚子，她渴望温暖和安妮塔的厨房里飘荡的食物的香气。可是比格尔用他的一只手臂重重地搂着她的肩。

"我能教给我儿子们最重要的事就是生存的艺术。学习我们的生存方式，米雅，这样没人能再压迫你。"

她被塞回汽车后备厢。汽车在崎岖的路面上颠簸行驶，车载广播中传出持续嗡鸣的说话声和歌声。她咬着塞口的布条，嘴角刺痛不已。她背后的一只手已经麻木，喉咙那被他的手指紧紧钳住过的地方仍然作痛。当后备厢被关上时，她确信他犯了一个错——他没有意识到她还有呼吸。

醒来时她觉得胸口疼痛，似乎睡梦中她一直在奔跑。缓慢而确切无比,她眼前显现正方形的形状。潮湿的墙壁,灯泡的白色闪光。她用指尖摸了摸喉咙,感觉到下方的心跳声。她把头转向影子,伸出两根手指抵住墙壁,似乎在测量它的脉搏。

"我们竟然活到了今天。"她小声说道。

她强迫自己吃了几块猪血糕,尽管它有点黏牙。她从保温瓶里倒出温热的牛奶漱了漱嘴,然后伸展四肢,僵硬的关节嘎吱作响。接着她趴在地板上,费力地做了几组俯卧撑后,脸贴着冰冷的水泥地躺下。保持体力比她预想的更艰难。自始至终她的身体都不配合,她的思绪也和她作对,担心要是她让他不满意,他会对她做出什么举动。

她突然瞥见床腿,有什么东西缠在那脏兮兮的金属支架上,看起来有点像一根细细的绳子。当她伸手去够时,才看清那是一条发带,不知是谁把它套在嘎吱摇晃的床腿上,一条紫色发带。她撑起疲倦的手臂,把自己从地上拉起来,用肩膀顶着床沿把床抬起,取下了床腿上的发带,整个过程她的胸口不停起伏。她把这根紫色的绳子举到灯泡下方,灯光下,她看见几缕完好无损的浅金色发丝,比她自己的发色淡不少,近于白色。

恍然大悟令她喘不过气来。她把一只手握成拳头,堵住了自己的嘴,把即将脱口而出的话语挡了回去。

那个男人来的时候,她已把发带拴在手腕上,像一个手镯。他看上去很激动,在屋子里走动的时候身后留下一串泥泞的脚印,他清空便桶,摆好新鲜食物:带皮的煎土豆,还有黑香肠。他带给她的一切食物似乎都是以血为原料制成。她避开那些食物,转而看向他的眼睛。

可能他察觉到了她的挑战,因为他很快就停下手里做的事。冬天的厚外套让他看起来比实际上更强壮。他衣领外的喉咙通红一片，似乎里面正热火沸腾。

"怎么了，你这样瞪着我是为什么？"她努力掩藏她的恐惧，把它吸进体内。

"这里关过别的人吗，在我之前？"

他猛地抓住克拉亚拉瓦帽，仿佛他的身体失去了平衡，接着拉开外套拉链："你什么意思？"

"有其他人在这间屋子里住过吗？"

"你为什么这么问？"

"因为我感觉好像有人在这里住过。"

他的一只手伸到外套内挠他的胸脯，他的眼睛扫视这间屋子的墙面和四角。

"你发现了什么？"

"没什么。"她把袖子拉下来盖住那根发带，"就是感觉。"

"我没时间和你谈感觉。把晚饭吃了，然后睡觉，不要想象一些你根本不知道的事情。"

她发现他颤抖着双手去拉门把手，那让她勇气倍增。

"她现在在哪里？你对她干了什么？"

他停住，缓缓转过头来盯着她："如果你再不闭嘴，我就不回来了。你就在这里自生自灭吧。"

暮秋的清晨最难挨，如冰一般粗粝的空气飘过门缝，钻进衣领，令他时时刻刻都觉得冷。他到学校的时候，车窗外还是漆黑一片，他下巴处的胡茬儿则被融化的霜打湿。莱勒感觉它在滴水。教室里充满潮湿羽绒服和冰冷皮肤的气味，荧荧灯光下，学生的脸都显得病恹恹的。鼻涕长流，嘴唇皴裂。刺骨寒风吹模糊了黑色眼线。

米雅戴着风帽坐在她的座位上，用一条围巾把脖子缠得密不透风，一直遮到嘴唇。当他看见她坐在那里的时候，心里升起一种强烈的解脱感。或者那纯粹是一种快乐？他在黑板上写数学公式的时候觉得手里的马克笔无比轻盈。他现在理解她最后为什么会住在斯瓦特利登。他可以听见脑海中回荡的西莉娅的声音：她知道我需要她！

午餐时分，他在旧长椅上找到了她。莱勒递给她一杯热气腾腾的咖啡，她默默无言地接过。

"我不知道你是否想加点牛奶。"

"没关系，黑咖啡我也能喝。"

她动了动，给他腾出座位。太阳已经升到树林之上，但阳光仍然惨淡，并不暖和。

"我听说你去找了西莉娅。"

"没错。"

"你为什么要那样做？"

"因为我关心你。"

她呼气，侧头看野草凋零的足球场，它像打了败仗似的在凄凉中等待冬雪。

"因为我让你想起你失踪的女儿吗？"

"不是，"他说，语速略显仓促。"可能吧。"过了一会儿他又说。

她从咖啡杯上方歪着脸对他笑，而他回以微笑。沉默令人有点煎熬，但也不是那么不舒服，他尽量不去想路人怎么看待他俩坐在一起这事，一个中年男人和一个十七岁女孩。这是那种会让人嚼舌根的事。

"你去的时候她喝酒了吗？"

"一点点。"

她在风帽里偏头看他："你喝酒吗？"

"偶尔。但我发觉喝酒会误事。"

"在斯瓦特利登酒是违禁品。比格尔和安妮塔厌恶酒和毒品。"

"你讨厌酒吗？"

她耸耸肩："回家的时候看到家人都是清醒的是件美事，和西莉娅生活在一起你从来不知道该奢望什么。"

"我能理解。"

咖啡已经冷却，但莱勒还是喝了几口做做样子。他把话在心里思索再三才说出口。

"你和卡尔-约翰处得如何？"

"噢，我得想想。"

"要是你们分手了怎么办？那时你能去哪里？"

她对着咖啡做了个鬼脸："不会的。"

"一起生活不是件容易的事，尤其你们还这么年轻，还需要去搞清楚自己是谁。扼杀彼此很容易。"

他们飞快地交换眼色，他知道她理解这话。莱勒站起来，把手里的空纸杯揉皱。他指着"银路"，它在死气沉沉的阳光下闪耀似鱼鳞。

"我就住在那条路往北几公里的地方，格洛默斯特莱斯克二十三号，一栋红房子。如果你需要任何帮助，或是想短暂逃离现实，我家的门永远为你敞开，斯瓦特利登不是你唯一的选择。"

她凝视他，一言不发。

"好好想想。"

他站起来准备离开的时候，发觉身体在外套内汗流浃背，可天气是如此寒冷。

米雅一动不动地坐在长椅上，注视他离开。她把自己隔绝在亮堂堂的教室走廊和欢声笑语之外。飘雨变成雨夹雪，刺痛她的脸颊，在她闪光的眼镜片上融化成水滴。米雅踩着脚下的冰雪，抑制住像孩童般在上面蹦跳的冲动，以免任何人看见。

可柔的声音不知从何处传来："所以究竟怎么回事？"

"什么？"

"你和莱勒·古斯塔夫森。"

"没什么。他想找人聊聊天，就是这样。"

"你俩上床了吗？"

米雅忍不住大笑："你真恶心。"

可柔傻笑："想和我出去玩吗？"

她穿着一件黑色外套，戴了一顶红色编织帽，它闪亮得像一颗蔓越莓。即使被雨夹雪摧残，她化过妆的脸还是完美无瑕，似乎天气根本制伏不了她。她们开始朝学校外面走去，走向迷雾笼罩下的一片桦树林。成堆的落叶在暮色里闪光。

可柔一边抽烟，一边用冻僵的手指在她的手机屏幕上敲敲点点，微小的骷髅在她涂了黑色指甲油的指甲上咧开嘴笑。

"我们在躲什么？"米雅问。

"我们没有躲什么，我们在等人。"

可柔在树林里四处探望，一条小路像蛇一样在她们前方蜿蜒，然后消失在松树林里。不久她们就听见一辆摩托车刺耳的引擎声。

"我们在等谁？"

"我跟他买大麻的家伙。"

可柔把她拉进树林，回头瞟了一眼校园。很快一辆红色摩托车出现，骑车的是个穿皮夹克的瘦瘦高高的小伙子，他的头发被风吹得乱糟糟的，头盔漫不经心地挂在车把手上。他关掉发动机，但还是坐在座椅上，朝米雅甩甩头。

"她是谁？"

"米雅，"可柔说，"她很酷。"

"你记得我说过不要带其他人来吗？"

"米雅不是其他人。"

可柔用一只胳膊护住米雅，她微笑着，仿佛她们是最好的朋友。

"这是米凯尔，但我们都叫他狼。别被这个名字骗了，他就像他的外表一样毫无杀伤力。"

"狼"捶打他的头盔，然后露齿而笑。可柔递给他几张油腻的钞票，他敏捷地接过，塞进夹克里。他瞥了一眼学校，然后才拿出一个小小的塑料袋交给可柔。她握着拳头攥紧它，红唇霎时荡漾开笑意。一切不过发生在几秒内。

然而"狼"没有动，他睡眼惺忪地盯着米雅。

"你看起来有点面熟。我想我以前见过你。"

米雅拉了拉风帽，头往里面缩了缩："我不觉得。"

"我发誓。你他妈长得太面熟了。"

"所有金发女郎对你来说都一样，"可柔打断他，"我们该走了。我们不像你，米雅和我对余生可是有计划的！"

"我不认为妓女算得上一份职业。"

可柔对他竖中指。

"狼"冲着她们离开的背影哈哈大笑。

可柔紧紧挽着米雅的胳膊走了一会儿，她还把头靠在她的肩上，红色绒毛弄得米雅的脸发痒。

"村子里有太多关于'狼'的难听传言，但我从出生起就认识他，"她说，"他就像我的哥哥，我不会像那些白痴一样背弃他。"

"他们为什么背弃他？"

可柔挺直身子看着米雅："因为黎娜失踪前他们是恋人。人们希望找到可以责备的对象。"

米雅觉得后脖颈产生一阵刺痛感。她想起莱勒，汽车内他那悲伤的脸庞，他的胳膊重重压在讲桌上，似乎为了防止自己摔倒。

"你觉得'狼'和她的失踪扯不上关系？"

可柔的双唇抽动。

"从来没问过他，我不想知道。"

直到秋天来临，他才补上缺少的睡眠。疲倦一次次钳住他，而他也频繁地臣服于它。他会在路边停车把座椅放倒，或头枕手臂趴在他的办公桌上，甚至还发现自己黄昏的时候就躺到了沙发上，冷得哆嗦，意识模糊，牙也没刷。下午很早的时候黑暗就会回来，逼他缴械投降。如今,当他必须每个小时都挣扎着保持清醒之时,那些坐在方向盘后经历过子夜阳光和漫长夜晚的记忆就变得不那么真实了。他看见黑色玻璃窗里自己的映像时,才意识到自己正独自一人坐在餐桌旁。但她的确在他的梦境里。

警车开上他家的车道时他在熟睡。他没有听见关闭车门的声音,抑或沙砾地面上重重的脚步声。直到门铃声变成激烈的敲门声,他才终于醒来。

"该死,你睡着了?才六点啊。"

屋外小雨飘扬,哈森被打湿的头发卷曲地搭在前额。

"发生了什么事?"

"没有。我只是来看看你怎么样了。有咖啡吗?"

"当然有咖啡,但你进来之前请把鞋子脱掉。"

莱勒晃晃悠悠地走进厨房,困倦使得他走路不稳。他对着餐桌上的膳魔师保温壶努了努嘴。哈森自己动手倒了一杯。莱勒回想不起他是什么时候煮的咖啡,但肯定没过多久,因为咖啡仍在冒气。他知道哈森正坐在桌子旁看着他。

"你今天去上班了吗?"

"我当然去上班了。"

"学生们把你累坏了?"

"我只是有点疲倦,仅此而已。"

哈森把手撑在桌子上大口喝咖啡:"你为什么从来不在家里准备些喝咖啡时吃的东西?"

"有一条面包。"

"我指的不是面包,我是说点心、饼干之类。"

"你想吃那些玩意儿?我以为你得操心一下你的体重。"

"去你的。"

莱勒把面包和一盒黄油摆上餐桌。他取下盒盖,这样哈森就不会发现它已经过期三周了。家里没有奶酪。

"你才该吃点东西。你体重轻了多少?"

"别管我。我想知道警方现在在干什么,还有汉娜·拉尔森案子的调查情况。"

"你明知道我不负责那个案子。"

"但是你肯定知道些小道消息。"

"他们有分析黎娜失踪案和汉娜失踪案的联系吗?"

哈森伸手拿面包,面有疑色地看着干面包片。

"我们并不排除两者之间存在一种联系,可是这两桩案子案发时间隔得太久了,让事情变复杂了。"

"对,肯定非常复杂,看来你们毫无进展。"

哈森没打算回答他。他喝完杯中的咖啡,又倒了更多。

"你难道无家可归吗?"

"我正在工作。"

"这时节村子里发生了什么事吗?"

"远远超出你的想象。"

莱勒伸手端起咖啡壶,给自己倒了一杯咖啡。他很口渴,而且嘴里有种不舒服的味道。他努力梳理自己的头发,觉得手指上沾了一层油脂。

"过来,我给你看点东西。"他对哈森说。

他走进他的书房,半路又从碗里拿了个苹果,并打开所有灯的开关,以驱散嘲弄人的黑暗。他在注释越发密集的信息收集墙前来回踱步,每篇关于黎娜案子的新闻报道都被钉在这里,此外是颇有用处的网络文章打印稿。他甚至还加上了报道汉娜·拉尔森阿尔耶普卢格失踪案相关信息的剪贴报。两个女孩的照片并排钉在一起,每次他转头看时,都不禁屏住呼吸。她们实在太像了,也许是双胞胎。

哈森站在门口。他手里端着咖啡杯,但一口也没喝。莱勒咬了一大口苹果,对着照片点头。

"你还是觉得这两桩案子没有联系?"

哈森挠着后脑勺,沉默不语。莱勒用指关节敲击一篇文章,是《北博腾信报》的一名记者写的,他在文中分析了两件案子的相似之处。它的标题尖声喊道:女孩失踪案存在惊人相似点!

可是哈森始终执拗地站在门口:"你想说什么?"

"黎娜和汉娜的失踪案有关联。我能看到这点,记者能看到,我只想确定警察也能看到这点。"

哈森手臂交叉抱在胸前,他的制服变得皱皱巴巴。现在他成了那个看上去疲倦不堪的人。

"相信我,"他说,"我们能看到。"

每次他殴打她后,总是变得很温和,那时她便可以向他要东西。绿色急救箱被掀开,放在地板上,他坚持用消毒剂擦拭她的伤口。

"它们可能会感染,"她拒绝的时候他这样说,"尤其是你还老这么不讲卫生。"

她憎恨自己让他靠得这么近,恨他的手和他身上散发的甜蜜又酸腐的气味。就像腐烂的水果。就算她永远看不见他的脸,她也可以辨认出他身上的气味。在他离开之后,这气味仍会在她的鼻孔里停留许久。

"我需要新鲜空气,不然它们永远不会愈合。"

"外面很冷。"

"我不在乎,我只是需要呼吸。"

"现在不行。"

"求你了。"

"说了现在不行!如果你再继续胡搅蛮缠,你哪儿都别想去。"

他眼冒火光,但还不足以让她退缩,还有商量的余地。

她越发靠近他,尽可能让自己的声音听上去温顺:"我们不需要走太远。我可以只把头伸到外面,吸一口空气。"

他把一个创可贴粘在她的额头上,并用大拇指抚平。然后他突然转头看着床头桌上的餐盘,薄薄的黑色面包片,亮油油的腌制三文鱼片。

"我自己做的,"他说,"趁还新鲜把它们吃了,我再看看有没有时间出去散步。"

她伸手拿面包。小茴香的苦味令她的肚子一起一伏,但她还是咬了一大口。三文鱼在她的舌尖融化,她的脸颊不需要太用力就可以嚼碎,她很感激这点。连吃饭也会耗尽她的能量。

他蹲下身子,小心翼翼地把所有东西分门别类地放回急救箱。

她看着他低下的头,想知道她是否能重重踢它一脚,从而令他失去防御能力。她的脚悬垂在十分靠近床沿的地方,她能感觉到趾甲的刺痛。她有时间踢一脚,可能是两脚。刚开始他从来不会背对她,但现在他渐渐放松了警惕。

他抬起眼睛,看见她正在辛苦地吞咽面包和三文鱼。

"你在幻想从我身边逃走,对吗?"

"没有。"她说,嘴里塞满食物。

"那正是你想去外面的原因。"

"我只是需要新鲜空气。"

他在床边挨着她坐下,用笨重的手臂搂着她的肩膀。

"把它们吃完,我会考虑考虑。"

莱勒讨厌星期五,这一天他所有目光炯炯的同事都往灯光温暖的家里赶,赶回去享用墨西哥煎玉米卷和舒适的夜晚。那有孩子和伴侣等候、给予人当下满足感的家。他记得那种有人在家等待的感觉。黎娜和安妮特,还有晚餐桌上的盈盈烛光。看一场电影,可能吧。如今连简单日常的享乐对他来说都无比陌生了。

他走进去的时候,房子总是漆黑寒冷,但他连开一盏灯都嫌麻烦。他穿着自己的外套走进厨房,那里弥漫着一股从冰箱里飘出的气味,或者是洗碗槽?安妮特曾想买一台洗碗机,可他有点吝啬。那会儿他把手按在胸口,声称从今往后由他负责所有洗碗事务。"哪个双手完好的人需要一台机器?"他甚至在那时就是个白痴了。

他煮上咖啡,主要是想让咖啡香气充盈厨房,然后他紧紧靠在沥水板上,直到香味渗进他的身体。饥渴钳住他,热切的渴望灼烧他的舌头,他的后脖颈冒出一丝冷汗。第一个冬天是积雪深厚和持续零下四十摄氏度的天气,他完全靠喝酒度过,他完全没办法做任何搜寻工作。警方也一样,无论他们可能承诺过什么。万事万物都被掩埋在冰天雪地里。安妮特再度逃回她那靠安眠药催眠而难得的昏睡中,他极少上楼,更不消说上床睡觉。他在哪里睡的觉?他自己也想不起了。

门铃响的时候,他就坐在黑暗里。心悸是一瞬间产生的,以致他摸黑走进大厅时思绪仍在神游。只是匆匆瞥一眼窗外他就震惊不已,外面站着一个瘦弱的人,戴着一顶风帽,金发藏在黑色编织物下。

黎娜,黎娜,我漂亮的、亲爱的女儿,是你吗?

门打开的时候她取下风帽,莱勒不禁感到深深失望。他们一言不发,朝对方干眨眼好几秒。她的脸蒙上了一层雨幕,一看到他,她的双眼就闪现一丝忧虑。

"我没赶上公交车。我会打扰到你吗?"

"不会,当然不会。一点也没有。快进来。"

他打开灯,却为屋里他仍然无法察觉的脏乱和臭味感到羞耻。米雅穿着她的羽绒外套,当他请她坐下时,她拉出了黎娜的椅子。他想反对,但他没有,不知为何。他反而倒出咖啡,在桌上摆出同样寒碜的面包,想起哈森说的那番有关点心的话,他多希望他买了一些点心回家。

米雅好奇地打量这间屋子,脏乱的碗碟,冰箱门上的磁铁,黎娜的照片。

"你的房子真不错。"

"谢谢。"

"在诺尔兰这样的房子够大吧。"

"很有可能是因为没人愿意住在这里。"

她笑了,露出有缺口的门牙,他以前根本没注意到这点。他吃惊地发现他过去居然从来没见过她笑。

"我愿意住在这里,"她说,"第一眼我对它并没好感,但现在我喜欢这里。"

"你喜欢斯瓦特利登吗?"

"我喜欢住在诺尔兰。"

"我也是。"

莱勒开始把一片面包铺平,她模仿他的动作。

"如果早知道你会登门,我肯定会准备点别的食物。这段时间我这里很少来客人。"

"你没有妻子吗?"

"两年前我们离婚了,她现在有新丈夫。"

"噢,真丢脸。"

"你可以这么说。"

米雅的额头泛着油光,莱勒把面包浸在咖啡里。他的手稳稳当当,然后他意识到,这是头一次他提起安妮特时没有心乱。他既不觉得苦涩,也不失落。正好相反,和一个年轻人坐在一起让他觉得激动,某个就像是他女儿的人。

"我可以问你点事吗?"一阵停顿后他问。

"什么事?"

"究竟什么样,住在斯瓦特利登?我听说布兰特家里连一台电视机都没有。"

"晚上的时候我们听播客。"

"播客?"

"没错。多数时候是美国节目,谈论新世界秩序之类的东西。"

"新世界秩序?"

他看见她脸红了,躲闪他的目光:"主要是比格尔很相信那一套,还有帕。"

"卡尔－约翰不信?"

"他在斯瓦特利登长大,他不知道那有什么不对。但是如果他看到更广阔的世界,他会改变的。"

"所以那就是你的计划,带他见识更广阔的世界?"

米雅叹气,低头盯着桌子:"他希望我们结婚生子。"

"还早吧?你们太小了,你们俩。"

她抬头仔细打量他,两侧脸颊各有一个淘气的酒窝:"我一直吃避孕药,只不过他不知道。"

他们坐在一圈温暖的灯光中,而外面的世界一片黑暗,树枝在风中鞭动,这无疑是一个提醒,提醒他,他们不可能永远这样坐下去。她不是黎娜,你还没有把你的女儿找回来。

米雅率先站起来离开了光圈。他听着她在洗碗槽刷洗她用过的咖啡杯,然后走到他身后的地板上。当他转过头,他看见她在冰箱和黎娜的照片前站定。十张黎娜的面孔从光洁明亮的钢面上冲他们微笑:戴着仲夏花环的赤身裸体的婴儿,骑在一辆红色摩托车上缺牙的八岁小孩,最近的一张照片是托巴卡夏季学期结束后照的。黎娜穿一条白色裙子,头发扎成髻堆在头顶。米雅偏头近距离地看那张照片,似乎在黎娜的脸庞上寻找什么东西。过了好几分钟,她才转身看莱勒。

"有点晚了,我还是打电话叫车吧。"

"我会送你回去。"

他们开车过去的时候,云杉树低垂在野生动物围栏上。前方的"银路"闪闪发亮又荒凉寂静,莱勒发现自己开得很慢,仿佛是想拖延时间。坐在副驾驶位的米雅异常安静,一言不发,一动不动。当他拐上通向斯瓦特利登的沙砾路时,她戴上了她的风帽。

"你可以在这里放我下车。"

"不行,我送你到门口。外面寒风凛冽。"

"没事。我想走走。"

她语气平稳地说,但她的声音里有一种怨念,于是他减缓车速,按她所说的做了,无视正吹起沙砾的咆哮狂风。他停车的时候,她突然侧身拥抱他,冰冷的脸颊挨着他长满胡茬儿的脸。

"谢谢你开车送我。"

然后她关上门,消失在风雪里。莱勒的目光一直注视那个瘦弱的影子,直到她被黑暗淹没。他在那里坐了很久,任狂风在身边肆虐,内心渐渐升起一股空虚感。她来找他绝非偶然,他知道这点。其中自有因由。很明显在厨房餐桌边,在那一圈灯光中,有什么东西把他们联结在了一起。

夜晚覆在窗玻璃上,威胁要扼杀她。米雅看着污浊的玻璃中自己的镜像,不禁缩回身子。黑暗中农场成了唯一的光源,森林像一块黑色的帘幕，赫然垂挂在房子后方。安妮塔给了她一只手电筒，用来照亮去鸡舍的路。寒冷和黑暗也在这里徘徊，她到了鸡舍，鸡的羽毛蓬乱无比。这段时间它们不怎么下蛋，如果一天找到两个鸡蛋，米雅就觉得很幸运。

夜晚很快降临，让他们聚集在一起。米雅蜷缩身子坐在火炉前，与卡尔－约翰和他的兄弟们一起。一如往常，由比格尔生火，安妮塔则坐在扶手椅中眯眼做针线活儿。她用手穿针引线地串起他们所有人依赖的生活，而这线似乎永远用不完。米雅希望自己也有专注之事，一些除了兄弟三人关于即将爆发的战争和世界末日的谈论之外的事。一如往常，比格尔渴望博得她的关注。他背对火炉站立并紧盯米雅，似乎他想反复向自己确认她正在倾听。

"他们想让我们脱离现实，他们想让我们一心埋头沉浸在手机和屏幕中。他们不希望我们四处张望，并开始询问这个世界究竟在发生什么。"

她没有自己的空间，连一个可以躲进去的小角落也没有。他们在她身旁嗡嗡叫，像一群苍蝇，他们所有人。一旦有机会，戈然和帕也想紧挨着她坐，触碰她，把重重的手臂搭在她身上，似乎他们正在享用她。她总是梦想拥有一个真正的家，有兄弟和姐妹。可是如今，当他们一刻不停地围绕在她身边时，她发觉自己居然渴望过去的那种孤独，为了能得到片刻喘息。于是她开始明白，尽管她不愿承认，但并非只有黑暗在扼杀她。

卡尔－约翰没有敲门就推开门，头从门口探进来："你坐在这里干什么？"

"我只是想一个人待会儿。"

他皱眉："我们马上要听那个得州家伙的节目，妈妈还做了一个蛋糕。"

"我明天有场考试，我得温习功课。"

他站在门口，她看见他脸上的恼怒神情，那让他变得丑陋。

"我准备好就下来。"

但是她没有下楼加入大伙儿，夜晚降临时，他悄悄爬上床，躺在她身边，她深深地呼吸，盼望他能让她一个人待着。他们在同一屋檐下才生活了几个月，而这已经开始令她焦虑不安。她想知道她是否在痛苦地经受和西莉娅一样的不安心绪，可能她也会永远无法落地生根。夏天的时候她还非常确信她想要什么，确信斯瓦特利登永远会是她的家。然而现在，当黑暗和日常生活渐渐如藤蔓般爬上她的身体，那种想法突然看起来近乎荒唐。她想起莱勒说过的话，他说当你仍在努力寻找自我的时候，是很难与他人共同生活的。

等她确定他已经睡着，便下了床，一次挪开一条腿。她紧抓着自己的衣服，直到把房门关上。戈然和帕的卧室里寂静无声，一片黑暗。他们不是夜猫子，他们在农场的辛勤劳作保证了这点。她仓促而略感尴尬地穿上衣物。当她走下楼梯时，整栋房子都在嘎吱作响，似乎在叹气，可是就算有任何人听见了这声音，他们也不会留心去查看是怎么回事。通向比格尔和安妮塔房间的双扇门紧闭，唯有黑暗从门缝钻出来。

踏步迈进秋夜如同跳进格洛默斯特莱斯克湖游泳，身体的每寸肌肉瞬时恢复活力。沙砾车道被银色月光照亮，她毫无困难地找到了鸡舍。一时间她非常希望自己带了手机,这样她就可以打电话给某个人。可能是西莉娅,或者可柔。又或许是莱勒,很有可能他才是她真正想说说话的人。可惜她没有带手机,能让她感到满足的,只有这些母鸡。

它们挤在一起睡觉,毫不介意她在半夜里跑来打扰它们。米雅躺进锯屑里,无视地上的灰尘。她把她的手放在那只被欺凌的鸡身上。药膏已经脱落,旧羽毛被啄光的地方开始长出柔软的新羽。她坐起来,试图厘清自己的思绪。她甚至可能还哭了一会儿,不过那不足以惊扰那些鸡。

她就要睡着的时候,猛地被说话声惊醒。她首先想到的是卡尔-约翰在寻找她,可能他还叫醒了帕或戈然。他们似乎都不明白她需要时间独处。不论外面是谁,他们的说话声都十分轻柔,几乎是在窃窃私语。她凑到门上,屏住呼吸聆听。

起初只有一个男人的声音在嘟囔着一些她听不清的话,紧接着是另一个声音,高亮而陌生,一个女人的声音。

那个晚上他坐在餐桌边那一泓同样的灯光下,就坐在黎娜座位的对面,只不过充斥他思绪的并非只有她。他不想承认他等待的是米雅,可尽管如此,他还是在等待,纹丝不动地坐在坐垫上,聆听。他还可以看见当他们的眼神扫过墙壁时她睁大的眼睛,似乎她对他这栋乱糟糟的老房子印象深刻。她还发现了黎娜的照片,她的目光凝聚在那里,渴望的目光。她像餐桌下方一条饥饿的狗望着丰盛的食物一般盯着黎娜,从她圆滚滚的婴儿照看到轮廓分明的青年照。十张照片挤在金属面上,十个永远无法回返而他仍旧贪念的时刻。而此后的世界却遗失了它的气息和味道。他从此不再拍照。他所经历的一切事，一切有意义的东西，都被单调的磁铁贴在他的冰箱门上，她们盯着他，无声地要求：做点事，爸爸。不要只是干坐在那里。

最后他打电话给哈森，但没有人接听，于是他简短留言：我很担心我班上来的一个新生，米雅·诺兰德，她十七岁。她的妈妈就是搬到托比沃恩·福斯家的那个女人，她叫西莉娅。我想了解更多她们的背景，如果你能帮忙，我感激不尽。你知道我在哪里。

他握着手机坐了好长一段时间，一想到米雅就感到一种怪异的感觉顺着脊背向下蜿蜒。她从来没拥有过一个真正的家，或一个真正的父亲。她很有可能从来没有装饰过一扇冰箱门。

米雅透过鸡舍的篱笆围栏缝向外窥探。有两个人影在森林边缘走动。她首先想到的是有人私闯比格尔的农地，但狗舍里的狗群毫无反应。而且她认出了其中一个人，尽管她看不清他的脸，但她知道那就是戈然。他走路的样子有点怪，还有他晃动手臂的方式，似乎他想保护自己不受世界侵扰，又像是打算发动攻击。

他旁边的人影很小，太小了，不可能是哪个兄弟，也比安妮塔瘦很多。是个女孩，一个年轻女孩，实际上，甚至可能还是个孩子。当她在月光下转身时，米雅可以看见金色头发垂在她背部。她举止怪异，肩膀高耸，头低垂着，似乎身体的某个部位疼痛难忍。

他们在交谈，现在越发激烈，差不多像在争吵。米雅蹲伏在低矮的门下，往更靠近他们的地方移动，她的背紧靠着鸡舍的墙。她蹲在独轮车背后，借助从高处灯泡倾泻而下照亮车道的光，她看见戈然用力把女孩按在一棵树上，伸手堵住她的嘴。看起来他头上戴了什么遮住脸的东西，他一说话那块黑布就动起来。

"我已经为你做了一切，"他说，"这是我应得的回报。"

被他紧紧钳住的女孩大哭。米雅觉得嘴里泛起一阵难以忍受的味道。她想尖声喊他，但她的舌头不听她的指挥。戈然的脸靠近女孩。

"我的上一个女孩就像你一样愚蠢，"他说，"她试图离开我，哪怕我让她不受一切侵害——一切！相信我，你不会想知道我对她做了什么。"

女孩发出呻吟，他把手从她嘴边拿开，她被猛然涌入的空气呛得直咳嗽。

"我想回家，"她结结巴巴地说，"求你，我只想回家。"

那不过是更加激怒他。米雅看见他抓着她，像摆弄一个布娃娃般摇晃她的身体："这就是家，懂了吗？"

他把那个瘦弱的躯体撞上树干，像要勒死她似的抓着她。昏暗灯光下，女孩瞪大的双眼翻着白眼，小腿无力地挣扎。她的双脚在空中踢蹬。她发出一阵咕咕声，米雅听见了自己的惊叫。

那让狗舍里的狗咆哮起来。戈然回过头，但他的手仍旧捏着女孩干瘦的脖颈，米雅看见女孩的双腿静止不动，身体悬荡。米雅向那条黑暗的道路跑去，跑向戈然，她扑打他，用力拉扯他颈部强健的青筋和他缩紧的远比她壮实的肩膀。可能是震惊令他松了手，女孩落到地上，伴随着"砰"的一声。唾沫在咳嗽声中飞溅，她朝树林爬去。

戈然取下巴拉克拉瓦帽，用一种米雅感到陌生的眼神看她。她看见他的头皮血流不止，一道黑色的伤口从脸颊一直划到喉咙。他的肩膀不停上下耸动，仿佛呼吸不畅。

"别插手，米雅，我们只是在玩耍。"

她看见在他身后，女孩已经站起来，跑进了黑暗中影影绰绰的森林。她像一个白衣幽灵般在低矮的树枝间奔跑，朝着湖泊的方向。

"你在干什么？她是谁？"

戈然没有回答。他只是看着她，上下打量她。他的呼吸填充了横亘在他们之间的沉默，她几乎可以听见那些在他脑子里飞转的念头。他突然朝她扑来，伸出双手抓她，但只抓到她的袖子。米雅挣脱出来开始狂奔。她奋力地踩踏潮湿的路面，泥土飞溅到她的嘴里，她跑到黑黢黢的农舍前。

她踏上走廊的楼梯时，才反应过来戈然根本没来追她。她看了看牲畜棚和森林边界，但看不见任何移动的东西。戈然和那个女孩都被黑暗吞没了。她敲响比格尔卧室的门时，能感觉到努力和恐惧在她的肺里燃烧。

开门的人是安妮塔，她的头发被昏暗的光线照得银光闪闪，她的睡裙像幽灵般缠绕着她的身体。

"发生什么事了吗？"

米雅靠在门框上，她可以辨认出房间里比格尔的影子，他正在伸手拿来复枪。

"是戈然，你们得去看看。"

她根本不必再多说一句。比格尔和安妮塔立马就穿上了衣服，当他们飞奔出房间时，比格尔手里仍紧紧抓着来复枪。

他们在湖边找到了他。结冰的湖水无声无息，四周的事物也寂然不语。戈然紧紧抱着一棵弯曲变形的桦树，看不清枝干伸到了何处，还有从哪里开始是他的手臂。他的脸像月亮一样惨白，除了从伤口流出来的血。看见他们走过来时，他的眼睛睁大，呼吸的时候还有唾液小泡从他嘴里流出来。他放开桦树转而用力抱着安妮塔，手臂缠着她的背和脖子。血往下流到他的喉咙处，米雅能听见他小声说："对不起，妈妈。真的对不起。"

"我亲爱的孩子，你干了什么？"

"我从来没想过伤害她，从来没有。我们只是在玩耍。"

比格尔举着火炬对着灌木丛一扫，火光中树木变得晦暗而丑陋。

"可怜的孩子，她去哪里了？"

戈然俯身扑在结冰的湖水上呕吐。安妮塔抚摸他的后背，瞪着比格尔。

"都是你的错，"她说，尖厉的嗓音在树林里飘荡，"你拒绝让他接受常规帮助！"

比格尔没有反驳，唯一的声音是他在树林里搜寻时脚踩上灌木丛的咔嚓声。他挥动眼前的火炬，如同挥动一件武器。米雅站在一边，她的牙齿不停打战。她可以闻到汗臭味、呕吐物的气味，还有血腥味。当戈然站起来指着森林时，一股恐惧的寒流击打在她身上。

"她就躺在那里。"他说。

比格尔晃动火炬，他们先是看到了头发，接着是张开的小腿。她面朝下趴在沼泽地里，一副金属手铐在光束下闪闪发光。

似乎看不出来她还在呼吸。他跑过去把她翻转过来。她颈部的肌肉已然罢工，头耷拉在一侧，一条条血痕凝结在她的嘴边和下巴周围。安妮塔开始对着天空尖叫:"不要啊!噢,天啊,不要这样!"

比格尔跪在地上,把耳朵贴上她半张的嘴。他扔掉火炬和来复枪,用颤抖的双手掰开女孩的嘴,用尽全力把自己的气息吹进她的肺。他跨坐在她身体上方,用双手按压她脆弱的胸腔。

"我不是故意的,我不是故意的,"戈然一遍一遍地说,"是她攻击我。"

比格尔用力地吹气和按压,力气大得似乎是在威胁要压断那摊毫无生气的骨头。"你这浑蛋小子,"他气喘吁吁地说,"你会毁了我们的。"

当女孩开始咳嗽时,比格尔好像没注意到,他继续疯狂地按压她的胸腔。米雅听见自己朝他大吼,她磕磕碰碰地跑过崎岖的路面,一把拉开他,女孩翻身到另一侧,开始大口喘气。比格尔的衬衫全湿了,他呼哧呼哧地喘气。

"我们必须叫救护车。"

比格尔揩拭脸颊,抬头看米雅,仿佛他刚刚才意识到她站在此处。他的眼神暗流涌动。他从地上起来,抓着她,把她往他身边拉,让她紧紧贴着自己的胸腔。她可以察觉到湿淋淋的衬衫下方他颤抖的身体,她感觉他的恐惧和自己的恐惧融合在一起。

"我们不会叫任何人。"他说。

米雅扭动身子想挣脱他,但他用一只手抓紧她的手腕,另一只手捡起来复枪。她只看见武器被高举到夜空中,远远高过她的头颅,接着他苍白的手指捏住扳机,然后整个世界在她眼前爆炸了。

莱勒被外面车轮压过沙砾路时的声音惊醒。一串唾沫从他嘴里流到皮质沙发表面，起身的时候，他感觉自己的脸被压扁了。他还没来得及看一眼窗外，就听见一阵急促的敲门声。透过百叶窗帘，能瞥见一辆警车的明亮标志。莱勒抓了抓自己的头。

"他妈的，莱勒，除了睡觉你难道就不会做其他事了？"哈森把一个粉色纸盒塞进他手里，然后从他身边挤进屋，"我知道今天是星期六，但现在差不多上午十一点了。"

"谁会在意？要是可以，我余生都想睡过去。"

莱勒揭开纸盒的盖子，看见里面有两块撒满糖粉的扁桃仁羊角面包正盯着他看。哈森踢掉他的鞋走进厨房。

"你住在一个猪圈里难道不厌烦吗？你难道不知道有种玩意儿叫清洁公司吗？"

"我可没心情听你开玩笑。"

"那么请像一个正常的文明人那样把咖啡煮上。"

莱勒把羊角面包放在桌子上，照他说的话做。哈森解开他的制服，在桌旁坐下，避开了黎娜的椅子。

"你是给我带来了什么消息，还是说你只是来同情我？"莱勒说，咖啡机开始在厨房灶台上噼里啪啦地冒气。哈森的嘴里已经装满羊角面包。

"二者兼有，恐怕。"

莱勒摆出杯子和牛奶，他感觉脚下的地面摇晃了起来。

"说来听听。"

"你打电话和我说的那个姑娘，米雅·诺兰德。我对她做了一些背景调查。貌似自打她出生以来，社会服务机构就插手了她的生活。这里有几份备注详尽的文件。"

"真的？"

"都是些我不该告诉你的事情。"

莱勒站在咖啡机旁："你明白我会守口如瓶。"

哈森擦去嘴角的面包屑。

"说得委婉些，她经历了一段复杂的生活。她和她的妈妈——西莉娅，对吧？——在米雅十七年的生活里，她们住过三十多个地方。没有任何关于父亲的信息，这个母亲身上倒是一堆毛病，吸毒，还有精神病，可疑的卖淫行为。这个女孩曾多次被送入福利院，但西莉娅每次都千方百计把她弄回身边。"

"该死。那就不奇怪她会跑去斯瓦特利登了，她肯定烦透了被她妈妈拖累。"

哈森把剩下的羊角面包朝莱勒的方向推了推。

"看起来她似乎在寻找一个永久稳定的居所，"他说，"某个可以依靠的人，或者某种联系。"

"躺着别动，你在流血。"

米雅斜眼看着俯在她身前的人，她的眼角肿了起来，嘴唇上方有一道伤口，深而光滑，血就从那里渗出。她把一块湿毛巾放在米雅的额头上，她说话时声音嘶哑。

"尽量放松，你被打伤了。"

"你是谁？"

250

"我叫汉娜。"

她的锁骨上方被缕缕金发遮掩的地方有青色瘀伤。米雅看到它们的时候心一沉。她把视线转移到周围的白色墙壁上。这间屋子很小,只有一盏电灯泡,吊在从天花板垂下来的一根尼龙绳上。它把她们的影子拉得老长。空气潮湿而腐臭,尿酸味充斥她的鼻腔。米雅再次看着汉娜,费力地说话。

"我们在哪里?"

"我们在地下,我只知道这么多。"

"其他人在哪里?"

"这里只有我们。"

米雅靠手肘的力量撑起身体。脑子里突然产生一阵让她眩晕的痛感,四面的墙壁都在快速转动。她闭上眼慢慢坐起来,对抗喉咙里翻涌的恶心感。

"我觉得你应该躺下,"汉娜说,她轻抿着自己的嘴唇,"你被打得非常严重。"

"谁打了我?"

汉娜尽量让自己的声音听上去令人信服。

"我不知道,外面有好几个他们的人。"

她把沾满血迹的棉布从她脸上取下来,泡进一桶水中,然后把它拧干,再继续敷在米雅的额头上。打湿的纤维织物刺痛她的皮肤。

"你能自己按着它吗?你感觉怎么样?你还在流血。"

米雅把手放在毛巾上。她的手指好像不属于她的身体了,但她还是尽可能地按着它。她眨着眼看汉娜的脸,醒悟如当头棒喝,她的心猛地抽动了一下。

"我以前见过你,"她说,"在海报上。"

"什么海报?"

"随处可见的海报,大家都在找你。"

汉娜的下嘴唇开始颤抖。

"我就在这里,"她说,"一直在这里。"

米雅看着门深深吸气,控制住想要呕吐的冲动。然后她做好准备,坐了起来。她的眼前闪过令人恼怒的黑影,后脑勺产生一阵刺痛。她一只手撑着墙壁,让自己站起来。汉娜的声音听起来无比遥远。

"躺下吧,趁你还没晕倒。"

可是米雅紧紧靠着粗糙的墙壁,拖着脚步朝门口走去。一幅幅画面在她意识里漂浮,她看见了暗夜里闪烁不定的冰湖,比格尔伸出手去拿他的来复枪,脸上是一种她以前从没见过的表情。她走到门边,伸出空闲的手转了转门把手。没有动静,她开始用双手拉扯和敲打门,任棉布落到地面,直到那发亮的灰色金属上沾满她带血的手印。她大声呼喊卡尔-约翰,比格尔和安妮塔,她不断呼喊直到开始呕吐,然后双腿失去力量,一屁股坐在冰冷的地板上。

汉娜扶她回到床上,用打湿的棉布盖住她留下的呕吐物。

眼泪顺着她脏兮兮的脸颊流下,但她的声音平稳。

"大喊大叫没有用,没人能听到我们的声音。"

米雅呼吸加快。"我看见你和戈然在一起,"她说,"在上面。"

"所以你知道他是谁?"

"他是我男朋友的哥哥。"

"你的男朋友?"

米雅点点仍然作痛的脑袋,用一只手按着抖动的胸口。这处密闭空间里空气稀薄,她觉得很冷,牙齿也开始打战。意识到她们被关在一个地窖里时,她不禁全身毛骨悚然。一个狭窄而漆黑的地窖,用来藏身,当你最恐惧的事情变为现实的时候。毫无疑问这是比格尔的杰作,或是他的某个儿子。金属门,会让被锁在里面的人产生窒息感——这全是他们干的。

她摸到汉娜的手腕,然后紧紧握住:"你怎么会在这里?"

"我们正在露营,我和我的朋友。晚上我走到外面小便。然后他就在这时出现了——神不知鬼不觉。他用他的手臂勒住我的喉咙,用力地勒着,所有事物开始在我眼前游动。我试着打他,挣脱他,但没成功。他就抓着我,用力拉扯,使劲勒我。我以为他要杀了我……"

汉娜的声音变了,米雅能感觉到这具瘦弱的躯体在她旁边颤抖。

"我一定是晕过去了,"她小声地说,"因为等我清醒过来时,我已经在他车子的后备厢里,我记不清我是怎么被弄进去的。"

"他长什么样?"

"他遮住了脸,总是遮着,我从没见过他长什么样。"

米雅想到戈然和他那张麻子脸,他脸上的痤疮,还有他的手指总是控制不住要去摸它们,抓挠它们。当他看见她和卡尔-约翰在草地里嬉闹时他的表情,他那像天气一样易于察觉的强烈嫉妒心。她记得在那片林中空地上,他扯断银莲花的样子,他还说他想要米雅和卡尔-约翰拥有的东西。她深吸了一口气,安妮塔的话在她脑海中回响:要是他们欺负你,就跟我说。她想起比格尔手握他的来复枪，安妮塔的睡裙在雾气弥漫的草地里摆动。戈然蜷缩在湖边，离那具躯体不远，他边哭边用手指出方向。

她仍旧握着汉娜的手腕，可以感觉到手指下她的脉搏正常。
"我看见你们在房子附近的时候，你和戈然，是他放你出去的吗？"
"不是，我袭击了他。"
汉娜朝房间角落里的那张小桌子点了点头。
"我击打了他的头部，然后跑了出来。可我不应该这么做。"

他再次睡过了头，莱勒的时间只够擦洗胳肢窝和刷牙。由于摄入的咖啡因，开车去托巴卡的路上他的手都在抖。于是他飞快冲进职工办公室，又倒了一杯咖啡。他走路的时候低头盯着新近清洗过的地面，避免跟任何人说话，身后留下一串咖啡印。他没时间担心这点，再说也没人开腔。人们宽容和体谅失去一切的人，就像他们对待老人和儿童那样。他们随他们去。

他只迟到了七分钟。学生们睡眼惺忪地坐在他们的课桌后，在他进门的时候抬头瞥了他一眼，有些学生失望地嘟囔了几句。

"在开始考试前，还有谁有任何问题吗？还是你们全都掌握了毕达哥拉斯定理[①]？"

他在黑板上演示了两个案例，喝完了他的咖啡，然后才注意到米雅的位子是空的。

"米雅今天去哪里了？"他只看到学生们以茫然的眼神和耸肩作

[①] 即勾股定理。

为回答,"有任何人知道吗?"

"她这一周都没来。"教室后方传来一个声音。

"她可能生病了。"另一个说话声。

莱勒抓了一下他长满胡茬儿的下巴,太痒了,他简直受不了,但他强迫自己忍受,毕竟所有眼睛都盯着他。

周五那天她还是没来。吃过午饭后,他去拜访校医院的护士贡赫德。她说话的声音无比轻柔,因此你必须屏住呼吸才能听清她说的话:"没有,米雅没有打电话来请病假。"

"一切还好吗?"她问。

"她旷了几天课,就是这样。"

"我是说,你一切都好吗?你看起来很疲惫。"

自然,她视他为她的一个病人。莱勒感觉烦躁像一股回流到喉咙里的胃酸。真是个愚蠢的问题。一年前他还大喊没有,没有哪件事是顺利的,而且他倒霉的人生后半辈子都将看起来很疲惫,所以他们不妨早点适应。可现在他已经学会自我舔舐伤口,不遂了他们的心意。

"我还活着,"他说,"你最好不要再多问。"

米雅谈起卡尔-约翰,他把她嘴里衔着的烟扯下来,对她说漂亮的女孩不该抽烟时的那副模样。她谈起安妮塔和比格尔,说他们很少离开斯瓦特利登。他们需要的一切物品都储存在那扇大门后面,可能数目还远超他们所需。她讲述动物们在乡村田园里吃青草,还有那个巨型地窖,里面储存着可供全家人生活五年——也可能是一辈子——的食物。汉娜背靠混凝土墙而坐,目光专注地倾听。

"我从来没见过其他人。总是他一个人来这里。"

"戈然肯定是独自干了这一切,秘密的,不然就是我眼瞎了。"

"我打了他的头,"汉娜说,"我用尽全力打他,但力气还是不够大。下一秒他的双手就掐住了我的喉咙,我以为他要杀了我。"

米雅回忆起比格尔的嘴和在没有生命迹象的躯体上方挥动的手,这段回忆令她眩晕。她用手指摸了摸自己的喉咙,检查她的脉搏是否还在跳动。

"我们会活下去的,"她说,"没人可以杀死我们。"

夜晚的时候,她们并肩睡在床上,中间只留了一条缝。米雅醒来时发现她俩的手臂和小腿互相缠绕,似乎她们在互相维持对方的生命。这里没有食物,只有一瓶微温的牛奶,两人分着喝了。寂静中米雅的肚子咕噜咕噜叫得响亮。

"我的肚子已经停止抗议,"汉娜说,"很早之前它就放弃了。"

米雅在潮湿的地面上走来走去。如果她走得太快,头就会疼痛,但眩晕感已经消失。卡尔-约翰肯定在想念她,他永远不会让他们伤害她。可能他根本不知道他们干的勾当,正四处寻找她?他肯定会这么做。而且如果她不再去托巴卡,她的同学们也会想她。莱勒会注意到,她确信这点。还有西莉娅。她常常一周打好几次电话来向她抱怨托比沃恩。可能会过上一段时间,但他们迟早会起疑心。

"人们知道我在这里,"米雅说,"不用等太久。"

"要是他们杀了我们,然后毁掉证据呢?你知道的,确保一点痕迹也不留下。"

汉娜的声音像角落里的影子一样阴郁。

"别说那种话。"

"我不是第一个,还有其他人曾被关在这里,我发现了证据。"

汉娜把袖子往上拉,给米雅看那根缠着几缕金发的紫色发带。

"你看到了吗?在我之前有人曾住在这里。"

米雅偏过头。

"他们知道我在这里,"她重复道,"他们俩,西莉娅和我的老师。"

门打开的时候,她们正在睡觉。米雅只来得及瞥见一个站在门口的影子,然后什么东西被扔到地板上。等到她走到门口,门已经关上。一篮子热气腾腾的食物躺在地上,香气很快就充满狭小的空间。米雅对着紧闭的门缝尖叫,用拳头狠狠捶门,直到她皮肤上结痂的伤口裂开,再次开始流血。然后她蹲下身子,转头看向仍躺在床上的汉娜,她饱受虐待的脸上那双眼睛像星星般一闪一闪。

"我告诉过你没用的。"

莱勒不必睁开眼便知道正在下雪。他可以从无声的寂静里辨认出这点。现在一切事物都被雪掩埋,开始腐烂,并且变得面目模糊。他想踏上森林里交错纵横的道路,他还陷得不够深,不足以挖掘出深埋地下的东西。教室里米雅的座椅已经空了两周,他不能再等下去了。他无法对着两把空椅子过活。更不用说现在已经开始下雪。

黎娜差不多就出生在下雪天。那个复活节,他们去参观哈森的小屋,尽管安妮特看上去随时可能生产。他们在雪地里铺开驯鹿皮做的毛毯,坐在上面晒太阳。无比明亮的阳光刺得他们双眼湿润。云杉树被白雪做成的厚毯子压弯了腰,毯子边缘开始融化滴水。他们可以解开羽绒服的扣子,安妮特拿起他的手放在她隆起的肚皮上,这样他就可以感觉到宝宝在踢肚子。他们在阳光下放声欢笑,笑着,渴望着,彼此心有灵犀。可是下一秒安妮特的脸因痛苦而扭曲,她用羊毛手套按着她的腹部。这孩子不满足于只是踢肚子,她想跑出来,跑到飘雪的世界,跑到火焰舔舐天空的世界里来。来到外面那些渴望她降临的人身边。安妮特身下的毛毯上出现深色血迹,而他们只有一辆雪地摩托车。莱勒开车把她送去医院,尽管他事后对此毫无印象。除了阳光、雪,以及他热泪盈眶的眼睛外,他什么都不记得。

今年的夏季留给他的是十根烟,烟草已经干枯并丧失香味。每次他在它们下方打着火机,深吸一口,它都不情愿地发出嘶嘶的燃烧声。他听不见黎娜的反对,他也看不见她,只看见自己那张鬼魂般的脸映在满是污点的镜子里。他的脸松松垮垮——他想知道她是否还能认出他,等到她回家的那天。也或者他们两个人的容貌都已变得难以辨认。

他擦去车窗上的冰雪时,依旧在抽烟,他呼出的热气和烟雾就像一个斗篷似的,披在他身上。他觉得他听到他的邻居们在篱笆另一头大声喊叫,但他继续擦玻璃,然后坐到方向盘后,唇间夹着那根闪着火星的烟。纷纷扬扬飘落的雪已然开始落向云杉树,但它并未在上面停留。他开到"银路"上,雪地上已被碾出了几道肮脏的车辙,他把烟扔出车窗外。过去冬季是多么美,可现在他眼中只看见了丑陋。

刚落的雪在斯瓦特利登的方向指示牌上堆成一顶高帽。通向大门的沙砾路被纯白的雪覆盖,上面没有车轮印或脚印。从开始下雪起,就没人来过这里。他走去按应门电话的时候,汽车引擎依然在缓慢运转。他踩着脚,窥探里头那栋房子,然后比格尔低沉的声音透过扬声器传出来:"是谁?"

"莱纳特。"

一阵停顿后他听到了回答。

"请进。"

大门打开的时候,在前方扫出一堆山脊状的雪。偶尔还有几片雪花飘落,浓密的乌云挤满森林上空,他几乎无法看清密林后的日光。很快黑暗会再度降临,他没有多少时间了。

比格尔在饭厅接待他,就像上次那样。一口巨大的锅在火炉上沸腾,浓郁的炖肉香味充满整个屋子。没有米雅或男孩们的踪影。莱勒手持帽子站在门口,就像一个中学生。他的衣服往下滴水,鼻涕流个不停,他用手背把它擦去。他不想脱下他的外套,他曾对自己许诺过。

"我不会久留,我只是来问问米雅的情况。"

"但你可以进来喝杯热茶。"

比格尔把头探进隔壁的房间呼唤安妮塔。他的声音透着一股不耐烦,似乎在呼唤一条不听话的狗。

"请别麻烦了。"莱勒说。

可是比格尔伸手来接他的外套。莱勒没有把装着数学考卷的袋子递给他。自从踏进这个飘满肉香味的温暖房间,他就一直紧紧抓着那个袋子。比格尔笑的时候下巴上的伤口崩开了。

"噢,它终于来了,冬天,我们现在能做的就是低头咬紧牙关。"

莱勒吹起口哨:"没错,它回来了。"

"我不知道你们老师这年头还会家访。"

"我在外面四处开车晃悠,所以我想我可以来看一下米雅。她好长时间没来学校了，我想可能发生了什么严重的事。"

"她得了流感，可怜的孩子。她要被它折磨死了。"

比格尔摇摇头，脸颊抖动。要不是那双眼睛，他才像极了一条狗，没有哪条狗会像他那样凝视。

"她看过医生了吗？"

"没有，但她现在已经度过最严重的阶段了，不久便会康复。我的妻子在照顾她，她比任何所谓的医生都高明得多。"

炖肉的香味变得如此浓烈，莱勒几乎可以想象火炉上炖鹿肉的美味。尽管如此，他举起那个塑料袋的时候还是口干舌燥。

"我可以去看看她吗？我带来了期中试卷，很可惜她没赶上，我想给她一个机会，让她在家里完成。我不希望她为自己的分数难过。"

比格尔还没来得及回答，安妮塔就出现在门口。她看起来失魂落魄，瞪着双眼，白发散乱地披在肩头。

"你来了，"比格尔说，"你能上楼去看看米雅能不能下来待会儿吗？"

安妮塔的目光从比格尔身上移到莱勒身上，好像她谁都没认出来。她的一只手按着胸口，似乎她身体的某个部位疼痛不已。

"当然。"她回答道，然后转身离开。

比格尔拉出一张椅子请莱勒坐。

"你能大老远的一路开到这里来，真是太负责了，"他说，"没多少老师愿意做这种事。"

"这点我不太清楚。"

莱勒解开他的羽绒外套，喝了一小口比格尔端给他的咖啡。咖啡很烫，味道苦涩，引得他的肚子抗议。整间屋子似乎都在他周围沸腾，从天花板上方传来沉闷的响声，莱勒屏住呼吸以便听得更清晰。比格尔湿润的眼睛仍旧盯着他，他的笑容消失了。莱勒感觉汗水顺着他的后背流淌。

"你们其他人都没被感染吗？"他问，"流感？"

"我们的身体更结实，"比格尔回答说，"不太会被感染。"

莱勒点点头。窗外，傍晚毫无声息地笼罩农场，万事万物都静止了。狗舍里偶尔传出几声狗吠，除此之外没有其他生命迹象。比格尔的手放在桌子上。他卷起了衬衫袖子，露出衰老的皮肤和粗壮的手腕。显然他不是一个害怕辛苦劳作的男人。

"米雅曾经说起过想退学。"他说。

"真的？她从来没和我提过。"

"她说学校对她来说不真实，"比格尔继续说，"她更愿意工作。"

"我倒希望你有反对她，在学校学习非常重要。"

比格尔咕哝了几声。他的指缝里藏纳着黑色污物，看上去就像他此前一直在赤手挖泥土。莱勒坐在他的椅子边上，想问问他的儿子们的情况，但不知怎么他没有问，于是他沉默地坐在那里，忍受比格尔的目光，还有火炉上冒泡的鹿肉炖汤。

他们一直这样坐到安妮塔走下楼，独自一人。

"她睡得很熟，可怜的姑娘，我不忍心叫醒她。"

莱勒抬眼看着天花板，仿佛他仅凭意念就能召唤出米雅。他站起来的时候，塑料袋摩擦牛仔裤，发出沙沙声。他侧头看了一眼楼梯，然后是比格尔，他正开怀大笑。

"把试卷留在这里吧，等她醒来我们会转交给她。"

塑料袋的拎手紧紧勒着他的手指,在把试卷递给他之前,莱勒犹豫了一会儿。

"如果她有任何疑问,让她给我打电话,我是说关于试卷。"

没过多久,他就再度置身于屋外纷飞的大雪中,深呼吸以摆脱肉的味道和那种觉得世界会再次坍塌在他身上的感觉。挡风玻璃上凝结了一层新雪,他用羽绒外套的袖子把它擦干净。他慢条斯理地不断张望那扇灯火通明的窗户,希望有可能看她一眼。他不想留她和那些人待在一起。黎娜独自站在公交站的画面在他的脑海里浮现。比格尔在饭厅窗户后看着他离开。汽车后轮胎在雪地里有点打滑,大门已经打开,正邀请他出去。

他在黎娜的房间醒来,他意识到她并不在他身边的前一分钟,是多么幸福的一分钟。他的头睡在床尾,身下补缀而成的床罩湿了一大片,似乎他整场梦里都在流汗。黎娜的卧室坐南朝北,冬天里这间屋子的窗户总是凝结厚厚的冰晶,还有垂在屋檐的数米长的冰柱。墙上的海报上袒胸的青年男子盯着他,书架上塞满书:破旧的《魔戒三部曲》,她曾一遍遍地捧读;旁边放着几本吸血鬼题材的书,黑色书脊在阳光下熠熠生辉。她爱极了那几本书。

安妮特拿走了黎娜的日记,还有她的衣服和首饰。毫无疑问,她已经读过它们,因为她讲述过那些他们两人原本都不知道的事,比如黎娜已经不是处女,比如她搞砸了在卢雷亚①的一场大学聚会。

---

① 瑞典北部的港口城市。

私心讲，他其实不想听黎娜的秘密。他乐于倾听的是她选择告诉他的事，无论是什么。只要是她希望他知道的事。

他让自己坐起来，用粗糙的手掌轻轻抚摸拼布床罩，仿佛那是一条垂老的狗。他总是在醉酒后才跑到这里来，而他不喜欢这样，因为他身上的酒味充斥着房间，冲散了她的气味。刚开始黎娜的气息如此强烈，在她的衣物、梳子，还有墙面上萦绕。可是如今他成日成夜地待在这里，他自己的气味差不多抹掉了她的气味。这不可饶恕。

他试图回忆起他为什么要贪杯，但最终只能抱怨冬天。黑暗已吞没窗户，并鄙视他坐在那里。寒冷持续钻入地表深处，扼杀一切事物的生命。他无法忍受想到她正在外面的冰天雪地里受冻。那就是他醉酒的原因。他在逃避现实。

回到楼下的厨房，他靠着洗碗槽站立良久，努力压下恶心感。他不断地小口喝水，直到觉得体力恢复，可以冲泡咖啡。屋外一片漆黑，尽管积雪微微照亮万物。他尝试看着远处镜子里自己的影子。那就是他憎恨黑暗的原因，他总是要强迫自己看清自己。他憎恨万事万物都向内求索。

他在电话簿上找到比格尔·布兰特的号码，不加思考地打过去，他只知道他想听听米雅的声音。但回应他的只是一长串无穷无尽的嘟嘟声。他挂上电话，坐在那里一遍又一遍地拨号，直到他的咖啡冷却，正午灰白色的阳光照进屋里。

他在离开前没给自己留多少时间换衣服。还是昨天那条牛仔裤和袜子，然后把羽绒外套罩在他穿着入睡的T恤衫外。他的头发像钢丝球，他知道自己身上是什么味道：未洗澡的体味与从毛孔渗出的威士忌气味混合在一起。他砰的一声推开房屋的侧窗,让冷空气涌进来。寒霜密实地覆盖在白桦树那向天空伸展的光秃秃的树枝上。他觉得奇怪的是它们竟然没被冻死,而人们确信它们将再度长出绿叶似乎如此不合逻辑。

他驶上通往斯瓦特利登的路时,感觉一阵冷汗刺痛他的后脖颈。他试着再次用手机打电话,依旧无人接听。他开得非常快,差点没能及时在大门前刹车。这扇该死的门在暗淡光亮中像塔一样,隐隐约约地立在他上方。车子轻微滑向一侧。他抬头看向被雪覆盖的金属门,想知道他是否可以爬过去,但现在他们很有可能已经看见他了。

当他按下应门电话的时候,比格尔粗犷的声音从另一头传来。

"有什么事吗?"

"我来这里找米雅聊聊。"

一阵静止的沉默后,他听到大门开了。道路另一头已经除过雪,厚厚的雪堆闪闪发亮。烟囱冒出的烟雾袅袅升空,红色砖墙在茫茫白雪中辉煌地矗立,像一张圣诞卡片,如果你愿意那样想的话。他凝视着一楼的窗户,但只看见紧掩的窗帘。

比格尔在大厅里等候他。

"突然之间你来得可勤了点。"

"我只是来找米雅。"

厨房里,安妮塔置身于蒸腾的烟雾和食物的香气中。一碗黏稠的血红色糊状物摆在她面前的灶台上,她抬手打招呼的时候,水不断从她手上往下滴。

"你也看见了,我们正忙着哪。"比格尔说。

"我不会久留的,我只是想等米雅。"

"这中间肯定有什么误会吧,米雅不在这里。"

莱勒停在门口,不怎么成功地用嘴呼吸,以避免闻到猪血的腥臭。他的一只手往后伸到皮带别枪的地方,可是他已经把枪交给哈森,现在他的耳朵里只有黎娜警告他的哭声:快走,爸爸,快掉头跑。

"你之前说她病了,说她在睡觉。"

"啊,她今天早上离开了。"

"你知道她去哪里了吗?"

比格尔摇头。

"她一大早就出门了,"他说,"可能她的妈妈开车来路边接她了吧,她不愿和我们多说。我觉得她和卡尔-约翰吵架了,你也知道现在的年轻人都那样。"

听上去多么正常合理。比格尔镇定的表情令他觉得毛骨悚然。

"这么恶劣的天气,你竟然让她走?你难道不能开车送送她?"

"她想走路。米雅不是小孩子,莱勒,我们控制不了她。"比格尔拉出一张椅子,可是莱勒仍然站立不动。安妮塔弯腰弄猪血糕时,她的脖子红透了。他可以看见在她单薄皮肤下跳动的脉搏,她的恐惧触发了他的,汗水在羽绒外套下蒸腾。他开始朝门口走去,可是比格尔跟在他身后,咧开嘴笑,露出他有缺口的牙齿。

"进来坐坐吧,莱勒。看起来你需要休息一下。"

"不了,我还是不要再打扰你们了。你肯定会原谅我这样突然地不请自来吧。我不知道我怎么了。"

他打开前门走进寒风中。狗叫声在车道上回荡,他看见牲畜棚旁有一个移动的物体,似乎有人躲藏在角落。他爬进车内发动汽车的时候，它突然在雪地里改变了移动方向。

他不得不坐在车里等大门打开，他的手指因紧抓方向盘而疼痛。一点动静都没有，他的车几乎快要擦着那块金属了。突然间他觉得完全有必要赶紧离开，尽可能地远离这些人。

可是大门仍然紧闭。他怒火中烧地走下汽车，挥舞双臂，朝他们大吼，要他们开门。他回头看那栋房子的时候，比尔格出现了，他骑着一辆机动雪橇，它与地面摩擦发出一阵尖锐的声音，惊得树林里的鸟群四散逃离。他朝大门口驶来时，身后粉末状的积雪四下飞溅。比格尔滑行到他面前停下来，莱勒觉得自己心头一紧。

"机械装置冻住了，"比格尔说，"但是我可以手动打开。"

他爬下机动雪橇，手里紧握着某种好似铁棒的东西。

莱勒站到一旁让他通过。

"你能帮忙推一下吗？"比格尔说。

莱勒走过去，双手放在冰冷的金属上用尽全力推。他旁边的比格尔站在那里，用铁棒敲击原本该是开关装置的地方。他们用力的时候，嘴里喷出一团团冷气，他们费尽了功夫，但大门纹丝不动。一想到自己将被困在斯瓦特利登，莱勒觉得内心越发恐慌。他后退一步，再次尝试调动每块肌肉全力推门。他使劲的时候双眼紧闭，因此没有看见比格尔举起铁棒，正准备朝他的头砸下来。瞬时炽烈的痛感沿着他的脊柱从上往下传递，黑暗随之袭来。

米雅尝出了安妮塔做的菜肴的味道，自家烤的面包和猪血糕。令她反胃的黄油，尝起来像奶油，有点咸，轻而易举就在舌尖融化。越橘酱有点稀，咖啡杯杯底还沾了一圈咖啡粉。全都是安妮塔的杰作。

安妮塔的银发和睡裙在寒霜中飘舞。米雅回想起她在林中空地看见她和戈然时那副阴沉的表情，她让他走时声音中的尖锐，还有她拽住米雅手腕的干瘦的手臂。"要是我的儿子们欺负你了，只管告诉我。"

她看见食物的时候才明白他们背叛了她，他们所有人。戈然、比格尔、安妮塔——可能还有卡尔-约翰，他听命于比格尔，从不发问。她想起他说到他们时骄傲的口吻：没有我的家人我一无是处。

她摆开那些熟悉的食物时，愤怒就在体内如火般燃烧，可她饿得无法抗拒它们。

汉娜依旧睡在床上，朦胧昏沉的灯光下，很难看清她的眼睛是张开还是闭着。淤青和阴影混成一片。她那干瘦的身体在脏兮兮的床单下几乎难以分辨。米雅感到害怕。

"你不来吃点吗？"

汉娜做了个鬼脸："有玫瑰果羹吗？"

有两个瓶子，一个装着咖啡，一个装着某种甜滋滋的东西。米雅拧开瓶盖闻了闻气味。

"是热巧克力，你要喝点吗？"

"我尝尝。"

汉娜费力地坐起来，看着米雅倒出热巧克力。是用冒气泡的鲜牛奶做的，口感顺滑。米雅把愤怒暂且搁到一旁，让饥饿占领意志。她狼吞虎咽地吃了两个三明治，喝了两杯热巧克力，汉娜只稍稍抿了几口。

"你没胃口吗？"

"嗯，这里缺乏新鲜空气，我浑身没力气。"

米雅蜷缩在汉娜身旁，一瞬间感到疲惫不堪。她的头立在瘦骨嶙峋的肩膀上，觉得一种崭新的平静降临在她身上。她们会出去的，总会有办法。只要安妮塔或是比格尔决定下到这间地窖来，她会说服他们的。

她想告诉汉娜，可她的舌头不听话。她的嘴变得迟钝，双唇无法说出话语。她尝试伸手摸汉娜，尽管她们的手几乎触手可及，她也似乎无法抬起她的手指，她的关节沉重而疲软。

她发出一阵粗哑的喉音，然后看见杯子从汉娜手中坠落。热巧克力溅到床单和她的牛仔裤上，但她们谁都没动，身体反而越发沉重地向对方倚靠，手指四下摸索，却变得僵硬无力。米雅拼命地和下垂的眼睑抗争。而汉娜早已屈服。她的颈部肌肉松弛，头懒洋洋地垂在胸前。米雅看到了这一幕，她想把她叫醒，可她实在太虚弱了。

这大概是濒临死亡的感觉吧，她想，在世界飘走之前。

他们捆住他的双手，绳子十分紧，把他的手腕勒出了血。头痛袭来，巨浪般地冲击他的意识，他迷迷糊糊睡着时，梦见他的头盖骨小得可怜，以致脑浆就要迸溅出来。醒来的时候他的脸趴在冰冷的水泥地上，右侧太阳穴痛得突突跳，就像第二颗跳动的心脏。

地上有一碗给他喝的水，他像条狗一样爬过去舔。疼痛渐渐减弱后，他意识到无边的寂静，他只能听见自己的声音。他的肺不堪重负，心脏怦怦跳个不停，再没其他感觉。他撑着墙壁把耳朵趴在上面听，可是什么声音都没有。没有说话声、脚步声或风声。这里没有窗户和自然光源，只有角落里悬挂着的一盏灯泡发出暗淡白光。如果他不是身处极深的地底，便是某人费了好大一番功夫打造了这个隔音空间。不管是哪种情形，都只有一个目的：把一个人囚禁在此，而无须惧怕听见他的尖叫声。

他想到黎娜，呼吸一下子变得困难起来。他呼吸无比急促，连墙体都开始在他眼前闪动。除了远处那一丝细微的光线，周围的一切都淹没在黑暗中。这正是他所害怕的，她也曾被困在这般绝对寂静中，被生生活埋。他曾在梦魇里见过这无窗的铜墙铁壁；这正是驱使他坚持寻找的东西，现在它变成了他所经历的现实。他意识到他的脸颊湿润了，于是他用舌尖舔咸咸的眼泪，避免身体再损失水份。

比格尔来的时候那种痛感回来了。莱勒以婴儿蜷缩在子宫中的姿势躺着，用被捆绑的双手挡住自己的脸。他没有听见脚步声，只听见门发出一阵叹息后便开了，接着比格尔走进来，背对着灯光。灯泡在他的脸上刻下黑色阴影。莱勒坐起身来。

"究竟怎么回事，比格尔？"

那个老人在一张简朴的木椅上坐下。他用舌头舔上嘴唇，仔细琢磨他即将要说出口的话。

"莱勒，你比任何人都清楚，我们为了孩子能付出一切。如果他们痛苦，我们就痛苦。保护我们的孩子，这是自然秩序。我们为他们抗争，如果有必要的话会不惜流尽最后一滴血，因为最终我们拥有的只有他们。"

莱勒把嘴里混着血的泪水吐在肮脏的地板上，费了好大劲儿才保持冷静。

"米雅在哪里？"

比格尔的眼睑在灰暗的灯光下跳了跳。

"不必担心米雅。你会得到答案的，如果你好好听。"

"我在听！"

比格尔微微一笑，他跷起二郎腿，然后接着说："我们做的每件事，都是为了我们的孩子。我认为我们可在这点上达成一致，莱纳特。我买下这块土地是因为我想为孩子们创造一处安全的净土供他们成长，尽可能远离社会的魔爪。好多年来我们劳心劳力，安妮塔和我，就是为了确保我们的孩子永远不必仰仗斯瓦特利登大门外那腐败的社会丛林生活……"

"放开我，比格尔，看在老天的分儿上！"

"恐怕我不能遵命，现在还不行。"

比格尔凑过来，把手搭在他的膝盖上。

"你知道我为什么痛骂这个世界吗？"他问。

莱勒又吐了一口，奋力和绳子搏斗。

"我痛骂这个世界，是因为我从出生以来就深受其害。我是多余的，我的父母不想认识我。所以州政府成了我温和慈爱的母亲，给了我养父母、看护人，还有其他合法的施虐狂。我不打算向你吐露我孩童时代遭遇的所有暴力。我想说的只是我对州政府及受其统治的公民的信任，早在我长到法定年龄前就耗尽了。"

"我对你的悲惨故事不感兴趣。"

比格尔悲哀一笑。

"我想你得听听。因为不幸的是，一个悲惨故事会引发另一个，它们像野草一样蔓生，毁灭美丽的鲜花。痛苦是种会传染的病，莱勒，它从一个人身上传到另一个人身上，不管我们愿意与否。"

莱勒苦笑："你这些胡话和我有什么关系？"

"这些故事很快会让你明白一切都是怎么回事儿，我保证。"比格尔说，"这个故事跟我的孩子有关，我想和你讲讲我儿子戈然的事。"他停下来，从脸上取下他的眼镜吹了吹，它们表面蒙上了雾气。"戈然和其他兄弟俩不一样，如你所见。他有病，心理疾病。我们很早就明白，他内心携带着一种黑暗敌意。甚至在他很小的时候，他就会用棍子和石头攻击动物，放火烧狗舍。他的那种不安反常行为只能被一只坚定有力的手和无穷的爱疗愈。"

"在我看来他需要一名精神科医生。"

"安妮塔和我最了解我们的儿子。我们不会把他交给一个陌生人，在我们经历过所有事之后，我们明白没有力量和无价值感意味着什么。我们永远、永远不会让我们的孩子陷于那种处境。"

"我们在家里照顾戈然，教他尊重动物并控制自己的冲动，而且我们成功了，他慢慢变得冷静，直到他进入青春期。你知道他们怎么议论青春期少年，嗯，莱勒？一种被诅咒的鸡尾酒似的荷尔蒙和其他东西让全部常识穿过身体的空洞飞出去了。"

"遗憾的是，戈然的外表没有变得更英俊。它总是和他作对。他本能地想结识一个女孩，像所有年轻男子那样。他开始开车在村子里到处逛，试探他人的反应，想用魅力吸引女孩子和他约会。可是没人上钩，他终于变得沮丧，可怜的孩子。于是他寻找其他解决办法。"

莱勒感觉自己手臂上的汗毛竖起来了："你这话是什么意思？"

"他开始把一切掌控在自己手中，你可以这样理解。当然，我们毫不知情，我和安妮塔。等到其他两个儿子告诉我们时，我们才发现戈然的病又犯了。而且远比我们任何人想象的更严重。"

"他的病？"

"他人格中黑暗邪恶的那一面让他惹上了一大堆麻烦，他开始骚扰女孩子。他厌烦总是被拒绝，而那导致他产生施暴倾向。我们并不以此为荣，我们绞尽脑汁想出一切办法阻止他。我们派他干活，试着让他以更积极的态度克服沮丧。我们的努力见效了。刚开始他整整一年都在湖边建造他自己的地窖，不愿接受任何帮助。自然，我们教会他所有基本技巧。我们的土地上已经有两间地窖，可是戈然想拥有一间属于自己的。当然，我们没理由反对。我们为他感到自豪，因为他能采取主动。可我们从没猜测过那会引发什么后果。"

莱勒紧靠墙面，尽量抬着头以避免呕吐。比格尔把一根胖胖的手指伸到眼镜下擦眼睛。

"过了好几个月，我们才意识到他干了什么。戈然从来无法分辨人类和动物的区别。他不明白狩猎麋鹿和狩猎女孩这两件事之间的差异。对他而言，他们都是等待被捕的猎物，他理解不了人不能通过暴行获得。"

比格尔的脸变得生动起来，莱勒则僵直地靠墙而坐，不真实的感觉似乎把他包裹在一层厚厚的茫然中。他不想再听他说下去，可他的舌头却发不出声音。

"是我的其他两个儿子跑来告诉我们，戈然把一个女孩关在他的地窖里，"比格尔继续说，"对我们来说那不啻是一个晴天霹雳，你可以想象。那是发生在三年前仲夏时节的事，现在你很有可能已经反应过来他带走的是你的女儿,你的黎娜。"

莱勒听到尖叫声,一声原始的哀号,这让他的勇气凝固。他听见了,可是过了好长一段时间,他才意识到那声音是自己发出的。

比格尔从椅子上站起身,开始往门边移动,远离莱勒。一支莱勒先前并未注意到的武器在他手里闪闪发光。他等待着,直到房间变得安静。

"我讨厌这么说,可是去年圣诞节,我们失去了她。戈然跟我们说那是个意外,是一场失控的游戏,他不是有意杀死她。我很抱歉,莱勒,打心眼里抱歉。"

墙壁开始跟着他的心跳震动,整个屋子都在飞速旋转。接着是干呕。莱勒爬到一个角落,吐出一滩臭气熏天的胆汁和彻底的绝望。他的身体开始颤抖,体内有什么东西断裂了,他感觉到了,生命正从他体内流逝。

他的眼睛戏弄他,他无法集中注意力。可是他看见站在门口的比格尔,一只手握着门把手,另一只手握着枪,他似乎在害怕。莱勒情愿他是打算射击他。他尽可能爬到离他足够近的位置。

"我女儿去年圣诞节死了,是吗?所以你们让她在一间地窖里待了两年半,给你们精神失常的儿子当个玩具?"

"我们别无选择,莱勒,你必须理解这点。悲剧已经发生,要是我们放走黎娜,我们就会失去一切。我们一生的事业会毁于一旦。而且我不能让州政府抓走我们的儿子。除非我死。"

莱勒感觉自己的心脏即将爆炸,似乎它无法承受更多。他双手紧握,放在胸口,闭上双眼在脑中想象黎娜。

"我想见她,我想见我的女儿。"
"恐怕没有时间了。但是你会被葬在你女儿旁边,我答应你。"

莱勒不知道自己是死是活,他的身体和脑子都不听从他的指示。时间凝滞,变得毫无意义,诡秘而难以捉摸。他可以听见比格尔的声音在身旁响起,但它不是对着莱勒说的。

很快他们跨过他的躯体。瘦高的人用他们的手夹起他的胳膊,抓住他的踝关节把他抬起来,似乎他无足轻重。他们用力拖着他的身体,走下一个回廊,然后爬上一段楼梯,每一步都像一把斧头砍在他的胸腔,在黑暗中幽禁了数小时后,外面冬夜的光显得有些刺眼。

莱勒被他们粗暴地扔在地上。外面,星星在空中燃烧,寒气侵入他的衣衫,令他头脑清醒。他可以看见厚毡帽下方他们苍白的脸——年轻小伙子,就是如此,只不过他们咬着牙,避免和他眼神接触。他听见自己咒骂他们,说他会把他们全杀死。三人中最高的那个麻子脸邪魅地笑着,莱勒伸出被拴紧的手向他抓去,那不过让他笑得更厉害。

他们把他带进森林。松树的树冠在他头顶狂乱无休地晃动,一轮冰冷的冬阳把光照进林间。他们把他放到一块空地,让他跪在新的积雪上。地上一个血口大盆般的洞向他张开,富含铁元素的黑土地把寒气吸入地层,它似乎正等着吞噬他。粗粝的潮气侵入莱勒的牛仔裤,可他不再感觉到冷。他四处张望,看见成堆泥土、铁铲和苍白的脸颊围绕着他。比格尔和他的儿子们。雾气从他们嘴里飘出,不安的双脚踩着冰雪。

比格尔站在他身后,手里仍然拿着他的手枪。莱勒可以听见他打开了保险。他说话的时候声音无比粗厚。

"我很抱歉事情必须这样处理,莱勒,老天爷知道我的歉意有多深。"

他应该抗议。他应该恳求他饶他不死,但他反而垂头跪在那里。他想象黎娜和米雅,他听见自己低声呼唤她们的名字。

一个男孩等得不耐烦了:"快点爸爸,朝他开枪。"

时间静止了,唯有松林生机盎然地摆动着。莱勒正坐在饭厅的桌旁看着黎娜,看见她刘海下的眼睛和她对他做鬼脸的时候露出的不整齐的牙齿。

"你还在等什么?"

"她就在这里,莱勒,你的女儿。"

一点也不会痛,他会毫无感觉。他的血迹会留在雪地上,他的身体会腐烂,然后在春天的时候长成蒲公英。他再也不用开车在"银路"上晃荡,嘴里衔着一根烟,眼睛盯着森林,因为现在他已经找到了她。年月漫长的寻找结束了。

他闭上眼等待。他感到枪口抵着他后脖颈的压力,然后子弹射出,一声闷响在他的耳膜边回旋,他似乎丧失了听力。他的肌肉放弃一切力量,弃他而去。

等他睁开眼的时候,他看见比格尔面朝下倒在地上,双手紧抓胸口。在他身后,来复枪仍然高举,安妮塔站在那里,目光闪烁,她雪白的头发像一条搭在肩上的毛领。她对着年轻小伙子们挥动来复枪,惹得他们惊恐得连连后退。

"放下你们的武器,"她说,"事情到此为止。"

警察赶来的时候,安妮塔依然握着来复枪。她强迫莱勒和她的儿子们在餐桌旁坐下,一致沉默。比格尔被遗弃在冰天雪地里,他是生是死似乎并不让她担忧。她双腿分开立定,用来复枪的枪口瞄准他们,确保他们乖乖顺从。

年纪最长的男孩不停诅咒和吵闹,撕扯他脸颊上的伤疤,控诉她毁了一切。安妮塔用手背揩拭眼泪,但丝毫没有心软,似乎她并非真正和他们待在一起,似乎她脑子里只装着一件事。另外两个男孩把脸埋进手心里,像孩童般啜泣。

尽管厨房里很温暖,莱勒还是冷得浑身直打哆嗦。

"米雅在哪里?"他想知道,"她还活着吗?"

安妮塔的回答是把来复枪转而对准他,她被白发掩住的脸通红无比。

"我们从来没打算害死她们任何一个,"她说,"比格尔答应我一切会解决的,最后不会产生什么影响。当世界走到尽头时,女孩会感激她们在地下毫发无伤。活着,那就是我们的想法。"她擦拭眼睛,"可是我的儿子不对头,我们控制不了事情的走向。"

黑暗空间很快被手电筒的光充满。警方带来新的骚动,沉重的脚步声和无线电通讯声,以及并没有传到他们这里来的尖厉说话声。安妮塔放下来复枪,皮肤皲裂的双手紧紧交握。

"他在外面的空地上,开枪打他的人是我,女孩们也在那里。"她指着戈然,"你们要提防他,他的行为从来都异于常人。"

一切发生得无比迅速,又好像无比漫长。他们给安妮塔戴上手铐时，莱勒看见她瘫倒在地，似乎在她的信念里，一切都结束了。戈然拼命抵抗。警察走到他面前时，他开始大吼大叫，用他的猎刀威胁他们。他的眼神变得很邪恶。

"这里没你们的事，"他怒气冲冲地说，"这是我们的地盘！"

是他的兄弟们让他放下了刀。他们包围他，用他们这些年里曾反复练习过的技巧对付他。他们把他扑倒在地，一个用膝盖夹着他的肩胛骨，另一个则从他手里把刀抽出。他们全都脸色苍白，不停哭泣。

莱勒一动不动地坐着，注视他们被带走，先是安妮塔，然后是男孩们。来了如此多的警察，他们在天寒地冻的雪夜跋涉，寒气让莱勒牙齿打战，说不出话。一位女警官过来询问他事情的经过，但他还是一句话也说不出来。有人把一块毯子盖在他肩上，还在他手里放了一杯热汤。莱勒让水蒸气温暖他的脸，他甚至没有反应过来这汤是用来喝的。窗外乌黑一片，快速移动的火炬映照出幢幢人影。更多警车抵达了。现在大门洞开，有人站在他身旁，给他的头敷上药。他知道自己身上有血腥味，但他感觉不到任何疼痛。

"他们杀死了我的女儿。"

那就是他唯一说出口的话。满脸笑意的警官似乎并不理解，可突然间她忙乱起来。

"抱歉我必须离开一下。"她说，然后消失在外面的冰天雪地里。

莱勒追着她来到走廊上，在雪地里走得摇摇晃晃，于是他不得不再次坐下，身旁是一群警察和他们激动的说话声。

"我们找到女孩们了！"

那个警官慈眉善目，就算他在内心评判她，他也没有表现出来。他让她忘掉医院病床和输液袋。米雅不习惯任何人如此全心全意地倾听她说话，也不习惯从头到尾解释任何事。她犹豫着，起初说得吞吞吐吐，但很快话语便一句赶一句磕磕绊绊地脱口而出。那位警官名叫哈森，他好像一点不在乎已过深夜，他连时钟都没看一眼。

"从头开始说。"他说。

米雅向他讲述她们来诺尔兰的火车之行，她们整个旅途都坐着，因为她们买不起卧铺。十几个小时里，她们什么都不做，只是盯着彼此。她们这些年搬过无数次家，但从来没有这次远。托比沃恩为人友好。尽管他身上有臭味，而且还收藏色情杂志，可西莉娅没有改变心意。不论她们搬到多远的地方，西莉娅总是西莉娅。她向他倾诉三角屋里她度过的孤独时光，而那又是如何驱使她走到外面进入森林。就是在那里，她认识了卡尔-约翰，在湖边。第二天她就戒了烟。他们之间是一见钟情。

她想起他身上独特的气味，能够抚顺万物。所有那些关于迫在眉睫的战争和毁灭的谈话。可能正是那些东西让爱变得危险。并非因为你在爱中变得盲目，确切地说，是因为你没有心思留意那些警示信号。她想知道莱勒会如何评价她这番推论，他是否会赞同。

哈森想知道是不是爱引领她去了斯瓦特利登，但她拒绝回答。她想远离西莉娅，想过独立的生活。她总是梦想拥有一个真正的家，一个储藏柜里装满食物，父母不会喝醉或抽烟或光着身子四处走动的家。你拥有不必为之感到羞耻的父母。比格尔和安妮塔的行事奇特，还有他们关于即将到来的末世言论，但她选择不相信那些东西。

当她告诉他那间地窖和所有武器，还有比格尔向她展示自己储备的所有东西时狂热的眼神，她涨红了脸。戈然和他布满伤痕的脸——她一想到是他自己一手造成了那些伤口，就觉得肚子疼。她原本觉得卡尔-约翰说他不希望她和戈然独处是出于嫉妒，事实上他是害怕他会伤害她。

"我知道他们很古怪，还有他们信奉的那些理念。可我没有太多可以用来比较的标准，我从来没有在一个正常的家庭生活过，我很感激他们接纳我。"

哈森点点头，好像他明白了。当灰蒙蒙的破晓阳光从威尼斯百叶窗透进来时，她的陈述由于疲倦而变得含糊不清，他离开去买回两杯咖啡和两个三明治，他们立马狼吞虎咽地吃起来。比格尔死了，他说，其他人在关押中。汉娜将会回阿尔耶普卢格的家，等医生同意她出院。

米雅试着想象比格尔死去的场景，脸色苍白，眼神定格地躺在一张白床单下。她无法相信。她也没有产生一丝悲痛。她想知道没有了可供她搅拌的汤锅或揉捏的面粉，安妮塔将如何度过狱中生涯。而从来没有离开过斯瓦特利登的卡尔-约翰又会遭遇什么？

"你们找到莱勒的女儿了吗？"她问。

哈森的眼中含泪，但他没有哭出来。

"我们找到了一具尸体，还没有确认身份，但一切证据都暗示它可能是黎娜。"

米雅靠在枕头上，她觉得筋疲力尽。一切如此不真实。她想到莱勒，他下垂的肩膀和乱糟糟的头发，似乎在对生活本身发出抗议。现在他会怎么样，如果最悲伤恶劣的事实最终得到了确认？他能应付吗？她一想到这些眼睛就刺痛不已，但是她也没有屈服于眼泪。

"媒体非常渴望采访你，"当他们喝完咖啡时，哈森说道，"但我没同意。我想你应该专心休养，你刚刚经受了一番严重的惊吓。据你的主治医师说，你摄入了剂量够放倒一匹马的镇定剂。"

"我很羞愧，"米雅说，"羞愧我曾和那种人住在一起。"

"别这么为难自己，你没有做错任何事。"

他拍掉衬衫上沾的面包屑，站了起来。她突然感到害怕，害怕一个人待着，害怕人们指指点点，害怕现在会发生的一切。也许哈森注意到了，因为他偏了偏头，面色忧虑。

"你希望我联系你的妈妈吗？"

米雅嘴唇咬得发疼。

"不，但是也许可以给莱纳特打个电话？"

他们把那块空地下掩埋的她的所有残骸都挖了出来，可夏季的时候，他偶尔还是会去那里。斯瓦特利登如今就像古老森林中的一座废弃堡垒。掉落的枝叶和松针覆盖地表，涂鸦像丑陋的伤口一样布满腐朽的墙壁。牲畜全被拍卖给邻近村子里的农民了，空荡荡的牲畜棚里，被遗忘的干草冒出一股股酸臭味。莱勒一根接一根地抽烟，任烟灰落在地上。

现在米雅和他一起生活。他们一起开车到"银路"，摇下车窗，让森林的气息充盈在他们之间，莱勒指给她看那些他曾经寻找过的地方。他们在临时停车带停下，只为喘口气，当雨水滴滴答答地敲打车顶时，她就关掉广播。她不喜欢过多的噪声。

西莉娅会在周日打来电话。她在湖泊边的一个福利机构里有个房间,在那里她想画多久就画多久。她已经完成自我治疗,即将接受适当的外力帮助。她会学着照顾自己,不依靠一个男人和米雅。那都是她自己说的,莱勒可以看见现在她的女儿如释重负,她再也不用担负沉重的责任。

黎娜是被勒死的。戈然拒绝承认,可他的妈妈和弟弟们都是目击者。他勒死了她,然后把她扔在地窖里,任尸体腐烂。当比格尔发现后,他坚持埋葬了她。可是当时没有人说出任何类似敲警钟的话。

莱勒和米雅不怎么聊斯瓦特利登或布兰特一家。戈然和安妮塔正在等待他们的判决结果。米雅收到卡尔-约翰写的几封信,但她没有回信。他被送去遥远的斯堪地区和一个新家庭生活。检察官决定不起诉他和另一个兄弟。他们的成长经历构成减轻罪行的条件,那给了《每日晚报》一个大肆报道的机会。莱勒避免提及他,因为米雅会回避。如她所言,她很难原谅自己主动去和双手沾满鲜血的那家人生活在一起,而且她憎恨自己居然没有看出任何迹象。她想要不是自己如此天真,她也许可以早点救出汉娜。

汉娜偶尔会打电话来,她们的交谈通常会抹去她脸上的焦虑。她们在那个破旧压抑的地窖里不过只共度了几周,可那段时间对她们而言意义深远。汉娜很坚强,她向莱勒讲述她在地窖里度过的时光,以及她经受了些什么,他尽可能多地倾听,为了黎娜。因为他不想从她承受的痛苦中逃离,因为他需要了解一切。汉娜把那根发带交给他,黎娜的发带,他把它当作一个手镯戴在手腕上。只要他活着,他就永远不会摘下。

大老远就能看见黎娜的坟墓,被鲜花、燃烧的蜡烛,以及用黑色墨水笔写上感伤话语的卡片和标牌环绕。他们走过去的时候,两个人影背对他们站着。莱勒感觉米雅往他身边靠了靠,这样他们就并肩行走在沙砾路面上。安妮特抱着她的孩子,皱巴巴的小脸靠在她的肩上,他让他脚下的地面摇晃起来。他走到半路就停下,米雅像一个影子般站在他旁边。当安妮特看见他时,她用一只手遮住孩子光秃秃的头。托马斯则反过来用一只胳膊搂着她。他们看看莱勒,又看看米雅,似乎无法理清他们的关系,或者为什么是这种关系。他们走过来时,莱勒注意到安妮特的脸颊上有睫毛膏的污痕。过了好久都没人说话,沉默中只听见婴儿咿咿呀呀的学语声。最后安妮特伸出空闲的一只手,拉他靠近自己。他们尴尬地拥抱,中间隔着那个婴儿。莱勒碰到婴儿鼻上细细的绒毛,闻到他身上的味道,这让他噙着泪水。

"谢谢你,"安妮特小声说,"把我们的女儿带回家。"

安妮特和托马斯离开后,他们在坟墓前站了很久。莱勒跪在冰冷的地上,觉得他从脖子到指尖的肌肉全都开始紧缩。米雅给花浇水,扯掉杂草,点亮被风吹灭的蜡烛。等她退后一步时,一切都布置妥当,恢复如初。她没有注意到狂怒占据了他的身体,他又如何地颤抖和啐口水。等到他开始拳打脚踢时,她才注意到。他捶打、踢打、撕碎所有美丽的事物,吹灭蜡烛,把花瓣撒得满天飞。他用手指挖泥土,直到十指染黑,直到呼吸急促、精疲力竭。米雅一直没动,直到他发泄完安静下来,她这才伸手扶他起来。

他们在阿尔维斯尧尔的一个加油站停车,和凯鹏一起喝咖啡。他终于取下印有黎娜照片的海报,尽管他没有特意清理海报留下的肮脏印记。走过去的时候,莱勒仍可想象她的笑脸。凯鹏不是那种沉湎于过去悲伤的人，他更愿意用麋鹿狩猎会的惊险故事、曲棍球比赛和其他一些不那么敏感的新闻来填充沉默。米雅不顾寒冷地吃着一个冰激凌。

"我想去打一头麋鹿。"她出乎意料地表示。

凯鹏低声笑着，用自己结实的手拍打莱勒的肩："看来你得教你的女儿打猎了，莱勒。"

一个无心之失带来一阵致命的沉默。

她不是我的女儿，我的女儿死了。

话即将脱口而出，可莱勒看见了米雅脸上慌张的神情，融化的冰激凌顺着她的手腕往下流。

"我会把我所知的一切倾囊相授，"他说，"哪怕并不太多。"

回家路上他让她掌握方向盘，尽管她没有考取驾照，并且夜幕也开始渐渐笼罩"银路"。他就像熟悉自己的掌纹一样熟悉它，他闭上眼睛，但还是能看见它在自己面前蜿蜒、伸展，像融化的雪水流过大地般，在路面分出路径，在人与人之间建立起一种联结，不论好坏。最终它汇入大海，销声匿迹。要不是因为身旁存在的呼吸，他很有可能已被过去的绝望吞没。然而现在，他意识到他再也不需要无止境地在这条路上驾驶。

寻找结束了。